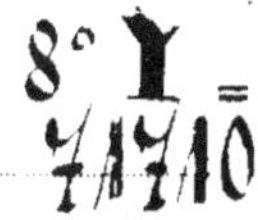

ŒUVRES DE PAUL FÉVAL

LA PREMIÈRE COMMUNION

ALBIN MICHEL, ÉDITEUR

ŒUVRES DE PAUL FÉVAL

Seule édition revue et corrigée

Collection à 5 fr. le volume.

Les Merveilles du Mont-
  Saint-Michel.
La Louve.
Valentine de Rohan.
La Fille du Juif-Errant.
Le Loup Blanc
Chouans et Bleus.
Frère Tranquille.
La Fête du Roi Salomon.
Fontaine aux Perles.
Le Régiment des Géants
Les Compagnons du Silence
Le Prince Coriolani.
Romans Enfantins.
Le Coup de Grâce.
Les Couteaux d'Or.
La Première Aventure de
  Corentin Quimper.
Les Errants de Nuit.
Le Mendiant Noir.

Le Capitaine Simon.
La Fée des Grèves.
Rollan Pied-de-Fer.
Les Parvenus.
Pas de Divorce.
Les Etapes d'une Conversion.
Le Chevalier de Kéramour.
La Bague de Chanvre.
Le Poisson d'Or.
Le Chevalier Ténèbre.
Roger Bontemps.
Le Rodeur Gris.
A la plus Belle.
L'Homme de Fer.
La Cavalière.
La Chasse au Roi
Le Dernier Chevalier.
Une Histoire de Revenants.
L'Homme sans Bras
La Première Communion.

COLLECTION DES GRANDS ROMANS

à 4 fr. 50 le volume

Paul FÉVAL

Blanchefleur.
Le Tueur de Tigres
Le Bossu ou le Petit Parisien.
Lagardère.

Paul FÉVAL Fils

Les Chevauchées de Lagardère
Mariquita.
Cocardasse et Passepoil.
Le Fils de d'Artagnan

La Vieillesse d'Athos.
Le Sergent Belle-Epée.
Le Duc de Nevers.
Le Parc aux Cerfs.
La Reine Cotillon.
Mariage d'Agence.
Cœur d'Amour :
  I. Le Mignon du Roi.
  II. La Trinité diabolique.
  III. L'Homme au Visage
    volé.
  IV. L'Eborgnade.

PARIS. — Imp. RAMLOT et Cie, 52, avenue du Maine. — 1926.

LA
PREMIÈRE COMMUNION

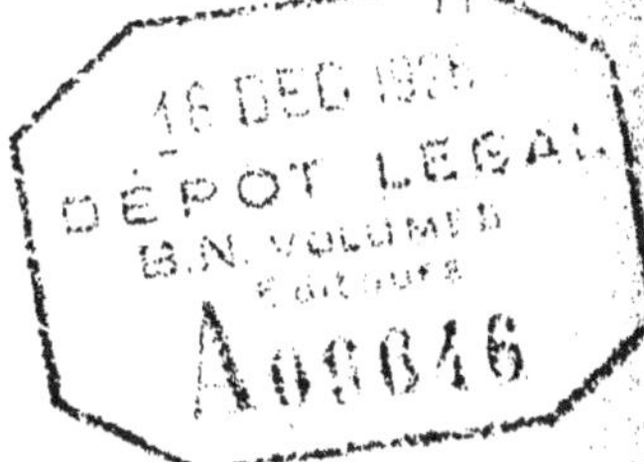

SEULE ÉDITION DES ŒUVRES DE
PAUL FÉVAL
SOIGNEUSEMENT REVUE ET CORRIGÉE

PAUL FÉVAL

LA PREMIÈRE COMMUNION

SEULE ÉDITION REVUE ET CORRIGÉE

ALBIN MICHEL, ÉDITEUR
PARIS — 22, RUE HUYGHENS, 22 — PARIS

III

LA PREMIÈRE COMMUNION

TROISIÈME RÉCIT DE JEAN

A LA MÉMOIRE

tendrement chérie de mon frère aîné

AUGUSTE FÉVAL

je dédie la seconde partie de ce livre,
dont les premières pages m'ont donné
tant et de si grands amis.

III

LA PREMIÈRE COMMUNION

TROISIÈME RÉCIT DE JEAN

> ...Malgré moi, Dieu seul a sauvé ma
> jeunesse... Dieu alors ne m'a rien dit
> au cœur; aussi bien je n'aurais même
> pas entendu. Il a mieux fait...; il m'a
> assisté et aidé, couvert et porté... à
> son heure et selon le besoin.

Cette fois-ci, Jean avait un auditoire complet. Ce n'était plus comme pour *la Mort du Père* et *Pierre Blot* qu'il me racontait naguère à moi tout seul : outre les enfants, les siens et les miens, dont la pétulante curiosité l'attendait, nous étions là une demi-douzaine de grandes personnes pour le moins : mes sœurs, ma femme et moi, un excellent ami, prêtre attaché à notre paroisse, qui nourrissait contre les prêcheurs laïques une pointe de débonnaire défiance, et deux voisines, la mère et la fille, venues là un peu comme au spectacle. La mère allait à la grand'messe de temps en temps et s'y tenait bien; la fille, plus religieuse encore à cause de son talent de pianiste, aimait Dieu musicalement dans les rêves sonores de Gounod.

Jean siégeait sur le banc, au fond de la tonnelle, face au public; je me tenais vers l'extrémité du même banc, en assesseur ou en appariteur pour la police. Les autres étaient rangés, à l'avenant; les voisines avaient fait un brin de toilette.

Jean aussi, car il y a une toilette intérieure pour ceux qui vont parler. Cela change selon les milieux. Ici l'orateur requinque sa physionomie; là il la saupoudre de gravité et de candeur; un peu plus loin, il la débraille savamment à la Mirabeau. Plus bas encore, il l'ébouriffe pour effrayer les simples, et tout en bas, dans les terribles fonds où croupit le ruisseau de nos rages, il la hérisse en brosse de broussailles, bonne à remuer brutalement et à faire mousser les émulsions de la boue.

Jean était content, cela se voyait. L'idée de nous raconter tout au long la plus chère étape de la route qui l'avait mené vers Dieu l'enchantait, car il éprouvait, et ne s'en cachait point, un passionné plaisir à être écouté.

En général, tout homme doué d'une force ressent le besoin de l'utiliser. La Providence veut cela.

Les fausses vocations, les ambitions ridicules, les « prétentions », pour employer ce mot niaisot, qui n'a l'air de rien et qui caractérise une des plus terribles infirmités de notre nature humaine, à l'époque actuelle, sont l'envers de cette qualité et le mal de ce bien.

Allez dans les réunions où l'on « demande la parole », et vous verrez à quels excès d'invraisemblance grotesque peut atteindre le besoin de se gonfler, la prétention passée à l'état de maladie contagieuse. Là, chacun enseigne avec sérénité ce qu'il ne sait pas, et les plus ignorants se montrent les plus acharnés à tenir l'emploi de professeur. Il y a délire de vanités, ivresse d'égoïsme, orgie de sottises. Ce serait à pâmer de rire, si ce n'était à mourir de honte.

Jean aimait tant à parler que son grand front nous apparut tout rayonnant dans l'ombre du berceau. Son regard caressait les enfants comme une proie. Je cherche à me souvenir de moi et de ce qui était en moi à ce moment, et j'ai quelque peine à ressaisir ma propre impression parce que Jean me domine. Je ne vois bien que Jean.

Et cependant il me semble que j'éprouvais en face de lui un sentiment de respect où il entrait bien quelque condescendance, et même un peu de compassion. Oui, je crois que je me félicitais tout doucement de la satisfaction que je procurais à ce pauvre ami en l'écoutant d'abord, et ensuite en lui fournissant des écouteurs.

Il s'est dégagé de moi, au long de ma vie, d'assez nombreux symptômes de « nature artiste », mais là-dessous il y avait un bon bourgeois, et c'est ici le châtiment des poètes. J'ai connu bien des poètes ennemis des bourgeois, mais je n'en ai jamais rencontré un seul chez qui l'élément bourgeois ne s'amusât à percer sous l'élément poésie de la façon la plus humiliante, la plus comique et la plus persistante.

On dirait que l'emphase même de l'anathème fulminé par les poètes contre la bourgeoisie leur attire cette vengeance de Jupiter Prudhomme : Ils sont bourgeois jusqu'au sublime !

Eh bien ! oui, en voyant les nombreux, les beaux enfants dont j'étais le père, tous réunis, si heureux, si joyeux, si bien habillés, si gras, si roses, si propres, et au milieux d'eux ces deux créatures chétives, qui appartenaient à Jean, le petit Bonif et la petite Berthe (1), j'eus une attaque de gratitude non pas envers Dieu, mais envers moi-même qui *ne devais rien à personne* (je me souviens de cette forme) et qui privé de patrimoine à mes débuts, avec ma seule plume, étais arrivé à créer une aisance, presque une richesse autour de ce bien-aimé petit peuple.

Mon regard se promenait dans *mon* jardin si frais et remontait vers *ma* maison riante où *ma* table de travail produisait le revenu d'un opulent domaine.

Pauvre Jean ! il en avait été ainsi de lui; mais au temps de sa prospérité, la *prudence* lui avait manqué, tandis que moi... Oh ! moi, je n'étais pas un homme d'affaires non plus; je me serais fâché tout rouge si on m'eût appelé homme d'affaires; je méprisais les notaires du meilleur de mon cœur, mais j'étais *prudent*, je me l'avouais, la preuve, c'est que j'étais heureux !

Je n'allais peut-être pas jusqu'à me dire brutalement : « Jean a pris Dieu comme une potion contre le désespoir qui a suivi sa ruine; il sera temps pour moi de songer à ces choses quand j'aurai besoin d'un médicament pareil. »

Non d'une façon formelle, certes, je ne me le disais pas, mais cette pensée s'exhalait de l'intime contentement que j'avais de moi-même et qui me laissait tout attendri.... Et vous croyez qu'une pareille épaisseur de vanité n'appelle pas le châtiment !

Bien peu de temps s'écoula entre ce jour et celui où je fus frappé comme Jean : non pas peut-être de la même manière, et où moi aussi je criai vers Dieu. A ma conversion les morts travaillèrent comme à celle de Jean, mes chers morts; mais il y eut une vivante pour les aider, et l'humble sainteté qui

____

(1) Berthe et Bonif sont des personnages du second récit de Jean : *Pierre Blot*.

était depuis si longtemps l'atmosphère même d'un coin de ma maison, me saisit à la fin comme une contagion bénie... Ah ! je me suis mis à raconter la conversion de Jean pour ne pas raconter la mienne propre et parce qu'il y a dans ma conversion à moi des choses douces, belles et modestes, qui ne sont point moi, et que ma plume aurait blessées rien qu'en les effleurant. De cette part respectée de moi-même, rien ne sera mis dans ce livre, rien ! Ce qui fut le cœur et l'âme de mon bonheur est, après Dieu, l'âme et la vie de mon malheur, — si on peut appeler malheur cette alternative de fervent travail et de prière incessamment récompensée qui remplace pour moi un peu d'ambition guérie dans l'oubli, un peu de bruit éteint dans le silence, et quelques avantages matériels perdus, à peine regrettés pendant un jour.

Je n'ai pas vu, en effet, comme Jean, la dispersion de mes amours, j'ai autour de moi mes enfants, tous, excepté un, qui nous est plus cher par son erreur et que Dieu rendra à nos ardentes prières. Nous avons confiance et abandon. Nous nous serrons les uns contre les autres et nous nous aimons davantage dans la reconnaissance de nos cœurs envers celui dont la bonté sans bornes a transformé notre ruine en richesse.

De temps en temps, je ne dis pas, en parlant du passé, quelque chose de mes souvenirs personnels se glissera et s'est déjà glissé à travers l'éloquence des souvenirs de Jean.

Il m'est arrivé çà et là de me tromper de sainteté et d'entendre, quand le père et la mère de Jean parlaient sous ma plume, d'entendre, dis-je, et de reproduire l'écho de deux autres voix bien plus chères.

Est-il possible de remuer les fleurs de la mémoire, sans qu'il s'en exhale un parfum ?...

Mais il n'en est pas moins vrai que ceci est la vie de Jean, non point la mienne, et je n'ajouterai qu'un seul mot nécessaire, à propos de moi-même : c'est que j'ai acquis le droit d'écrire la vie de Jean en remplissant la condition qui m'avait été imposée par Jean : je suis un catholique pratiquant.

J'ai donné au cœur de mon Maître divin mon cœur et mon corps, ma mort et ma vie. Je me suis converti absolument et dans toute l'étendue que le mot peut avoir; d'un côté jusqu'à l'ambition de souffrir et de mourir pour mon Maître, de l'autre jusqu'à la gloire de l'esclavage. Je demande du moins à mon Maître, chaque heure de chaque jour, que cela soit ainsi, au nom du Père, du Fils et du Saint-Esprit.

I

Ou Jean n'a pas beaucoup de succès auprès de son public. — Le rameau vivant de la souche morte.

Jean commença ainsi :

— Je vais donc vous raconter ma première communion, ou plutôt les événements très simples, mais assez frappants et marqués au sceau de la Providence, qui préparèrent et accompagnèrent ma première communion.

Vous souvenez-vous bien de la *Mort du Père* et de tous ceux qui étaient chez nous à ce premier repas servi dans notre maison en deuil? Je parie que vous n'avez pas oublié la brave Julienne, ni Olivier, notre médecin et notre ami, qui devait être mon compagnon de catéchisme, selon la prédiction de papa, et qui se pressait si peu de prendre le chemin de la paroisse?

Qui avons-nous encore en fait de personnages? Ce démon de Marie de Moy, dégingandée, longue, laide, et si jolie quand elle voulait, avec son cheval qui marchait, dont je ne me servis point, bourré que j'étais de gros orgueil.

Marie va jouer un bout de rôle dans notre nouvelle histoire, parce que maman était allée remercier la vieille Mme de Moy, de l'hospitalité qu'elle m'avait donnée en un cruel jour; elles devinrent toutes les deux de grandes amies. Mes sœurs aussi s'attachèrent à Mme de Moy; elles me grondaient, disant que j'aurais dû être reconnaissant envers Marie pour son cheval qui coûtait plus de 40 francs. Toutes les deux, Louise et Anne, se prirent d'affection pour « le grand bébé », comme elles l'appelaient, et à leur contact, Marie devint un peu meilleure, sans cesser d'avoir beaucoup le diable au corps...

— C'est ma grand'maman, celle-là, tu sais, dit ici Berthe à Bonif avec fierté.

— Je crois bien, répliqua Bonif, puisqu'elle avait un diable dans le corps !

— Quant à Charles, poursuivait Jean (j'espère que vous n'avez pas oublié le *sage*, le *cafard?*) il ne devait point rester avec nous. On l'avait nommé substitut du procureur du roi à douze ou quinze lieues de notre ville dans un petit tribunal de première instance où il avait 1.600 francs d'appointements. En nous annonçant cela, M. le premier président avait fait sentir à maman que toute une vie de reconnaissance ne suffirait pas à payer pareil bienfait.

— Notre infortuné collègue, avait-il dit dans son style majestueux, avait rendu à l'administration de la justice française, dans la mesure de ses capacités, des services qu'il ne m'appartient point de peser, mais je dois constater que les familles s'exagèrent presque toujours la valeur de... de..., la nature le veut. Ceci ne s'applique, d'ailleurs, à personne en particulier, c'est une observation générale. La magnifique position que nous avons obtenue, contre toute attente, pour notre jeune avocat (Charles) doit être regardée surtout comme une récompense collective, accordée par une haute bienveillance à l'excellent esprit de notre cour. J'ai l'avantage de vous annoncer en même temps, Madame, que malgré le manque de deux mois et sept jours sur les trente ans de service exigibles pour obtenir une pension de veuve, notre influence a obtenu du Ministère, en votre faveur, le règlement d'une indemnité annuelle de 180 francs. On ne vous la devait pas, mais il était notoire que notre regretté collègue n'avait pas de biens patrimoniaux, et l'embarras où il laisse sa famille excite l'intérêt au fond des cœurs généreux. Point de remerciements, je vous en prie. J'ai obéi à un sentiment honorable, et je trouve ma récompense en moi-même.

Ayant prononcé ce discours avec condescendance, M. le premier président se retira en cachant ses deux mains comme s'il eût craint qu'on ne les lui baisât de force.

Et en vérité, la petite pointe d'amertume que je mets là dedans est de moi; elle n'est que de moi; maman garda à M. le premier président, jusqu'à sa mort, une sincère et sans doute légitime reconnaissance.

Il y avait déjà cinq mois que mon père n'était plus là quand Charles fut nommé substitut du procureur du roi. Depuis le même espace de temps, nous étions littéralement sans ressources. Le peu d'argent qui servait à entretenir notre maigre

ordinaire venait par Charles. Où le prenait-il? J'ai su plus
tard que le docteur Olivier, qui était loin d'être riche, et
M. Jamond, le curé, qui était très pauvre, s'étaient disputés
à qui avancerait les petites sommes strictement nécessaires
à l'entretien de notre maison.

Maman n'aurait pas vécu si elle avait su qu'elle contrac-
tait ainsi des dettes. Je ne devine pas bien où elle imaginait
que Charles pût prendre le peu qu'il apportait; son chagrin
l'absorbait, et la crainte où elle était sans cesse de nous voir
manquer, lui cachait tout le reste. Une fois qu'elle se croyait
seule avec Charles, je l'entendis qui disait :

— Comment veux-tu que je fasse avec cela? Tu n'entends
rien à un ménage. Souviens-toi que ton père t'a recommandé
de n'être pas par trop économe pour nous !

Dans ces cas-là, Charles se retirait ne sachant que répondre,
et moi, j'arrivais pour consoler maman qui me disait, en
soupirant :

— Il est bon, au fond, très bon, mais... ah ! ce sage ! son
père le connaissait bien !

Mes sœurs savaient peut-être ce qu'il en était, mais moi,
je regardais Charles de travers et je trouvais qu'il humiliait
notre mère. Je parle ici des jours qui précédèrent son entrée
en fonctions comme substitut.

Charles, comme mes sœurs du reste, avait passé sa jeunesse
à aider papa, en copiant des rôles pour l'avoué; mes sœurs
brodaient la nuit. Une des choses qui m'ont inspiré le plus de
convoitise, en ma vie, c'est la montre d'argent de Charles; il
la vendit dix-huit francs. Il n'avait point accepté les offres
de M. Jamond, parce que tout ce qui était dans la bourse de
ce digne prêtre appartenait aux pauvres. Notre mystérieux
banquier était, par le fait, le docteur Olivier, et je ne saurais
dire à quel point il craignait d'être découvert.

— Il ne s'agissait pas ' plaisanter, petit Jean, me dit-il
une fois quand je connus enfin le grand secret, ta maman
m'aurait pris en grippe !

Vous verrez bientôt à nu le cœur exquis et si original qui
battait dans la poitrine de ce cher mécréant. Celui-là est,
dans le trésor de ma mémoire, au même rang que les plus
aimés et les mieux vénérés.

Je ne crois pas que je fusse méchant, mais j'étais de carac-

tère taquin, et comme j'avais découvert que l'histoire de sa
première communion prophétisée le troublait et l'impatien-
tait, j'y revenais toujours. Il n'osait plus me menacer de déser-
ter la maison, car nous étions trop malheureux, mais il parle-
mentait avec moi et me prenait par les sentiments.

— Petit Jean, me disait-il, tu ne vaux rien. Tu es le seul
de chez toi qui ne soit pas dévot, et tu tournes autour de moi
comme une mouche l'église ! En fait de première communion,
pense à la tienne ; M. Huet (c'était le vicaire) n'est pas content
de toi du tout...

— C'est toi qui m'empêches d'être bon, répondais-je ;
comme je sais bien que je ne la ferai qu'avec toi, ma première
communion, je ne me presse pas, puisque tu restes en route.

Il me tirait l'oreille et il riait.

Avec personne autre à la maison, je n'aurais osé parler de
cette façon légère. Jusqu'à un certain point, nous étions des
complices tous les deux, Olivier et moi. Je ne valais rien c'était
bien vrai. La violente émotion religieuse, que j'avais ressentie
au chevet de papa, laissait en moi comme une meurtrissure,
mais le côté tendre et si beau de cet ébranlement s'en allait,
et je ne gardais que la rancune de notre deuil.

De voir maman toujours pâle avec les yeux en feu, elle si
gaie autrefois, cela m'exaspérait. Notre pauvreté dont je me
faisais une idée humiliante et terrible me donnait aussi bien
de la colère.

On parlait beaucoup, en ce temps où les Bourbons régnaient
encore, de la « politique d'Henri IV », consistant à gorger ses
ennemis en laissant jeûner ses amis. Il ne m'est pas prouvé
du tout maintenant qu'Henri IV ait eu cette politique-là, et
c'est la faim canine des huguenots qui a porté pareille accusation contre lui, mais vraie ou fausse, je tournais cette accusation contre Dieu. La prospérité des incrédules me révol-
tait comme une injustice. Parfois il me semblait que Dieu avait
leurré la dernière heure de papa, en lui promettant faussement
que sa providence aurait soin de nous tous, et j'en voulais à
Dieu de cette mort souriante qui m'avait élevé si haut le
cœur.

Tout cela n'allait peut-être pas très loin assurément ; ma
pensée hargneuse murmurait et ne blasphémait pas, parce
que tout en moi était très petit, mais j'étais une graine de

sceptique comme je l'ai bien prouvé plus tard; je n'avais
nulle promesse de largeur dans l'esprit, ni audace, ni tendresse
dans le cœur, et il faut toujours en revenir au mot du docteur
Olivier : je ne valais rien...

Jean s'arrêta ici brusquement. Il y avait deux de mes petits
qui dormaient déjà; ma femme faisait les gros yeux à un
troisième qui épluchait le bas de sa tunique en belles franges
effilochées. Béberthe et Bonif, rouges comme deux coque-
licots, sans bouger, sans rien dire et avec un héroïsme sauvage, s'entre-pinçaient le gras des bras jusqu'au sang.

— Alors, dit Jean qui se mit à rire, on veut que j'arrive
au catéchisme? Je ne demande pas mieux, mais dans l'histoire
de quelqu'un qui ne vaut rien, on est partout plus souvent
qu'à l'église. Entrons-y pourtant.

Notre catéchisme était très-nombreux cette année-là, et il
y avait de fiers sujets, aussi bien parmi les filles que parmi les
garçons. Moi, je n'étais pas tout à fait à la queue, comme par
exemple M. Bonif et Mlle Berthe qui vont manger du pain
sec à la petite table et boire de l'eau, s'ils ne cessent pas vite
et vite de jouer à se faire du mal. Item : Mlle Berthe est invitée
à venir auprès de moi, à droite, et M. Bonif à gauche... Et la
paix !... Je ne savais pas toujours très bien ma leçon, c'est
vrai, mais tout à coup, de temps en temps, je gagnais une
belle image pour faire plaisir à maman. Elle avait tant besoin
d'être un petit peu consolée !

Un démon, c'était Marie, le grand bébé de mes sœurs. Au
catéchisme, on lui avait donné un autre sobriquet; nous
l'appelions la Girafe à cause de sa longue taille efflanquée, et
vraisemblablement, c'était moi qui lui avais fait cadeau de ce
nom-là. Quand le vicaire M. Huet, venait dénoncer, avec
toutes les précautions de sa miséricorde, les tours qu'elle
faisait, la bonne dame de Moy, sa pauvre grand'mère, pleurait
bien souvent derrière ses lunettes. On avait idée que moi,
je pourrais être reçu, dans le tas, un peu par charité, mais pour
la Girafe, il n'y avait vraiment pas moyen; tout le monde la
voyait d'avance refusée à l'examen, si toutefois on avait la
patience de la garder jusque-là...

— Écoute, dit Bonif à Berthe derrière le dos de Jean, écoute
les notes de cette mauvaise Girafe-là !

— Oh ! bon papa ! bon papa ! s'écria Béberthe tout en

larmes, tu peux bien dire du mal de bonne maman, toi, si tu veux, mais pas lui !

Jean l'attira contre son cœur. Il souriait avec tristesse.

— Pauvre chère âme ! murmura-t-il. Comment dirais-je du mal d'elle ? Quand tu seras grande, tu sauras ce qu'un poète très intelligent et très méchant a dit, une fois qu'il ne mentait point par hasard : « Les hommes rient pour ne pas pleurer. »

— Et les dames ? demanda Béberthe.

Nos deux voisines, la mère et la fille avaient souligné par des sourires de personnes qui s'y entendent la presque citation de Beaumarchais. La question de Béberthe sonna à leurs oreilles agréablement comme un de ces *mots* de théâtre, dits *naïfs* qu'on met dans la bouche des infortunés petits ou petites, condamnés, dès leur bas âge, à « brûler » les planches et à épouvanter, avant quinze ans, les expériences les plus moisies du boulevard. Nos deux voisines étaient fâchées déjà d'être venues ; elles trouvaient Jean laid, mal habillé, commun et même bedeau, mais elles ne le témoignaient point, parce que, en définitive, la séance était gratuite. Jean ne semblait faire aucune espèce d'attention à elles. Il reprit :

— Je dis tout uniment ce qui était : j'avais pris la Girafe en aversion parce qu'elle ne se montrait jamais méchante avec moi comme avec les autres. Cela m'humiliait. Depuis l'affaire du grand cheval qui marchait, je sentais qu'elle avait pitié de moi et même de toute ma famille. Or, si quelque chose a fait horreur à ma jeunesse, c'est la pitié quand elle s'adressait à moi. Pour subir la pitié il faut être très fort, ou très retors ou très bon.

Je ne puis dire l'impatience que j'éprouvais à rencontrer partout cette fille longuette, pimpante, agitée et mettant dans ses yeux énormes plus de compassion qu'il n'en fallait pour me donner envie de la battre. Elle faisait litière de ses robes toutes neuves et trop belles à mon gré, qui ne duraient qu'une semaine ; celles de mes sœurs vivaient éternellement. Je détestais ses mauvaises humeurs, et ses gaietés m'insultaient. Il y avait là dedans de l'orgueil, de la maladie et de l'envie.

Mais voici bien une autre affaire ! Une fois, j'entendis Julienne qui disait dans son patois à je ne sais quelle commère du voisinage :

— Si c'était comme sous l'ancien régime d'avant Robespierre où ils mariaient ensemble des bambans et des bambanes pas plus hauts que ma jarretière, et ça se fait encore dans les pays chauds, ma chère, bien sûr que ce laideron de Girafe demanderait à sa bonne maman de lui acheter notre petit Jean pour s'épouser avec lui !

La commère répondit en ricanant :

— Dame ! ce se serait un mignon marché pour vos maîtres tout de même, ma Julienne, car la maigrette a son bien venu, et la grand'maman vaudra cher après sa mort.

Je ne crois pas avoir ressenti jamais une autre indignation pareille. Ce n'était pas la grossièreté de ce langage qui m'offensait; dans ma ville natale, au salon comme à la cuisine, on dépèce les vieux parents à héritage avec une bonhomie pleine d'impudeur, et j'étais habitué à entendre parler ainsi partout, excepté chez nous où il n'y avait point d'héritage, partant point d'*espérances*, comme dit la férocité des héritiers. J'étais révolté uniquement par l'idée que l'on pouvait trafiquer de ma personne, et m'unir contre mon gré, par un monstrueux abus de pouvoir, à Marie de Moy, ma bête noire. Maman et mes sœurs descendaient presque chaque jour rendre visite à Mme de Moy, dont la santé s'affaiblissait de plus en plus. N'était-ce pas là un symptôme, et même une menace? Dans ces conciliabules, de quoi pouvait-il être question? Elles devaient bien sûr comploter mon mariage d'argent, pour l'époque où se serait une chose possible !

Ah ! mais non ! Je ne voulais pas de cela !

La vie de garçon me plaisait. Je laissais à la Girafe son opulence, je prétendais garder ma liberté, et pour bien trancher les positions, je cessai brusquement de lui dire bonjour quand je la rencontrais dans l'escalier.

Elle se plaignit dès le lendemain; on me gronda, je continuai; on me mit en pénitence, et je résolus de m'engager marin. De mon temps, les journaux n'enseignaient pas encore aux enfants de onze ans comment on s'y prend pour se suicider.

Mais ce n'était pas trop de toute la largeur de l'Océan entre moi et cet odieux mariage !

Avril commençait et maman faisait les malles de Charles qui allait décidément nous quitter pour prendre ses fonctions de substitut. Mes sœurs étaient bien agitées, on aurait voulu mettre dans ses bagages tout ce qui était à la maison, et pourtant cette singulière défiance, dont j'ai parlé si souvent déjà se faisait jour au milieu même des tristesses de la séparation. Le fameux mot égoïsme n'était certes pas prononcé, et cet autre mot « cafard » n'appartenait pas à notre langue de famille, mais j'entendis une fois Louise qui disait à Anne :

— Tu sais, le sage ne s'oublie pas, il emporte toute une caisse de dessert !

Elles riaient bonnement. Louise ajouta :

— Et toujours un peu de cachotterie ! Il a mis la caisse dans le cabinet noir, derrière les malles.

— Nous avons tous nos petites manies, dit Anne, plus charitable. Elle sent le bon chocolat, sa caisse.

La veille du départ, Charles m'emmena faire une promenade. Il y avait un lieu que papa aimait autrefois : c'était au bout d'un certain chemin vert, bordé d'un côté par un talus très haut couronné de pruneliers, de houx et d'épines qui formaient une haie profonde d'où sortaient les troncs difformes d'une rangée de chênes à fagots. De l'autre côté du chemin se creusait une douve assez large dont l'eau dormait sous une couche régulière et comme vernissée de ces petites feuilles aquatiques en formes d'écailles qu'on nomme des lentilles. Au delà de la douve, c'était une grande prairie, marquée au centre par un bouquet de saules entourant un lavoir.

Au bout du chemin, un ruisselet courait dans la glaise bleue sur des cailloux qui riaient entre les herbes longues et grêles, abandonnées comme des chevelures au fil de l'eau. Rien n'était joli comme ce courant limpide montrant à travers les anémones flottantes, des petites pierres roses que le gris azuré de la glaise enchâssait.

Au delà du ruisseau que j'avais troublé si souvent pour y faire marcher mes moulins d'enfant, le terrain remontait en douce pente formant une tertre triangulaire ou le gazon était souffu, mais ras comme velours. Les moutons de la ferme voisine de chargeaient de le tondre, et une douzaine d'énormes châtaigniers qui relevaient leurs racines comme les genoux d'un homme assis sur l'herbe, donnaient l'ombre qu'il fallait quand il faisait trop chaud au soleil.

Cela s'appelait le pâtis du Brelut; la métairie du même nom était si proche qu'on l'entendait battre le blé ou piler les pommes, mais on ne la voyait point, à cause des buis qui bordaient le fond, exhalant leur odeur amère, et plus sombres que des cyprès.

C'était ici l'endroit, choisi par notre père pour y planter la petite maison bien-aimée que tout pauvre homme passe sa vie à bâtir dans ses rêves : surtout ceux qui ne doivent jamais avoir de maison bâtie sur cette terre.

Je n'ai pas connu, en dehors des soldats engagés par le vœu de pauvreté dans l'armée régulière de Jésus Notre-Seigneur, le chrétien parfait qui ne souhaite rien ici-bas. Charles lui-même n'était pas ce chrétien-là puisqu'il avait ma mère et nous à pourvoir. Sans ma mère et sans nous, Charles eût assurément cherché loin du monde une source cachée pour y assouvir son ardente soif de souffrir et d'aimer, mais nous, et surtout ma mère, l'attachions au devoir humain par un lien qu'il n'était pas possible de briser.

Cet égoïste nous sacrifiait en silence la plus chère passion de son cœur, et Dieu qu'il eût trouvé si aisément, si grandement dans la solitude, il le cherchait en nous à travers les nécessités mesquines de l'existence.

Nous l'avons déjà vu taxé d'avarice: nous le verrons aux prises avec de plus graves accusations, et je vous préviens que l'heure arrivera où vous le prendrez en haine inévitablement, non point pour ses vices imaginaires, mais pour sa réelle vertu : Charles est l'honneur, mais aussi la pierre d'achoppement de mon récit, je ne me fais pas d'illusion à ce sujet :

Figurez-vous Tartufe-ange, c'est-à-dire un ange qu'on affuble du nom et de la peau de Tartufe, un honnête homme, plus qu'un honnête homme, un héros, un saint, un martyr — je demande bien pardon à tous nos petits, même à M. Bonif et à Mlle Béberthe, mais ces choses fatigantes sont absolument nécessaires à dire — figurez-vous ce prétendu hypocrite, pur et franc comme l'or, diffamé, écrasé sous l'opprobre de la calomnie et acceptant l'outrage immérité sans même essayer une justification qu'il dédaigne, figurez-vous, je le répète, un saint, un vrai saint, berné, roulé, bafoué dans la défroque de Tartufe, ce qui est beaucoup moins rare qu'on ne le pense, quelle grandeur au fond de cette pensée ! Mais aussi quel trésor de froide invraisemblance et d'ennui ! Horace, le charmant esprit, Boileau, le notaire du Parnasse, et tous les aimables Athéniens qui ne veulent pas d'Aristide dans Athènes vous diront à l'unanimité, que Tartufe se sauve, au point de vue de l'art et au point de vue de la morale athénienne, par ses vices mêmes qui feraient de lui un amusant coquin si son hypocrisie n'en faisait pas un coquin sublime !

Le lièvre est la base de tout civet et le vice le fond de tout poème.

En bonne et libre critique, on ne passe la vertu qu'aux héros assez heureux pour l'excuser par des crimes.

Aussi, Mesdames et Messieurs, vous êtes suppliés de regarder Charles comme un inconvénient dont mon histoire est empêtrée fatalement, pis que cela, comme un défi jeté bien malgré moi à votre patience.

J'ajoute pour ma décharge que ce Charles, odieux à force de perfection n'est pas notre héros. Notre héros, c'est moi, et j'ai peine à croire que jamais personne m'accuse d'avoir poussé la vertu au delà des limites permises.

Il y avait au milieu du tertre ou pâtis du Brélut, une souche arrachée qui tenait encore au sol par une racine, une seule, longue et menue comme un fil, et cela suffisait pour garder à ce bloc de bois énorme, et en apparence inerte une mystérieuse vie. En effet, une petite branche sortait de l'écorce déjà desséchée et montrait trois ou quatre de ces gros bourgeons, tout luisants de sève qui annoncent dès la fin de mars la feuillaison des marronniers d'Inde. Je me souviens que Charles regarda cela en arrivant. Nous nous assîmes sur la souche, et nous poursuivîmes l'entretien commencé au long de la route.

— Cinq fenêtres de façade, me disait Charles qui souriait tristement, l'entrée par le chemin vert avec un beau petit pont pour le ruisseau, le jardin au levant, fermé par une simple haie pour ne pas cacher les châtaigniers, mais il y a de braves haies qui valent muraille. L'enclos aurait fait une pointe ici, derrière, parce que papa voulait avoir les buis. Sa chambre aurait regardé les buis.

« Au rez-de-chaussée, salon, salle à manger, cuisine et buanderie, car maman souhaitait de *couler* la lessive; au premier, quatre chambres, au second, Julienne et les greniers... Ah ! je connaissais bien la maison, papa me l'avait si souvent bâtie !

« La dernière fois que nous vînmes, c'était en automne. Nous avions parlé de l'affaire Sicard un peu, et beaucoup de

toi, car il pensait toujours à toi. Ta première communion le
préoccupait à ce point que je lui dis : ·

« — Père, nous avons toute une année devant nous, et
peut-être deux, je n'ai fait la mienne qu'à douze ans.

« — Et tu l'as bien faite, me répondit-il. Si on n'avait pas
si grand besoin de toi chez nous, tu serais prêtre et bon prêtre.
Merci. Tu sais bien de quoi je te remercie... Mais Jeannot est
un petit bonhomme nerveux, le contraire de toi; il ressemble
à Anne, pauvre fillette. Je suis bien éloigné de dire qu'il
n'aura pas bon cœur, mais sa tête travaillera, et Dieu n'entre
pas de plain-pied dans ceux de sa sorte. Tout dépend de sa
première communion. »

Ici Charles me tira l'oreille doucement, croyant que je
n'écoutais pas; il se trompait. Je dis :

— Ma première Communion sera bien faite.

— Je l'espère, prononça Charles avec gravité.

Puis il reprit :

— A moitié route, le jour dont je te parle, papa était déjà
très fatigué, car son accident le cherchait; je lui voyais de la
sueur aux tempes, il me dit :

« — Si je pouvais aller jusqu'au pâtis, je te montrerais
quelque chose.

« Et nous continuâmes à marcher, sans plus parler de ta
première communion. Il peinait beaucoup, quoiqu'il s'appuyât
sur mon bras, et je lui proposai de retourner à la maison, mais
il me répondait toujours :

« — Non, non, je veux te montrer quelque chose.

« Enfin nous arrivâmes, et il se laissa tomber sur la souche,
à la place même où nous sommes, essuyant à deux mains
la sueur de son front.

« — Regarde-moi cela ! dit-il avec triomphe.

« — Quoi donc ? demandai-je, car je ne voyais rien.

« Il toucha du bout de sa canne cette petite pousse où tu
vois luire les bourgeons sous leur gomme et qui portait alors
deux palmettes de feuilles de marronnier, larges et vigou-
reuses comme elles sont toujours sur les jeunes pousses.

« — Tiens ! dis-je, c'est vrai, la souche est en vie !

« — Comment expliques-tu cela ?

« — Bien sûr, répondis-je en riant, que ce n'est pas un
miracle !

« — Tu te trompes, me répondit-il sérieusement, c'est un miracle. Voyons, cherche la raison de cette vie dans cette mort, trouve-la, ou bien agenouille-toi ! ...

« Moi, petit Jean, poursuivit Charles, je n'aurais pas mieux demandé que de m'agenouiller tout de suite. On est si bien à genoux. C'est à genoux seulement que je me suis jamais senti fier, libre et grand ! mais je cherchai pour obéir au père qui me semblait avoir une fantaisie d'enfant.

« La souche était comme la voici encore, bien détachée du sol et supportée d'un côté par cette pierre, de l'autre, par cette branche sciée qui complète son parfait isolement. Tu peux voir cela, petit Jean, comme je le vis. Quand j'eus bien regardé, je dis :

« — En effet, c'est une chose surprenante.

« — Non, me répondit papa avec une extraordinaire émotion, c'est une chose toute naturelle mais qui figure à mes yeux un adoré miracle : le lien béni, indissoluble établi par la première communion entre l'âme de l'enfant et la divinité de Jésus-Christ.

« Il écarta du pied une touffe de mauves foisonnant à l'extrémité de la souche et me montra la petite racine velue, semblable à une cordelette effilochée qui tenait d'un bout à l'arbre mutilé, de l'autre au sol... »

Jean s'arrêta ici, et tout à coup ses yeux se remplirent de larmes. Sa voix tremblait quand il reprit :

— Pauvres chers enfants, puissiez-vous comprendre cette image mieux que je ne le fis alors... Et pourtant, à quelque temps de là, j'eus le bonheur de faire une bonne première communion, dont le parfum embaume encore mon souvenir ! Et un jour, après toute une longue vie mal employée, je sentis que je tenais au cœur de mon Dieu par cette racine mystérieuse que rien ne peut rompre. J'avais traversé des années de révolte et d'incrédulité, je m'étais égaré loin de ma chère foi, et j'avais été longtemps, comme une souche arrachée hors du sol qui la nourrit.

Mais le lien subsistait, invisible, sous la mauvaise herbe, et m'envoyait à mon insu, la parcelle, l'atome de sève qui suffit pour éviter la grande mort.

Si bien qu'au jour de miséricorde, quelque chose put reverdir en moi, et fleurir, et fructifier; je n'étais pas mort tout à

fait, un fil me rattachait à la vie... O divin maître ! que votre
cœur soit glorifié au-dessus de la hauteur des cieux ! Vous
êtes rentré par cet étroit conduit chez votre serviteur indigne,
vous dont ni le monde, ni un millier de mondes ne saurait
contenir l'immensité ! Jésus merveilleux ! Bonté que rien ne
peut dire ! J'élève mon âme vers vous, adoré Dieu ! Sauveur
éternel ! vous m'aviez muni du souverain talisman ; je portais
en moi ce viatique en fleurs, cette bénédiction indélébile qui
traverse la vie comme l'autre viatique surpasse la mort. Les
épreuves de ma vieillesse sont douces parce que j'ai gardé
le sacré vaccin de votre amour inoculé alors dans mes veines,
et ma dernière heure sera belle par la grâce de ma première
communion !

II

LE BUDGET DE CHARLES

Jean disait les choses de ce genre avec une magnifique
passion qui remuait les âmes dans leurs fibres les plus profondes. Nous étions tous émus, même les voisines, à leur
manière. On voyait bien qu'elles jugeaient Jean au point
de vue théâtre et qu'elles le trouvaient très beau, dramati-
quement. Les moins touchés étaient Bonif et Béberthe, francs-
cailloux sur lesquels roulait quotidiennement le flot de cette
éloquence sans les pénétrer beaucoup plus que le cours d'un
ruisseau n'amollit les pierres de son lit.

Jean les regardait du coin de l'œil ; c'était pour eux surtout
qu'il parlait.

Mes deux petits à moi, ceux du catéchisme vinrent embrasser leur mère avec des yeux mouillés. Jean poursuivit :

— Il est bien certain que Charles avait amené et préparé
pour moi cette anecdote-parabole de la souche arrachée et
de sa mystérieuse nourrice, la racinette perdue sous les fleurs.
Je sentais cela et je m'attendais à un sermon, mais Charles
ne prêchait jamais, sinon en ouvrant le livre de son cœur à
la page propice. Lisait qui voulait.

Il était tout le contraire de moi qui prêche toujours, hélas ! de parole bien plus que d'exemple.

Nous restâmes assis une demi-heure en cet endroit consacré par le souvenir du père, au milieu de ce paysage si simple que les rayons du printemps faisaient sourire. La première communion fut mise de côté. Il ne fut plus question que du grand départ, fixé au lendemain.

Charles nous quittait triste et résolu; il emportait une inquiétude sur la santé de notre mère, mais il était l'homme de l'abandon chrétien qui fait tout au monde pour accomplir son devoir et remet le surplus dans la main de la providence.

Il commença tout de suite à m'exposer son plan de vie dans sa situation nouvelle, les difficultés qu'il prévoyait, les espoirs qu'il concevait. Sa tendresse pour moi était douce, mais grave et presque paternelle. Il aimait à me relever au-dessus de mon âge en me consultant à l'improviste sur des cas de conduite ou même de conscience qui semblaient n'être point à ma portée.

En fait d'éducation, je ne crois pas qu'il eût de système, mais la rectitude excellente de sa pensée valait tous les systèmes, et sans connaître les idées des éducateurs célèbres, il *inventait* les rares bonnes choses qu'on rencontre çà et là éparses dans leurs volumineux écrits, comme Pascal, dit-on, inventa la série des propositions géométriques, avant d'avoir ouvert Euclide.

Nous n'avions rien à la maison, il me l'avoua catégoriquement pour la première fois.

M. Sicard, le banqueroutier qui nous avait pris nos pauvres 1,500 francs, s'était tiré d'affaire ou à peu près, grâce à la charité de papa: il avait remonté je ne sais quelle entreprise, peut-être même plusieurs, et se bâtissait un hôtel non loin de chez nous. Ceux qui avaient essayé de l'écraser pendant sa détresse faisaient queue à sa porte, maintenant, pour obtenir qu'il voulût bien accepter leur argent, parce que faillite vaut presque crédit aussi bien en province qu'à Paris.

Je ne comprenais pas très clairement alors cette loi étrange sans laquelle assure-t-on, le commerce mourrait de langueur, et qui déclare que le fait de fermer une caisse sur le nez des créanciers éteint toutes dettes; je ne prétends pas la comprendre aujourd'hui beaucoup mieux, mais il importe peu

que je comprenne ou non. La loi a ses mystères comme la
foi, et les mêmes gens qui repoussent les adorables mystères
de la foi profitent souvent des vilains petits mystères de la
loi.

Sicard nous avait pris nôtre argent à nous qui n'en avions
pas; il ne nous l'avait point rendu; il avait beaucoup d'argent, et cependant il ne nous devait plus rien, voilà le mystère de la loi, et un jour que Sicard nous envoya un lièvre de
sa chasse, la ville entière s'attendrit sur sa magnanimité,
car cela prouvait bien qu'il ne nous gardait point rancune.

— Avec 100 francs par mois, me dit Charles, vous pouvez
manger du pain chez nous.

— Et rien avec? demandai-je non sans effroi, car j'étais
gourmand.

— A peu près rien, me répondit-il.

— Et avons-nous les 100 francs?

— J'espère les donner.

— Mais, dis-je, comment faisions-nous avant d'avoir les
100 francs que tu nous donneras?

— Nous empruntions en attendant que je fusse nommé
substitut, maintenant que je suis nommé, c'est fini.

— Alors tu vas rendre? -

— Oui, répliqua-t-il en souriant, veux-tu que je te fasse
mon compte?

— Je veux bien.

Il posa ses chiffres aussitôt en homme si parfaitement
plein de son calcul que l'arithmétique déborde hors de lui
malgré lui.

— J'ai 1,600 francs de traitement, me dit-il; nous devons
un peu plus de 800 francs. Le total de mes appointements
divisé par douze donne chaque mois 133 francs 33 centimes,
plus une fraction infinitésimale que je néglige dans la pratique. Là-dessus, il y a 100 francs pour maman.

— Et pour toi 33 francs.

— 33 centimes, oui.

— Plus la fraction infinitésimale...

— Pour argent de poche, oui, me dit-il encore.

Eh bien! je vais vous étonner, mais il faut que je l'avoue,
je ne le trouvais pas trop mal loti. Je n'avais pas la moindre
idée de la valeur de l'argent, ou plutôt je prêtais à l'argent

qui étais si rare chez nous une valeur disproportionnée. Cette somme de 33 francs et encore des sous, à dépenser par mois, me semblait rondelette.

Charles devina bien cela et répondit à ma pensée en disant simplement :

— C'est certain, j'ai assez. J'aurais même trop sans ma chambre, mais tu te souviens de ce que disait papa : on tient à ce que les magistrats se respectent; je dois être bien logé. J'ai trouvé un petit réduit au fond d'une cour; cela ne manque pas de tournure. Il y a trois marches qui font comme un perron. On me le laisse pour 120 francs, l'an, ce qui fait 10 francs à prendre tous le mois sur les 33 francs.

— Ah ! fis-je, 10 francs, il n'en reste plus que 23. Je n'avais pas songé au logement.

— C'est bien naturel, me répondit-il, on ne pense pas à tout. Il y a aussi ma garde-robe qui demande à être respectée; je ne la veux pas brillante, mais j'en évalue l'entretien à 10 francs par mois.

— Mazette ! fis-je, encore 10 francs !

— Si on peut faire à moins, me dit Charles très sérieuse-ment, tant mieux. Restent 13 francs et les centimes pour le blanchissage, la nourriture et l'imprévu.

— Que de choses il faut ! murmurai-je en un gros soupir.

Car je commençais à comprendre que le revenu de Charles ne constituait pas une opulence.

Ici tout le monde, surtout les ménagères et même les enfants, doit taxer mon récit d'invraisemblance. A l'âge qu'avait Charles on ne se fait plus de pareilles illusions. Vivre avec 22 sous par jour, quand on est substitut, même dans une sous-préfecture très enfouie, c'est un rêve extravagant.

Je ne dis pas non, mais j'ajoute tout de suite que j'ai vu au cirque Olympique des gens hardis et adroits faire quantité de choses qui semblent impossibles.

Cela s'appelle des *tours de force*.

Charles fit son tour de force et vécut comme il l'avait dit, non pas quelques mois, mais un peu plus de deux années, et pendant le même espace de temps, il me servit à moi qui parle une pension d'écolier de 7 sous par semaine. Et je suis obligé d'avouer devant tous, y compris M. Bonif, que j'eus bien le cœur de la recevoir !

Il n'était pas très gras, ni très élégant, mais il se portait bien et nous l'admirions toujours propre. Son caractère avait changé. Quand il venait nous voir à pied, faisant ses quinze lieues la nuit pour garder son « quant à soi », tout en épargnant le prix de la patache, sa gaîté emplissait la maison.

Mais je n'ai pas fini le procès-verbal de notre causette au pâtis du Brelut, pauvre incident, assurément, mais dont les détails, si indifférents en apparence, me restent gravés dans le plus profond du cœur.

Sans mesurer encore parfaitement les difficultés de son « tour de force », je commençais, je l'ai dit, à conjecturer qu'il ne serait point là-bas sur un lit de roses. L'idée vague me vint que pour ses 13 francs, il ne serait pas à même de faire bonne chère, car pour ce qu'il appelait « l'imprévu » et aussi pour le blanchissage, c'étaient à mes yeux de pures vétilles. Il n'y avait d'important que son ordinaire, et je lui en touchai deux mots; il me répondit :

— C'est arrangé. Voilà pourquoi j'ai déjà fait deux fois le voyage de là-bas. La gouvernante de la bonne dame qui me loue mon château 120 francs, me fournira une belle assiettée de soupe tous les jours. Cela fait un fond.

— Après?

— J'emporte ma caisse...

— Des raisins secs, des figues et du chocolat...

— Tu l'as donc ouverte?

— Non, mais je l'ai flairée, mes sœurs aussi.

— Compliments à vos nez ! dit Charles en éclatant de rire : figues, raisins, chocolat, tout y est, mais n'avez-vous rien senti de plus?

— Non..., excepté un petit goût de moisi...

— C'est le principal ! Ce goût-là fait que j'ai eu la caisse à très bon compte.

Un soupçon me vint et j'eus le cœur serré.

— C'est du dessert, pas vrai? m'écriai-je.

— Non, me répliqua-t-il, car il ne mentait jamais : c'est *du dîner*, je n'aurai plus que le pain à me fournir. Tu sais que je ne suis pas gros mangeur... j'aime les friandises !

Je sentis bien l'ironie résignée qui était sous cette parole, mais comme l'idée de manger toujours du dessert ne m'aurait pas déplu, en ce temps-là, je ne fis point d'objection... Voici

Mlle Béberthe, tenez ! Je parie qu'elle ne demanderait pas mieux qu'à vivre de figues.

Béberthe, ainsi interpellée, répondit avec dédain :

— Pas des moisies, toujours, comme celles de la pension !

Nos deux voisines du monde « artiste » de Ménilmontant essayèrent de trouver là un « mot », mais elles étaient visiblement decouragées. Ce Jean ne les faisait pas du tout rêver. Il manquait de prestige et d'harmonium. Pas de poésie en lui qu'on pût accompagner au piano; moi au moins, j'étais posé dans l'estime des personnes bien habillées qui font la gloire; on m'avait dédié des romances et ma photographie se rencontrait aux vitres à cause du *Bossu*, dont les journaux disaient qu'il avait été joué quatre cents fois comme drame et vendu comme roman à quatre cent mille exemplaires.

Elles ne l'avaient pas lu, mais à quoi bon lire? Les chiffres sont là. Le *Figaro* suffit, ou la *Lanterne*, selon les saisons et les tempéraments. Qui donc a lu Voltaire ailleurs que dans l'almanach?

Nos voisines s'indignaient, elles l'avouèrent le lendemain, qu'un auteur comme moi, *sérieux*, c'est-à- ire gagnant beaucoup d'argent, au vu et au su de tout le boulevard, pris la peine d'écouter ce vieil homme à chemise mal empesée racontant une plate histoire de provinciaux gênés qui ne mouraient même pas tout à fait de faim !

Jean subissait le contre-coup de cet alliage introduit dans son petit public. Il tournait avec une sorte de mauvaise humeur autour de la transition décisive qui devait le mettre dans son sujet, et je vis le moment où sa fantaisie, vivant au vent, selon l'habitude, allait le lancer au beau milieu d'une autre histoire. Par bonheur mon petit Louis ne l'entendais pas ainsi.

— Dis-donc, vieux Jean, demanda t-il à haute et intelligible voix, malgré les signaux de sa mère, tu ne la feras donc jamais ta première communion !

— C'est vrai que nous en sommes encore loin, repartit Jean, mais tu vas voir plus tard, gros père Louis, que le pâtis du Brelut était bien sur la route de ma paroisse. Quand tu seras vieux à ton tour, peut-être que tu te souviendras de la tonnelle où nous sommes et que tu m'y verras, comme je me souviens, moi de la souche et comme j'y vois mon pauvre Charles, assis au même endroit que le père et tenant sa place

si véritablement que ma piété les confond dans le même respect.

Je ne dirai plus rien de l'arithmétique de Charles; vous
autres enfants, vous ne sauriez apprécier les difficultés du
problème qu'il résolvait avec tant d'humble témérité, et
d'autre part, vos parents et leurs amis garderaient l'arrière-
pensée que j'exagère.

Assurément, j'aurais mieux fait de poser le cas de Charles tout
brut : à savoir que Charles, sur un traitement de 1,600 francs
nous assurait 1,200 francs l'an et gardait 100 francs par
trimestre pour satisfaire, loin de sa famille et de ses amis
aux exigences d'une position de jeune magistrat. J'ai été
entraîné par le besoin que j'avais de montrer en Charles la
grandeur si facile à méconnaître de ces sacrifices terre à terre,
de ces vertus modiques et ternes que Dieu aime, j'en suis sûr,
entre toutes, dans l'infini de sa justice, parce qu'elles ne sont
pas seulement cachées, c'est-à-dire exemptes de récompense ici-
bas, mais parce que encore, si par chance on les découvre en
passant, elles sont laides à voir, selon le goût des hommes,
ridicules, presque détestables, méritant aux âmes qui les
possèdent l'accusation de calcul, d'étroitesse, d'avarice,
d'égoïsme et d'hypocrisie.

Aucune de ces accusations ne manquait à mon frère Charles
au dehors, et il en retrouvait quelques-unes à la maison... Te
souviens-tu, mon ami Louis, bon gros garçon que tu es, sauf
l'orgueil, la paresse, la colère, la gourmandise, en attendant
les autres péchés capitaux qui viendront tous, si ta première
communion ne te défend pas contre eux comme un charme,
te souviens-tu de la grande frayeur qui te prit, l'automne
dernier, un soir que tu te roulais autour de moi sur le gazon
de la pelouse? Tu t'en souviens, car te voilà tout rouge! Tu
es brave, pourtant, à ce que tu dis! mais tu avais senti glisser
entre tes doigts une bête... énorme! Et hideuse! Une « sale
bête, » c'était ton mot... Nous la fîmes prisonnière pour assouvir
ta soif de vengeance; les enfants, pas plus que les hommes, ne
pardonnent la peur qu'on leur fait. Tu voulais tuer l'horrible
bête, je lui sauvai la vie; mais je consentis à la mettre en cage,
malgré son innocence. Sa cage ne fut point en fer comme celle
du mont Saint-Michel, construite pour ce premier ministre
qui avait eu le malheur de donner la chair de poule à son roi.

C'était une petite boîte de carton que nous perçâmes de trous d'épingle pour que ton captif pût respirer. Tu l'appelais ton cardinal de la Balue, parce que je venais de te raconter l'histoire de Louis XI... Et le lendemain matin, faisant appel à ta clémence, j'obtins la liberté du cardinal. Je ne ris pas, tu sais, il y avait aussi de la pourpre dans notre cage où tu avais enfermé ton ennemi la veille, à tâtons : de la pourpre et de l'or, et des saphirs et des émeraudes, — et sitôt que la boîte fut ouverte, sur la pelouse nous vîmes courir à travers les brins d'herbe la *sale bête*, vivant joyau, merveille de la création; le scarabée émaillé d'azur et de rose, mirant le soleil comme une pierre précieuse, mais n'ayant d'autre ambition que d'éteindre dans son trou les rayons de sa pauvre gloire.

Ainsi était Charles que le monde ne connaissait pas : non plus ceux qui l'aimaient que ceux qui le méprisaient. Les dernières paroles de notre père le découvrant tout à coup avec le clair regard de ceux qui voient déjà au delà de la vie, l'avait illuminé pour nous un instant, mais il s'était réfugié bien vite au fond de son ombre, lui qui ne voulait pas d'auréole, et facilement, à la maison, nous nous étions faits les complices de son humilité... Ce n'est pas amusant, ces choses-là, n'est-ce pas, enfants? Je ne sais pas même si c'est utile, parce que rien ne réconciliera le monde avec la sainte humilité. L'humilité est la bête noire du monde qui la poursuit jusqu'à la mort.

Je veux pourtant ajouter un dernier trait pour montrer combien j'étais loin d'admirer la conduite de mon frère Charles, moi qui lui devais tant d'amour et qui en effet le chérissais tendrement. La question de nos 800 francs de dettes revint, je ne me rappelle plus comment, et je m'informai sans doute du moyen qui serait pris pour les solder, car Charles me répondit :

— Il y a les 180 francs de pension.

— A la bonne heure! m'écriai-je; alors, ce n'est pas toi qui paiera nos dettes!

Il sourit encore et répliqua :

— Assurément non. Il vaut mieux que ce soit maman, comme cela *on ne me devra rien*.

Je pris la chose au pied de la lettre sans mauvaise foi, ni méchanceté, ni reconnaissance. Le raisonnement me semblait

simple comme bonjour... La pension de maman payait les
dettes. Pauvre maman ! Elle n'avait pourtant que cela !
Charles, qui me devinait, caressa ma joue et se tut.

Je comprends très bien qu'un pareil caractère est intolé-
rable. Il gâte le métier de ceux qui se dévouent pour gagner
l'estime ou la tendresse des hommes.

En reprenant le chemin vert pour regagner la ville, Charles
me dit, car il me disait tout :

— Maman voudrait bien me voir marié.

— Dame, répliquai-je, tu as l'âge toi, et si la jeune personne
avait de l'aisance, ça aiderait pauvre maman.

Charles me regarda d'un air étonné.

— Où pêches-tu des idées semblables ? murmura-t-il ; chez
nous, personne n'est fait comme cela !

Et comme je rougissais sans trop savoir pourquoi, il ajouta
doucement :

— Il faudra que tu aies un état comme tout le monde, petit
Jean. As-tu du goût pour le commerce ?

Pour le coup mon orgueil fut piqué au vif, et je ne daignai
même pas répondre.

— Maman, reprit Charles, est le plus généreux cœur que
je connaisse.

— Crois-tu que tu l'aimes mieux que moi ! m'écriai-je
en pleurant de honte. Est-ce que je suis cause si les voisins
parlent déjà de me sacrifier !

— Te sacrifier ! répéta Charles dont l'étonnement redou-
blait.

Moi, je restais embarrassé. Je regrettais ma parole imprudente et ne savais plus comment me tirer de là.

Il faut vous dire, car vous n   neriez peut-être pas tout
seuls, que cette allusion au mariage de Charles m'avait ramené
brusquement à la pensée du mien : j'entends de « mon mariage ».
Charles était, bien entendu, à cent lieues de cette bouffonne
imagination.

— Si tu avais de toi-même et sérieusement l'idée de te
faire prêtre..., commença-t-il en suivant son dessein qui était
de me rassurer.

Mais je ne le laissai pas même achever, et je m'écriai en
une explosion de vaniteuse indignation :

— Ah ! par exemple ! pour qui me prend-t-on, à la fin !

moi prêtre? Je serai officier de marine et je me fiche du reste !
Voilà donc le fond de votre sac ! Vous complotez de me mettre
au séminaire ! Olivier ne le souffrira pas... Et d'abord, je ne
ne veux plus aller au catéchisme, c'est dit !

Nous nous étions arrêtés. Je sanglotais dans les bras de
Charles qui essayait de me calmer. On avait pour moi une très
grande indulgence à cause de l'ébranlement de ma santé qui
ne s'était jamais bien relevée depuis notre malheur.

— Mais qu'as-tu donc? qu'as-tu donc? me demandait
Charles déjà effrayé : qui parle de te mettre au séminaire?

Je ne sais plus comment s'éclaircit ce quiproquo, ni par
quelle adroite tournure j'arrivai à expliquer que ma terreur
d'être *sacrifié* avait trait au bavardage de notre Julienne
qui m'avait révélé le danger où j'étais de me voir marié de si
bonne heure, comme sous l'ancien régime ou dans les pays
chauds, à la Girafe, mon ennemie; mais je sais que la gravité
de Charles ne put tenir contre cet aveu.

Le voir rire à gorge déployée était chose rare, et j'en fus
d'autant plus décontenancé. Cependant il reprit bien vite son
sérieux et me dit avec sa bonté ordinaire :

— Tu as tort de craindre, mon petit Jean, mais tu as raison
de regarder comme une action peu honorable le fait de se
marier par intérêt. Ni toi ni moi, nous ne nous marierons par
intérêt. Pour ce qui te regarde, il s'en faut de beaucoup que
le temps soit venu d'y songer, mais moi, tu l'as dit, et c'est
vrai : j'ai l'âge. J'aurais fait un assez bon prêtre, je le crois
et j'avoue que c'était mon envie; mais cela ne se peut pas,
j'ai d'autres devoirs, et grâce à la bonté de Dieu, je n'en mur-
mure point. Seulement je ne serai pas aisé à marier, parce
que je n'ai rien au monde que les devoirs dont je te parle :
Pauvre dot ! Et si, d'un côté, je n'épouse pas ma femme pour
sa fortune, de l'autre il ne m'est point permis d'épouser une
femme sans fortune. Papa m'appelait le sage quand il se
moquait de moi; ma sagesse est quelquefois bien dans l'embarras. Te figures-tu la mine que ferait mon ménage si je lui
servais tous les jours une de mes figues et une pincée de mes
raisins secs à l'heure du dîner?...

Je l'embrassai de bon cœur, car ces mots éclairaient pour
moi la situation mieux que tous les calculs.

— Pauvre Charles ! dis-je; nous pesons lourd sur toi !

Il me prit dans ses bras gaiement et me dit :

— Eh bien ! et la Providence ? Tu m'as l'air de n'y pas songer beaucoup, mon petit Jean, et j'ai idée que ta communion ne sera pas encore pour ce printemps. Du reste, je reviendrai dans deux mois tout exprès pour toi et on verra.

— C'est ça, répondis-je, on verra. De faire de la peine à maman, tu sais bien que je n'en suis pas capable, mais aussi de penser comme pauvre papa aimait Dieu ça me décourage. Dieu est trop grand, c'est sûr, et moi je suis trop petit. J'ai peur de ne jamais l'aimer bien comme il faut.

Nous arrivions à notre porte; il me donna une caresse en disant :

— Quand on supplie ta camarade Marie de Moy de travailler, elle répond : *Je ne peux pas apprendre, puisque je ne sais pas...*

— D'abord, m'écriai-je, la Girafe et moi, nous ne sommes pas camarades !

— Elle deviendra bonne et tu deviendras bon, mais c'est justement parce qu'elle ne sait pas qu'on la supplie d'apprendre; sans cela, on passerait docteur avant d'aller au collège. Écoute-moi bien mon petit Jean : l'amour de Dieu est un don, le plus précieux de tous les dons, mais il est une science aussi, cela s'apprend, et il est encore un remède, cela s'achète. Il faut que les prétextes de n'aimer point Dieu soient rares, puisque le même prétexte sert aux enfants et aux vieillards. Pas plus tard qu'hier, Olivier me parlait comme tu le fais, et ce que je lui ai dit, je vais te le dire : nul n'est trop petit pour aimer Dieu et c'est tant mieux que le divin Cœur soit immense, puisqu'il peut ainsi contenir assez de tendresse pour contre-balancer l'immense ingratitude des hommes. Chacun aime Dieu comme il peut. On commence avec ce qu'on a. Heureux déjà celui qui épèle dans la tristesse humiliée de son âme le premier mot du livre où est écrite la gloire de Dieu. On commence à aimer Dieu quand on se plaint de ne pouvoir l'aimer...

Charles m'embrassa encore, mais plus fort, et monta sa malle, car il partait le lendemain de bon matin.

Puis-je dire que je ne comprenais pas? Non. Assurément je comprenais, puisque j'éprouvais une vague rancune. J'en voulais à quelqu'un. A qui? Je ne sais. Le baiser de Charles

me laissait tout ému, et pourtant, c'était peut-être contre lui
que j'étais en colère..., à moins que ce ne fut contre Dieu.

III

DE MON AMI ADOLPHE ET D'UNE MAUVAISE ACTION QUE JE FIS.

Le lendemain matin, poursuivit Jean, avant d'être éveillé,
je me sentis embrasser dans mon lit et je crus que c'était
maman. J'étais très paresseux; il arrivait à maman d'employer, pour me faire lever, ce moyen qui ne réussissait pas
toujurs. Plongé que j'étais dans mon demi-sommeil, j'entendais aller et venir.

Tout à coup l'idée du départ de Charles me vint et je sautai
sur mon séant en criant :

— Est-ce toi qui m'as embrassé ! Attends-moi, Charles !.
Je veux te conduire jusqu'à la diligence !

Car Charles ne devait pas voyager à pied de cette fois. Par
respect pour sa position, il lui fallait faire son entrée officielle
en diligence dans les murs de sa sous-préfecture.

Personne ne me répondit, mais je vis maman qui tricotait,
assise au pied de mon lit. Elle avait les yeux rouges et tout
gros de larmes. Il en était bien souvent ainsi depuis la mort
du père.

— Il est parti, me dit-elle, voilà plus d'une demi-heure. Il
n'a pas voulu t'éveiller. Tes sœurs l'ont mené aux messageries,
et Julienne portait le sac..., le sac qui servait à ton papa quand
il allait présider les assises. Tout ce qui était à ton papa est à
Charles, maintenant.

C'était vrai, plus encore que vous ne pouvez le penser, car
Charles usait les habits démodés de papa, ce qui lui donnait
une singulière tournure.

— Et c'est parce qu'il est parti que tu pleures ? demandai-je.

— Non, me répondit-elle : je savais bien qu'il le fallait. Je
pleure pour ce qu'il m'a dit de toi.

— De moi ! m'écriai-je, mais nous avons été toute la journée
ensemble hier, et il ne m'a pas grondé !

— Il garde bien des choses pour lui tout seul. Il m'a dit à moi : « Ne poussons pas trop petit Jean cette année, pour sa première communion. Il est bien enfant. La première fois que je viendrai, je l'interrogerai à fond, et ce ne sera peut-être pas M. Huet qui le refusera à l'examen ! »

M. Huet était le vicaire qui nous faisait le catéchisme, bonne âme naïve et très pieuse, mais un peu portée à juger blanc quand M. Jamond, son curé, jugeait noir. Cela ne l'empêchait pas d'aimer sincèrement et de respecter M. Jamond qui le lui rendait. M. Huet avait été vicaire de campagne; il se montrait cordial et indulgent avec moi comme avec tout le monde, mais il ne me suivait pas de très près à cause de la grande amitié qui liait M. le curé à notre maison.

— Ce petit gars-là, disait-il, a des confitures au bec quand même il n'a mangé que sa soupe !

L'idée que Charles pourrait être plus sévère vis-à-vis de moi que l'abbé Huet lui-même m'irrita.

— Bien enfant, bien enfant ! répétai-je très mécontent, alors pourquoi me conte-t-il tous ses secrets !

Maman me demanda avec quelque vivacité :

— Il a donc des secrets ?

Puis, voyant que je ne répondais pas, car je regrettais déjà ma vanterie, elle ajouta :

— Moi, je ne sais même pas s'il a des secrets. Ton père me disait tout. Je crains Charles plus que je ne craignais ton père.

— Moi pas ! m'écriai-je, mais c'est bien vrai que nous ne le connaîtrons jamais jusqu'au fond. Personne ne pourra nous aimer comme il nous aime.

Elle m'attira et me baisa, pensant tout haut :

— A l'âge qu'il a, il ne saurait pas encore me parler comme tu le fais. Il aurait été bien bon prêtre. Et ne va pas croire que je me plaigne, petit Jean ! C'est une vraie bénédiction que d'avoir un fils comme notre Charles, mais on oublie qu'on est sa mère à force de le respecter... et de l'admirer aussi, le pauvre cher enfant, car il n'a aucune des faiblesses de son âge..., ni d'un autre âge : « Il est plus vieux que nous, » me disait son père. Et des fois je n'ose pas dire ce que je pense devant lui. Il est bon, il est meilleur que bon, je remercie Dieu de l'avoir, et pourtant, dans les premiers jours, quand mon chagrin me rendait folle, je pleurais mieux avec M. Jamond qu'avec lui, et même avec Olivier..., excepté le soir où je crus mourir et où il me prit dans ses bras en m'*ordonnant* d'avoir du courage pour les sœurs et pour toi. Ce soir-là, il me sembla que sa tendresse entrait en moi comme une vigueur, pendant qu'il me tenait pressée contre sa poitrine...

Je crus qu'elle allait poursuivre, mais elle reprit son ouvrage et je dis :

— Papa ne l'a bien vu qu'à l'heure de mourir.

Ces mots lui remplirent les yeux de larmes.

— Celui-là, c'était tout ! murmura-t-elle. Ah ! oui ! Il est mort ! Tout est mort ! Je le cherche mille fois chaque jour. Prions pour lui.

Son tricot glissa jusqu'à terre parce qu'elle avait joint ses mains tremblantes en élevant ses pleurs vers le ciel; elle dit avec toute la ferveur de sa foi :

« Du fond de ma douleur j'ai poussé un cri vers vous, Seigneur, Seigneur, écoutez ma voix. Que vos oreilles soient attentives aux accents de ma prière. Si vous tenez compte de nos iniquités, Seigneur, ô Seigneur ! que serons-nous devant vous ? »

Nous étions à genoux tous les deux, elle à mon chevet, moi sur mon lit, et il me semblait voir celui qui nous avait tant aimés à genoux aussi au-dessus de nos têtes aux pieds de Dieu, incliné vers notre oraison, pendant que maman achevait les versets superbes et si tendres du psaume *De profundis*, disant au céleste Père :

« ... Mais vous êtes la miséricorde; j'ai espéré en vous, Seigneur, à cause de votre loi. Mon âme s'est appuyée à la parole du Seigneur; mon âme a espéré dans le Seigneur. Depuis la première heure du jour jusqu'à la nuit, espère, ô peuple fidèle ! espère en ton Seigneur : parce que ton Seigneur est la miséricorde et que l'inépuisable pardon réside en lui. C'est lui qui rachètera... »

— Ils sont embarqués ! cria une de mes sœurs dans la chambre voisine, Charles et sa caisse de dessert !

— Nous avons mouillé nos mouchoirs, dit l'autre, mais lui n'a pas pleuré, bien entendu.

Elles entrèrent les yeux encore humides et toutes deux ajoutèrent en même temps :

— Cela n'empêche pas qu'il vaut mieux que nous !

C'était dit bien franchement et du fond du cœur, mais

c'était trop vrai. Et il est bien vrai aussi que l'absence de Charles ne produisit pas dans notre maison le vide qu'eût laissé le départ de n'importe lequel d'entre nous.

Je pense toujours à Julienne quand j'ai à exprimer une de ces choses qui étaient chez nous et qu'on ne se disait pas. Au repas qui suivit, Julienne mit les assiettes de service devant maman et dit :

— Voilà notre M. Charles qui est bien près d'arriver dans son chez lui de là-bas, à cette heure. M'est avis que ça lui est égal de n'être plus avec nous, puisqu'il est bien partout avec son chapelet.

Personne ne répondit, mais nous pensâmes tous au père qui était comme une âme en peine dès qu'il ne nous avait plus, et dont le retour, après ses voyages périodiques, inondait la maison de joie.

Quand on eut desservi et que Julienne fut dehors, comme j'avais un poids sur le cœur, je dévoilai le secret de la fameuse caisse qui n'était pas du dessert, mais « du dîner ». Maman faillit se trouver mal, et je l'entendis sangloter toute la nuit.

Vers la fin de janvier la vieille Mme de Moy, notre voisine, tomba sérieusement malade, et le bruit se répandit dans notre petit monde du catéchisme que la Girafe s'était « convertie » pour obtenir la guérison de sa grand'maman.

C'est, par tout pays, la même chose et le même mot. Il arrive que certains enfants vont au catéchisme pendant un temps, sans ressentir l'effet des instructions pieuses qui leur sont prodiguées; puis tout d'un coup, une lueur s'allume en eux; ils ont en tout petit (si quoi que ce soit peut être petit dans les choses de Dieu) le grand choc de saint Paul, terrassé au milieu de sa mauvaise route.

Et c'est là, en effet, une véritable conversion. Ils n'ont pas encore de bien gros péchés à expier, mais ils en ont beaucoup de menus, et d'ailleurs, quand même il y aurait encore moins de péchés, la lueur dont je parle devrait encore s'appeler conversion, puisqu'elle *tourne* les jeunes âmes ignorantes vers Dieu, entrevu soudain et conçu... Tout le monde ici est-il converti?

Cette question fut faite par Jean à brûle-pourpoint. Elle s'adressait, mis à part Bonif et Berthe, à deux de mes enfants, mon second fils qui était en retard pour sa communion, et ma seconde fille qui, au contraire, devançait un peu l'époque consacrée.

Ma femme et mes deux sœurs aimaient beaucoup entendre Jean, mais elles n'approuvaient pas toujours tout ce qu'il disait. Mes bonnes sœurs lui trouvaient quelquefois « mauvais ton ». Ma femme, moins sévère à certains égards, se défiait de ses soubresauts, et plus d'une fois, je l'avais vue presque scandalisée. Comme elle ne cachait jamais ses impressions, Jean, mis franchement sur la sellette, avait alors à se justifier dans les formes.

Telles de ces conférences intimes, saisies au vol, eussent éclairé plus d'une question délicate. Je prenais rarement part à la discussion et Jean parlait seul ou à peu près, comme toujours, ma femme se bornant à exprimer sobrement son doute ou son blâme.

A cette question : « Tout le monde ici est-il converti? » ma femme répondit par un regard de reproche et attira contre elle son grand garçon rougissant; ma sœur aînée, qui lissait les cheveux de ma petite fille, dit avec dignité :

— Je suis bien sûre que *même* Bonif et Berthe *sont ce qu'ils doivent être.*

— Ah ! mais non ! s'écria Jean, pas du tout ! Outre que personne n'est ce qu'il doit être, je suis à peu près sûr que Mlle Béberthe et M. Bonif font une paire d'assez mauvais paroissiens. J'attends la lueur pour eux et je travaille comme un nègre à l'allumer, mais jusqu'à présent, je ne vois rien briller. M. Bonif n'a pas encore embrassé sa mère Madeleine en pleurant bien comme il faut, et quant à Mlle Béberthe, elle a eu ses yeux de loup chaque fois que j'ai voulu lui parler raison. Le bon Dieu n'a pas encore fait sa visite chez nous, je le guette...

Mais vous avez bien fait de me rappeler à l'ordre, car il ne s'agit pas des petits garçons et des petites filles ici présents, il s'agit de Marie et de moi. Moi, je n'étais pas encore converti, seulement, je penchais du bon côté à cause de Marie qui jusqu'alors, avait penché du mauvais, et je songeais à m'amender pour n'être pas du même bord qu'elle.

Cela étant bien posé, vous devez comprendre le déplorable effet que produisit sur moi sa conversion : ma tête s'emplit aussitôt d'idées factieuses.

Il arriva que je la croisai dans l'escalier le soir même du jour où j'avais appris son cas. Elle n'avait pas encore eu le temps de mettre sa manière d'être d'accord avec sa sagesse nouvelle. Ses cheveux restaient ébouriffés et sa robe témoignait de récentes cabrioles, mais elle se tenait droite comme une gaule et allait les yeux baissés, d'un pas trop grave. Elle me prit sur les nerfs, rien que de la voir et en passant près d'elle, je dis à demi-voix en ôtant ma casquette :

— Bonsoir, mademoiselle Girafe, vous n'irez pas rapporter qu'on ne vous a pas saluée aujourd'hui !

La bonne qui l'accompagnait fit un geste comme pour me battre et je l'entendis gronder entre ses dents :

— Méchante pratique !

J'eus un vif mouvement de fierté, d'autant que la joue pâle de Marie était devenue toute rouge.

— De cette fois, me dis-je en remettant ma casquette sur l'oreille, voilà le mariage cassé tout à fait, et je défie qu'on le replâtre !

Mais cela ne suffisait pas : du moment que la Girafe envahissait le sentier de la vertu, je n'y pouvais pas rester un instant de plus et je résolus de l'abandonner avec éclat.

J'avais pour ami un enfant très gentil, appelé Adolphe, dont je ne dirai point le nom de famille parce qu'il est devenu un personnage avec le temps. Il était plus beau que moi, plus fin que moi, j'allais dire meilleur que moi, car Dieu lui avait donné la tendresse expansive et la bienveillance du premier mouvement qui n'ont jamais été en moi. Il devait tout aimer en sa vie et tout trahir, sans méchanceté, sans conscience, surtout sans remords, par goût, par occasion, par ambition, par vocation. C'était le calcul incarné ; personne ne s'en apercevait, pas même lui ; il mentait rarement et trompait toujours. Jamais créature humaine ne sembla si tendre. Il avait le brillant onctueux des couteaux qu'on huile, et son cœur de caillou, ainsi enduit, semblait fondre à mesure qu'il vous glissait entre les doigts. Il m'aimait beaucoup, à ce qu'il disait, et j'avais presque honte de ne pas le lui rendre assez.

Je passai la journée avec lui, et je me souviens qu'il me prêcha fort sagement. Dans mon puéril besoin de faire autrement que Marie je projetais d'épouvanter le voisinage par l'audace de mes fredaines, mais sans que le bruit de la chose vînt jusqu'à maman.

Adolphe était du catéchisme et parmi les très forts. Il vit encore et se porte même assez bien. Les méfaits commis par lui dans le courant d'une longue existence furent nombreux; mais si *naturels* et jetés avec tant d'aisance que le monde ne s'en est point fâché, le voyant toujours sourire. Le monde lui a donné ce qu'il a voulu. Il voulait tout, il a tout eu, mais il ne s'en est point servi, parce que l'appétit ne suffit pas, il faut des dents et un estomac.

Il lui arriva un jour, après des années, de tuer ma dernière espérance ici-bas, à moi qui étais son plus ancien et son meilleur ami. Par ce coup de poignard, mortel selon les pensées de la terre, il fit de moi le cadavre à qui Dieu dit éternellement : « Lève-toi et marche. »

Je lui dois la douleur qu'on n'endure qu'une fois parce que, de deux choses l'une : ou elle vous renverse au fond de l'abîme que l'Écriture nomme la mort, la vraie mort, celle-là, ou bien elle vous ressuscite invulnérable.

Il y a longtemps que je lui ai pardonné.

Adolphe me demanda, ce souvenir est très précis en moi, *à quoi ma frasque allait me servir*, et quand je lui eus répondu que c'était pour *faire enrager* Marie, il haussa les épaules.

Avec une netteté singulière et une patience qui était sa nature même il me démontra, sans me heurter ni me blesser, que mon projet était impraticable. Que pouvais-je tenter en fait d'escapades, puisque je voulais m'arrêter devant toute chose susceptible de causer un chagrin à maman? mes deux sœurs m'accompagnaient au catéchisme à tour de rôle; impossible de manquer à une seule classe du collège sans que ma mère en fût avisée par mon professeur qui était un ami de la maison. Il arriverait donc ceci, c'est que pauvre maman aurait connaissance de mes crimes, Marie, selon toute apparence, n'en saurait pas le premier mot. Et puis, je pouvais être tranquille : la Girafe allait si vite s'ennuyer d'être sage !

Je n'étais pas convaincu, et le lendemain matin, je me creusais encore la tête à chercher quel genre de scandale je pourrais bien choisir, qui, d'un côté, épouvanterait Marie et de l'autre, n'arriverait point jusqu'aux oreilles de maman, quand éclata une autre nouvelle : la prophétie d'Adolphe se réalisait : la Girafe abandonnait derechef le sentier du devoir !

Après vingt-quatre heures d'une conduite irréprochable, Marie de Moy avait lancé un atlas à la tête de sa maîtresse de pension, outragé un professeur de musique, battu ses camarades et appelé l'abbé Huet... non je ne dirai pas ce mot-là ; Mlle Béberthe serait capable de le retenir !

Cela fit révolution dans la maison, quoique tout le monde s'y attendît un peu ; le menuisier d'en bas, qui était un libre penseur, arrêtait les gens sur la porte pour leur raconter l'histoire, et Julienne clamait dans l'allée :

— La pauvre vieille dame n'a tout de même pas de chance malgré ses écus ! Cette grande effrontée-là a déjà été renvoyée de trois couvents, et la voilà qui éborgne une femme d'âge avec ses livres au lieu d'apprendre dedans ! De traiter un monsieur-prêtre comme elle a traité l'abbé Huet, c'est gauche, et je n'en aurais pas le front, moi, qui suis depuis quinze ans sur la paroisse !

Aussitôt que j'eus connaissance de l'événement, mon parti fut pris. Il m'appartenait d'opposer un acte de solennelle soumission à la révolte de mon ennemie. Je me rendis chez M. Huet, et je lui déclarai qu'en présence des nouveaux outrages auxquels le clergé était en butte dans notre ville, j'abjurais mon indifférence, déterminé que je me sentais à combattre sous la bannière de l'Église jusqu'à la mort !

Il y avait là dedans beaucoup d'enfantillage, mais ce n'était point celui qui fait les bons et braves enfants. Je parlerai tout à l'heure de M. Huet qui cachait un grand sens sous les apparences de la plus extrême simplicité. Il était le confesseur de mon ami Adolphe, qu'il étudiait laborieusement, comme un livre écrit en langue inconnue ; Adolphe ne se moquait jamais de lui.

Je pense que M. Huet devina tout de suite mon cas, au moins confusément. Il me pinça pourtant la joue en signe d'approbation et me répondit que ma démarche était d'un bon chrétien. Je le trouvais froid. Mais notre bon curé, M. Jamond, étant entré par hasard à ce moment, voulut savoir le motif de ma présence, et me combla d'éloges dès que je le lui eus déduit.

— Bon sang ne peut mentir ! s'écria-t-il, attendri comme

toujours dès que le souvenir de papa lui revenait, je savais bien que mon petit Jean ne ferait pas sa première communion dans le tas ! Cher M. Huet, il faut me pousser ce chérubin-là pour qu'il rapporte le premier prix à sa maman. Il a encore le temps de prendre la tête au catéchisme. Est-ce convenu ?

— C'est convenu ! répondis-je, au lieu et place du vicaire qui souriait tout doucement.

— Voyez-vous ça ! dit M. Jamond enchanté.

— Oui, oui, répliqua M. Huet, le petit gars n'est pas plus bête qu'un autre, mais nous en avons de bien forts, et ce n'est pas tout ; nous en avons de bien pieux !

— Ça ne fait rien, dis-je, je serai le plus fort et le plus pieux tout à la fois.

— Si Dieu nous prête sa grâce, n'est-ce pas, petit Jean ? ajouta M. Jamond pour prévenir la leçon sévère qui pendait à la lèvre de M. Huet ; mais dis-nous un peu ce qui t'a poussé comme cela brusquement dans la bonne voie. Tu as parlé de scandale tout à l'heure, et d'amende honorable : ne serait-ce point la conduite de ta voisine Marie de Moy qui t'a ouvert les yeux ?

Je baissai la tête sans répondre. Cette parole, en définitive, comblait mes vœux, puisque je n'étais venu que pour la provoquer. Faites bien attention, enfants, que l'hypocrisie est le grand péché mortel qui contient à la fois la haine, le mensonge et l'orgueil. On peut mettre aussi l'hypocrisie dans le silence.

— Tu n'a pas voulu dénoncer ta petite amie, Jean, reprit M. Jamond, et tu as bien fait...

Le vicaire toussa. Il affectait de ne me point regarder et souriait toujours : un bon sourire qui me semblait méchant, parce qu'il m'infligeait un remords. Le curé continua :

— Nous avons bien du mal avec elle. C'est une mauvaise tête...

— Mais un cœur d'or ! interrompit ici M. Huet : ah ! la coquine !

Cela me donna un coup. Je voudrais gager que tous les schismes et les trois quarts des hérésies aur nt pour origine cette qualité parti ulière de haine, qui a nom l'envie. Luther était un ivrogne débauché, et Calvin un sanguinaire tyran, mais le péché, mais le crime même ne sont pas encore l'apostasie. La révolte est toute faite d'orgueil, et le jour où Luther, ou

Calvin, ou Henri VIII, ou tout autre criminel doué de puissance, pour son malheur, entend louer la vertu d'un humble, il prend les armes contre Dieu !

L'heure de la classe était sonnée, je me dirigeai vers le collège et tout le long de la route, j'accusai M. Huet « d'injustice ». C'est le mot des enfants qui vont mal tourner, comme « liberté » est le mot des sociétés esclaves de l'erreur, et « trahison » le mot des soldats en déroute. Je calculai que Mme de Moy était fort riche et qu'elle devait soudoyer l'abbé Huet pour supporter l'insolence de la Girafe, et dire encore, par-dessus le marché, qu'elle avait un cœur d'or !

Il faut noter que notre Julienne était pour quelque chose dans ces idées-là. Elle avait beaucoup de dévotion, mais sa rancune contre ceux qui étaient plus riches que nous englobait jusqu'à un certain point le clergé paroissial. Elle professait pour le clergé une vénération enthousiaste qui n'excluait ni la défiance, ni même la malveillance, et papa divertissait bien souvent autrefois M. Jamond en lui rapportant, avec le talent exquis d'imitation qu'il avait, les propos tenus par Julienne en revenant du marché. Elle savait pas le menu tout ce qui entrait au presbytère, et chaque fois que la servante d'un vicaire marchandait un poulet maigre, Julienne établissait un calcul qui prouvait clair comme le jour, qu'en ce monde, tous les fins morceaux sont dévorés par les « bons messieurs prêtres ».

Encore Julienne n'était qu'une pauvre créature ignorante, mais j'ai connu de ces colombes féroces, confites dans ce qui reste de vinaigre au fond du bocal janséniste, qui infestent les paroisses et qui en remontrent à leur curé sur la morale, les convenancs, le bon ton, la théologie, la liturgie... hein ? Encore !

Jean s'écria ainsi, parce que mes sœurs et ma femme avaient toussé tou tes les trois à l'unisson.

— Bien, bien ! fit-il, je comprends cette triple quinte qui ne manque pas d'éloquence, mais c'est que je ne suis pas seulement un fervent catholique, je suis un clérical enragé. Pour moi, les prêtres de nos paroisses sont les derniers soutiens de l'ordre social; je les aime tant, qu'il ne me suffit pas de combattre le loup qui les attend au coin du bois, je voudrais encore chasser les mouches qui les piquent. Le jansénisme n'est

pas si bien mort qu'on le croit, il vit non point dogmatique-
ment, mais de fait dans certains coins médisants, dont l'odeur
éloigne les indifférents, répugne aux croyants et enchante les
incrédules. Je vous accorde que ceci n'intéresse pas beaucoup
nos enfants. Seulement, et l'on doit le dire, il est affligeant de
voir que la mauvaise foi de nos ennemis puisse imputer à la
mâle vertu de l'Église, à son esprit élevé, à son large cœur, ces
émanations sortant du cadavre même de la bête écrasée par
l'Église ! La pruderie est à la candeur ce que l'hypocrisie est
à la vertu, et il faut apprendre même aux enfants que tout
auprès de la claire fontaine qui est la foi catholique, aposto-
lique et romaine, un zèle que rien n'autorise, creuse parfois
de petits viviers dont l'eau stagnante n'est pas toujours bonne.
Il n'y a point de petite église, il n'y a que l'Église.

Les enfants, comme les grandes personnes, doivent savoir
de science certaine que ces sources à côté de la Source ne
comptent pas. En religion, il n'y a qu'une loi qui est la Loi,
enseignée par le catéchisme, et il n'y a qu'une autorité qui est
l'Autorité, représentée par le curé soumis à son évêque, soumis à la sainteté de notre Père le Pape, soumis à Jésus-Christ
Notre-Seigneur Dieu, qui vit et qui règne avec Dieu, le Saint-
Esprit, dans la gloire de Dieu le Père, par tous les siècles des
siècles.

Et tout cela est vérité, confiance et charité.

Et rien de tout cela n'est haine, ni scrupule, ni rigorisme
impie, ni criminelle restriction.

Le temps n'est plus où les bigotes de Port-Royal poignar-
daient les saints dans le dos avec ces seuls mots : *Dévotion facile.*
Les saints, aujourd'hui, meurent adossés au mur. On les frappe
par devant. Malheur à qui dresse un scandale entre Jésus-
Christ et les âmes. Tout est FACILE en Jésus-Christ par la grâce
de Jésus-Christ, et franc, et droit, et joyeux, même le martyre !

IV

La preuve que ma visite à M. Huet était une mauvaise action,
c'est qu'en sortant de chez lui je fus troublé : au lieu d'aller en

classe je fis « le renard » pour la première fois de ma vie. On dit ailleurs « faire le coq »; c'est l'école buissonnière.

J'essayai d'entraîner Adolphe, mais il ne voulut point me suivre et blâma sévèrement mon escapade qui ne servait à rien.

C'est vraiment un enfant très pur et d'une sagesse remarquable. Je ne me souviens pas de l'avoir vu faire une méchanceté. Il n'avait aucun des défauts de notre âge; il n'était ni gourmand, ni menteur, ni batailleur, ni paresseux.

Plus tard, sa maladie morale devait être l'ambition, une ambition implacable, mais d'espèce particulière et en quelque sorte platonique.

Il n'eut jamais soif; il fut de mœurs tranquilles, plus que tranquilles, austères; il n'aima point le luxe; il n'eut pas le sens ruineux des arts, et si parfois on l'accusa de quelque fredaine, c'est qu'il avait payé la médisance comme d'autres soudoient la louange : car l'heure vient où l'absence complète de tout vice nuit à l'avancement de Catilina, et il lui faut alors la réclame de l'immoralité.

Dans ce siècle qui vit des êtres si extraordinaires, les frères siamois, l'homme-poisson, les sœurs négresses, pourvues d'un seul estomac pour deux têtes et quatre jambes, etc., Adolphe restera peut-être comme le monstre le plus impossible et le plus curieux proposé aux étonnements de la postérité.

Catilina lion, Catilina loup et même Catilina hyène ont horreur de lui et, au contraire, beaucoup d'honnêtes gens l'ont aimé. Il a dîné avec des princes. Dans les baraques de la foire politique, ils lui ont donné un nom effrayant et charmant : c'est le serpent tourterelle.

Sur le refus d'Adolphe, je désertai donc tout seul, vaguant au hasard par la ville et cherchant l'occasion de mal faire. Pour les enfants, élevés comme moi dans certains milieux excellents, ce n'est pas chose si facile qu'on pourrait bien le croire. Il faut savoir pour pécher. Mon école buissonnière ne fut pas semée d'aventures. Au détour d'une rue, j'aperçus le docteur Olivier qui venait vers moi. Il parlait quelquefois des ecclésiastiques avec légèreté; mon premier mouvement fut de l'aborder pour me plaindre amèrement de l'injustice de l'abbé Huet, corrompu par les largesses de Mme de Moy, mais la soutane pelée du pauvre bon prêtre me passa devant les yeux, et ses souliers énormes à boucles de fer. Il était si maigre ! J'eus honte ou plutôt je désespérai d'être cru, même par ce païen d'Olivier !

L'abbé Huet donnait tout aux pauvres. Il avait une de ces figures... Vous savez ? les enfants raisonnent mal et voient clair. J'étais encore en colère, mais je ne croyais plus aux motifs de ma colère.

Je fis un crochet pour éviter Olivier, et je descendis vers les ponts presque en courant, comme si quelqu'un m'eût poursuivi. C'était toujours par là que nous sortions de la ville, Charles et moi, dans nos promenades, pour gagner les champs. Dans le faubourg, un roulier empêché à la montée, frappait ses chevaux avec une sauvage fureur et jurait tant qu'il pouvait. J'eus pitié de ses bêtes et surtout de lui. Il ne m'était encore arrivé d'avoir pitié que des bêtes en des cas pareils. Je dis en moi-même un *Avé* comme maman avait coutume de faire, quand elle entendait blasphémer. Cela m'étonna et j'essayai d'en rire.

J'étais triste, j'avais bien plutôt envie de pleurer. Je cherchais un moyen d'aller très loin et de ne plus voir personne.

Là-bas, ce n'est pas comme à Paris ; au bout du faubourg la campagne commence tout de suite. La première maison qui se montrait à droite de la route, derrière une haie d'épines taillée que surmontaient des tilleuls en boule, selon le style affectionné par les bourgeois de la Restauration, appartenait à un collègue de papa : un brave homme que je n'aimais pas parce qu'il était à son aise et que ses deux fils prenaient des leçons d'armes. J'ai passé toute mon enfance à désirer des leçons d'armes et des patins.

Ma mauvaise humeur revint et dura tant que je marchai le long de la haie d'épines. Après, je n'y pensai plus. Il faisait beau temps, le soleil riait dans un ciel frais. Les arbres remuaient leurs jeunes feuilles. Les talus de la route sentaient bon la violette qu'on ne voyait point. Je me piquai les doigts en voulant cueillir une églantine que le vent balançait au bout d'un sauvageon, et l'un des jurons du charretier me vint aux lèvres. Une fermière qui s'en retournait du marché avec ses pots à lait vides sur la tête me dit :

— Ce n'est pas joli pour un petit monsieur de jurer !

Je lui réponds grossièrement, elle me regarda mieux et s'écria :

— Tiens, c'est vous qui êtes de chez Julienne ? Ce n'est ni

jeudi ni dimanche, je lui dirai que vous courez les routes au lieu d'aller à l'école.

— Je suis le maître de Julienne ! dis-je avec indignation, et je ramassai une pierre pour la lui jeter.

Elle continua son chemin en riant.

La diligence passa. Un chien hérissé aboyait par derrière après les chevaux, je lui lançai ma pierre et je regardai l'impériale où un commis voyageur fumait sa pipe. J'aurais voulu fumer et voyager. Sait-on ce qui arrive ? Ceux qui bougent font fortune. Marie de Moy pouvait *pauvrir*. Aller bien loin, revenir riche avec un grand manteau brodé de fourrure et me moquer d'elle... Eh bien ! non. Dès que je la vis pauvre, je cessai de la détester.

Il y avait un chemin creux sur la gauche. Il m'importait peu d'aller ici ou là, je n'avais point d'autre but que d'éviter le pâtis du Brelut, à cause de la souche. Elle m'effrayait aujourd'hui comme un sermon ! Le chemin creux y menait tout droit, je le pris en me disant : « Je tournerai par les champs. »

Et, en effet, en arrivant à la grande prairie où était le lavoir, j'en voulus faire le tour, mais il y avait des oseilles pourprées dans le foin qui m'attirèrent, et puis des coucous par paquets, sans compter des jacinthes qui penchaient leurs clochettes aux environs de la mare.

Et il fallut bien voir si j'étais capable de sauter le fossé du chemin vert, tout verni de lentilles. Comme je prenais mon élan, une grenouille sauta aussi et perça la verte enveloppe. Tout était vert, le chemin, la douve, la grenouille, — et une « demoiselle » ailée qui voltigeait en zig-zag, mirant le jour dans l'émeraude de son long corsage.

Je sautai bien comme il faut sur l'herbe, et j'en fus si fier que je m'approchai de la souche où la branchette de marronnier avait feuillé. La dernière fois que j'étais venu là, c'était le départ de Charles. Un battement de véritable tendresse m'agita le cœur. Je n'étais pas habitué à cela. Je m'agenouillai devant la touffe de mauves et je regardai la petite racine. Ah ! oui, c'était bien un sermon ! Personne n'était avec moi, mais papa me parlait ; il y eut un moment où je le vis assis à la place de Charles et remuant les mauves du bout de sa canne pour montrer le lien caché qui rattachait la souche morte à la vie.

— Jean, petit Jean, me disait mon cœur d'où sa voix sortait, voilà longtemps que tu n'es pas bon. Tu feras pleurer ta maman et je le verrai. C'est pourtant toi que j'ai gardé le dernier auprès de moi, et je t'ai montré mon sourire. Regarde autour de toi et cherche la pauvre maison que je voulais vous bâtir sur la terre. Tu ne la trouveras point. Dieu me l'a refusée avec la joie de te voir grandir. Je n'ai eu ni mes vieux châtaigniers que j'aimais tant, ni mes chers buis, ni mon ruisseau, et il m'a fallu quitter ce que j'avais, tes sœurs et toi, et ma femme qui était mon cœur... Tu étais là, tu peux dire si Dieu lui-même ne vint pas me chercher, les mains pleines de grâces... Jean, petit Jean, c'est moi qui ai dit à Charles la parabole du reverdissement de la souche. N'oublie jamais cela. Le Dieu qui vint et qui me prêta sa poitrine pour être l'oreiller de ma bonne mort, c'était ma première communion, c'était le Dieu d'amour qui descend dans l'Eucharistie... Jean, pauvre petit Jean, tu as déjà de la haine parce que tu as de l'orgueil. Pourquoi t'aime-t-on mieux chez nous que Charles qui est tout dévouement et qui n'a point d'orgueil ? Retourne au collège bien vite, et va à confesse dès ce soir, et demande pardon à ceux que tu as offensés...

J'avais mis ma tête entre mes mains. J'écoutais cela le cœur si gros que j'en éprouvais une angoisse physique. Je me levai et je pris ma course vers la ville, escorté par les rires de trois ou quatre bons soldats qui, s'étaient arrêtés à me regarder et qui s'amusaient de moi, croyant que j'adorais la pousse de marronnier. C'était bien un peu vrai.

J'arrivai au collège baigné de sueur et juste à temps pour être mis en retenue, mais je ne me révoltai point. J'étais disposé à la contrition et j'appelais la pénitence. Rentré à la maison, je m'enfermai avec maman et je sanglotai sur ses genoux. Je demandai à me confesser à M. Huet lui-même pour mieux expier mes crimes dont j'exagérais la portée, mais que j'analysais néanmoins avec une étonnante précision. Je dis tout à maman, même les commérages de Julienne à propos de mon mariage avec Marie, et maman garda son sérieux.

M. Jamond sortait justement de chez nous où il avait raconté ma visite à son vicaire avec les plus grands éloges. Maman perdait la tête à vouloir me consoler et ne comprenait rien à mes repentirs. Elle finit par se fâcher quand je lui déclarai que ma vocation était d'aller avec les trappistes.

— Qui m'a donné des enfants comme cela ! s'écria-t-elle : j'ai Charles qui est de bois, et toi de vif argent ! Tout le monde est content de toi ; si tu voulais, il n'y en aurait pas un comme toi sur la paroisse. Tu n'iras pas à confesse à M. Huet qui est un bien bon homme, mais qui ne vient pas chez nous, sauf la visite du jour de l'an. Qu'est-ce que ce sera donc quand tu auras vingt ans, si tu commences à me faire du chagrin pour ton mariage avant d'être haut comme la table ? Je te crois fou, sûrement, ça fait pitié. Et ils disent que tu as de l'esprit ! Va dans la chambre et prie le bon Dieu, c'est une honte que cet Adolphe soit avant toi au catéchisme !...

Je me levais tristement pour obéir, elle me ressaisit et m'attira sur son cœur.

— Je ne vous aime plus comme autrefois, reprit-elle. Depuis qu'il n'est plus là, il y a la moitié de moi dans la terre. Mon Dieu, mon Dieu ! est-ce qu'il ne vous prie pas pour nous là-haut ?

Et sa pensée tournant comme il lui arrivait presque toujours, elle ajouta :

— Tout ça n'est pas une raison pour être méchant avec Marie de Moy. Est-ce une conduite que de l'appeler Girafe dans les escaliers ? Ton papa qui était si agréable avec les dames ! Un jeune homme instruit se tire toujours d'affaire, c'est bien vrai, vois Charles ! mais il faut d'abord s'instruire, et ta demi-bourse n'arrive pas. Nous sommes gênés, gênés, gênés ! Ah ! tu n'as pas besoin de craindre : quand même tu serais avocat ou aspirant dans dix ans d'ici, essaie de demander. Marie en mariage, et tu verras comme on te recevra ! Ne va pas laisser voir ces lubies-là, tu passerais pour innocent, ce qui est pire que d'être mauvais sujet : j'entends pour le monde... Et à propos de mauvais sujet, M. Jamond dit que ce petit Adolphe se conduit très bien, quoique sa famille laisse à désirer. Tu peux aller avec lui, si tu veux, mais il est riche, n'accepte de lui, gâteaux ou autre chose que tu ne pourrais pas rendre. Toi, tu es le fils d'un magistrat !

Elle m'embrassa, je vis qu'elle voulait prier. Mon émotion où les nerfs avaient plus de part que le cœur était calmée. Je m'en allai sans avoir épanché le fin fond de ma conscience. Charles m'aurait mieux écouté. Il n'aimait pas davantage pourtant, mais il parlait moins.

Comme je rentrais dans mon petit cabinet de travail, je vis Adolphe à une fenêtre de la maison du changeur, de l'autre côté de la rue. Il me fit signe de venir, et j'allai. J'avais besoin de n'être pas seul.

Il est temps de vous dire quelle était cette famille d'Adolphe qui « laissait beaucoup à désirer » selon pauvre maman. Adolphe était le neveu de notre voisin, le changeur, à qui Julienne disait son fait si rudement. Jamais elle ne l'appelait que le Roboam, parce qu'il était atteint et convaincu de juiverie dans l'opinion publique de la halle. Sa cuisinière n'était pas admise à fréquenter la bonne société des commères où Julienne, malgré l'extrême modicité de son « marché » quotidien, occupait une position de premier ordre.

Adolphe ne partageait pas cette défaveur populaire. On le trouvait joli garçon et très « comme il faut », quoique pas fier. Il était toujours bien fourni de toutes choses, grâce à sa tante, la changeuse, Mme Roboam, ronde petite boulotte à l'air jeunet, très avide, mais très donnante, qui mettait sa vanité à l'élever en seigneur.

Le changeur, encore plus âpre au gain que sa femme, était beaucoup moins donnant; on se disputait quelquefois à la boutique à propos d'Adolphe qui coûtait cher. Adolphe savait cela et ne s'en inquiétait point : je n'ai jamais découvert en lui l'ombre d'une rancune contre son oncle, ni aucune trace de reconnaissance pour sa tante. Il les caressait tous les deux, et aussi leur gros chien qui mordait tout le monde, excepté lui.

Ces gens avaient, bien entendu, un nom de famille, comme vous et moi, mais, outre que je ne veux pas l'écrire ici, l'habitude du quartier était de dire M. Roboam, Mme Roboam et Adolphe Roboam, pour flatter Julienne.

M. Roboam était comme Mme Roboam, gros, court, rond, rouge de joues, jaune de poil et remarquablement frais. Le gros chien leur ressemblait d'une façon étonnante. C'était lui que Julienne reconnaissait comme fils de la famille; Adolphe n'en était que le neveu : elle avait l'art d'écarter les chiens en ruant; chaque fois qu'elle allongeait un coup de pied au gardien du ménage d'en face, elle lui disait sans se fâcher :

— Attrape à manger ça, fils Roboam !

Elle ajoutait quand quelqu'un passait à portée de l'entendre :

— Et va prêter aux autres chiens à la petite semaine !

Ces gens gras, esclaves de leur trafic, et plus vigoureusement cadenassés que les prisonniers, ne méritaient peut-être pas la haine sauvage que leur portait notre Julienne. A tout prendre, ils ne faisaient que leur métier; c'était une famille de rongeurs; ils avaient percé leur trou dans ma ville natale comme des rats en un fromage, et ils grugeaient du mieux qu'ils pouvaient. J'ai parlé d'eux, surtout pour mieux faire ressortir mon ami Adolphe qui était comme un fruit charmant et inattendu de cet arbre de rapine.

Nous avons de très jolis usuriers à Paris, mais en province, l'escompte est sordide et laid. On ne connaissait guère, en ce temps-là surtout, dans l'ouest, ces jeunes et resplendissants chevaliers de la sangsue qui éblouissent nos boulevards. La boutique Roboam étranglait quelques malheureux à bas bruit et cachait à la cave ses médiocres bénéfices. Elle n'avait aucune apparence. On y vendait des couverts, des timbales et quelques objets d'église qui restaient là toujours les mêmes. Le commis, rouge et carré comme une brique, n'essuyait jamais rien. C'est à peine si la servante, beaucoup plus large que longue, dérangeait un peu la poussière avec son balai rongé jusqu'au bois. Adolphe disait que sa tante défendait d'appuyer sur le crin de peur de l'user.

Dans cette échoppe grise où les vitres étaient dépolies par une sorte de mousse, l'argent était terne et l'or même ne brillait pas.

Il en fut ainsi jusque au moment où M. Sicard recouvra la liberté, grâce à l'humble héroïsme de papa.

Aussitôt que M. Sicard fut hors de prison, il se remit avec ardeur au tripotage d'affaires qui était sa vie. Il devait quelques écus au bonhomme Roboam, et c'était sur l'instance du bonhomme Roboam qu'on l'avait déclaré en faillite. Jamais les banqueroutiers n'oublient cela. Ils tournent invariablement le dos à ceux qui leur ont témoigné de la miséricorde, mais on dirait qu'une chaîne mystérieuse les rive à l'impitoyable main par laquelle ils furent écorchés.

Cette main est la main d'affaires, la main crochue et sacrée qui sait le métier; ils la respectent, ils ne demandent qu'à la serrer et au besoin qu'à la baiser.

A peine libre Sicard vint chez son Roboam et ils causèrent de confiance, la main sur leurs poches. En suite de quoi, la

boutique Roboam changea, l'âme de Sicard y était entrée.
Mme Roboam acheta un balai neuf à grands frais et un plumeau
qui avait des plumes; M. Roboam fit à droite du comptoir
une place propre où les braves gens de ma ville natale s'habi-
tuèrent à venir entre chien et loup raisonner « affaires ».

La « maison » se chargea d'exécuter les « ordres de bourses » :
elle fut elle-même une petite Bourse interlope, où l'on recevait
des chiffres tout frais par dépêches de Paris.

Et les familles se mirent à redouter ce taudis à l'égal des
tabagies où les échappés de collège vont perdre leur argent et
leur santé.

Au contraire les vieux incorrigibles, toujours si nombreux
en province et qui guettent tous moyens de se ruiner au jeu
des dupes, prirent ce même taudis en chère affection et l'acha-
landèrent. Il y vint des spéculateurs naïfs, des joueurs râpés,
des clientes de la Loterie qui vivait encore; il y vint jusqu'à
des domestiques et des ouvriers. Roboam acheta de bonnes
rentes avec l'argent des pauvres imbéciles qui moururent sur
la paille.

On blâma sévèrement les imbéciles, on fit bien et Sicard
« roula carrosse » encore une fois, ce qui remplit d'admiration
les gens sans préjugés, tout en soulevant un vrai scandale
parmi le peuple honnête, qui se fâcha tout rouge, à la fin,
comme nous pourrons le voir.

Voilà dans quel atmosphère vivait mon ami Adolphe, fleur
des jours nouveaux, doux, caressant, intelligent, ayant un
sens fort droit à sa manière et même une espèce de cœur, mais
possédé, dès son enfance, par cette idée d'ARRIVER qui tend
à remplacer dans nos sociétés modernes toute religion et toute
morale.

Cette idée est un engrais qui fait pousser, il est vrai, sur
couche, quelques champignons-colosses qu'on prend de loin
pour de grands arbres, mais elle corrompt, entendue comme
elle l'est, la masse humaine jusqu'en ses plus intimes profon-
deurs; elle tue le droit, elle fait des révolutions, et si jamais
par bonheur les hommes sincères viennent à surprendre
Tartufe-politique, horrible bête, à le garotter et à le brûler,
on ne trouvera que cette idée-là dans les cendres de ce lâche
damnable et obscène coquin.

V

L'abbé Huet et l'ame d'Adolphe.

J'admirais beaucoup mon ami Adolphe, et certes, il y avait
de quoi. Malgré le milieu où il vivait, il avait tous les prix du
catéchisme, de même qu'il était le premier dans toutes les
classes au collège. Il exerçait sur moi une influence extraordinaire, et qui ne fut point du tout mauvaise au point de départ
car il était beaucoup plus sage que moi, et sa finesse native le
gardait contre cette imprudence, si commune, chez les enfants,
de laisser transpirer l'odeur des vilains petits secrets qui
peuvent les entourer. Il voyait tout, il comprenait tout, il était
même, jusqu'à un certain point, imprégné de tout et complice
de tout, mais il n'en montrait rien et au lieu de se vanter par
exemple d'être le neveu d'un « banquier », titre auquel le bonhomme Roboam avait si terriblement droit, il me laissait railler
avec le sans-gêne de notre âge, la boutique en fumée où jamais
rien ne se vendait, et les pièces d'argenterie inamovibles qui
noircissaient derrière le deuil des carreaux.

Il était éloquent de naissance, toujours ému, mais toujours
calculant, de telle sorte que son sang-froid bénéficiait de son
attendrissement chronique, étonnamment communicatif.

Et notez que je ne vous parle pas de lui quand il fut homme,
je vous parle de lui enfant. Jamais je ne vis une si redoutable
faculté de tromper. Il jouait la comédie comme on respire, à
tel point que je ne sais pas bien s'il la jouait. Son émoi était
réel dans une certaine mesure. Il sentait très vivement ce qui
est beau, même les choses de la religion, dont le sens ne me
venait point ; il aimait ces notions élevées et s'y donnait jusqu'au moment où, tout au fond de lui, le côté précoce et mal-
heureusement *pratique* de son intelligence posait cette question
redoutable : « A quoi cela mène-t-il ? »

Cette question, bien entendu, était muette et ne sortait
point.

Je fus très longtemps à découvrir le double mécanisme qui

travaillait dans le cœur et dans l'esprit de mon ami Adolphe, et les premières fois que je l'entrevis, je n'y crus pas. C'était non seulement au-dessus de son âge, mais encore et surtout au-dessus de ma portée. Seulement s'il avait sa vocation d'homme qui *doit parvenir* par tous moyens, vocation déjà entière et très caractérisée, j'avais aussi la mienne ou du moins un germe de la mienne qui était l'infatigable curiosité du peintre de mœurs. Je regardais d'instinct au delà des actes et à travers les paroles. Mes étonnements mêmes encourageaient ma patience, et quand je crus enfin à l'incroyable machine à calculer que je voyais jouer entre les côtes de mon ami Adolphe, j'étais déjà assez *fort*, c'est-à-dire assez détérioré moralement moi-même pour ne l'en admirer que mieux.

Mais ce fut longtemps après notre première communion et si je vous occupe dès à présent de ces choses, c'est pour vous avertir que vous êtes en présence d'une larve de Tartufe et qu'il vous sera donné de voir, un jour ou l'autre, cette larve passer ses diverses métamorphoses : œuf, ver ou chenille, chrysalide avec ou sans cocon, mouche, phalène ou frelon, écrivain, tribun, philosophe, charlatan, marionnette, mais toujours Roboam et enfin homme d'État avide, impuissant et stérile. Mais du talent, ah ! du talent ! et du *cœur* et du théâtre ! !

L'abbé Huet aimait Adolphe et n'avait pas confiance en lui.

— Toi, lui disait-il en riant, car ils causaient ensemble d'amitié, s'il ne fallait que des bons points pour entrer en paradis, tu serais un grand saint. Tu n'as pas mauvais cœur, je te fais pleurer quand je veux et tu sais ton catéchisme mieux que moi. Seulement.....

Et il s'arrêtait en secouant la tête.

— Seulement ?... demandait Adolphe non sans tristesse, car en ce temps-là il tenait encore à entrer en paradis.

Mais M. Huet ne savait pas bien, ou ne voulait pas dire; il n'achevait jamais.

Une fois, Adolphe et lui descendaient l'église où il n'y avait plus personne. Moi j'étais rentré après le catéchisme, à cause d'une pluie d'orage qui tombait, dans la crainte de mouiller mes habits, car maman disait qu'une ondée use plus le drap que deux semaines de sec, et j'avais du moins gardé cela de bon je craignais par-dessus tout de mécontenter maman. L'abbé Huet et Adolphe s'arrêtèrent à la porte ouverte ; la nuit tombait ; pour eux, j'étais caché par le pilier du bénitier. J'entendis Adolphe qui disait :

— Vous ne voulez pas me dire ?

Je devinai bien que c'était encore le fameux « seulement... » Et comme M. Huet ne répondait point, Adolphe ajouta avec impatience, ce qui était extrêmement rare chez lui le plus doux des enfants :

— Vous avez peur de me donner de l'orgueil, mais vous croyez que je n'ai pas l'âme faite comme les autres !

Je vois encore le regard que M. Huet releva sur lui, regard où l'étonnement allait jusqu'à l'effroi.

— De l'orgueil ! répéta-t-il en reculant d'un pas.

— Vous me jugez donc bien mal ? demanda Adolphe.

Vous savez que M. Huet était de la campagne. Quand une chose l'embarrassait à dire, il reprenait pour un moment son langage de paysan. J'ai connu beaucoup de gens comme cela.

— Mon petit gars, répondit-il après un silence, tu as bien sûr une âme, puisque tout le monde en a. Je la crois blanche comme du lait, mais de savoir au juste, ça ne se peut point ; dedans on n'y voit goutte !

Nous étions tous un peu comme Adolphe, M. Huet, quoiqu'il ne fût pas tendre, nous faisait pleurer, quand il voulait et tant qu'il voulait. Il avait une parole très simple, mais très difficile en même temps dont les hésitations auraient pu passer pour des habiletés oratoires, tant elles soulignaient énergiquement ce qu'il voulait faire entrer en nous. Il était plein d'anecdotes et les racontait bien. Les choses de l'amour divin l'enlevaient. On eût dit qu'il tenait dans ses grosses mains campagnardes les cœurs de Jésus et de Marie. Papa et lui ne s'étaient pas beaucoup connus ; papa aimait les prêtres lettrés, et M. Huet était de ceux qui regardent avec quelque raison le grand art païen, idolâtré par les personnes « de goût », à l'exclusion de cet autre grand art chrétien du moyen âge, comme ayant été un des dissolvants les plus puissants de notre société moderne.

— Prêchez donc la pureté, disait-il, à ceux qui sont assez « bons élèves » pour lire couramment Ovide et causer entre eux des mœurs de l'Olympe !

Très large du reste, et très éclairé directeur des consciences, il répandait autour de lui la chaleur et l'espoir. Notre curé le regardait comme un guide assuré en fait de théologie.

Bien des années après, je le vis mourir à Paris où il était venu demander à l'empereur Napoléon III une pension pour la mère d'un de ses petits du catéchisme, veuve d'un marin tué au Mexique. Adolphe, qui était alors très puissant dans les Ministères comme membre influent et traitable de l'opposition, lui prêta son appui de bonne grâce.

— J'ai eu grand plaisir à le revoir, me disait M. Huet : il est toujours charmant.

— Et que pensez-vous de lui maintenant ? demandai-je.

— Mon pauvre gars, me répondit-il, c'est tout comme aux autres fois, on a beau *guetter* on n'y voit goutte !

Il s'éteignit chez M. le curé de Sainte..., au faubourg Saint-Germain, où il avait trouvé bon secours et tendre amitié. Si j'avais pu être converti à cette époque (1863), il m'aurait ramené, car j'avais appris à l'aimer dès longtemps, et sa parole exhalait pour moi le cher baume des souvenirs. C'était lui qui m'avait marié, un peu contre son gré, plus de vingt ans auparavant, à cette Marie de Moy qui avait un cœur d'or, et il pouvait me parler aussi de Charles qu'il avait mal jugé un instant, à l'exemple de tant d'autres.

Charles sur son lit de mort, béatifié dès ce monde par son grand amour et sa grande souffrance, avait étonné ceux qui l'admiraient, ébloui ceux qui le méprisaient.

L'abbé Huet pensa net et causa franc jusqu'à la fin. Il n'était pas plus beau parleur que jadis. Le dernier soir, il me dit :

— A part votre papa que je ne connaissais pas bien, mais dont M. Jamond m'a certifié les actes, j'en ai vu trois en ma vie qui sont des saints et que j'honore, sauf meilleur jugement de notre mère l'Église, c'est le docteur Olivier, votre frère Charles et M. Jamond lui-même. Celui-là me fait rire quand j'y pense. Il était pire que les petits enfants. Au commencement, il ne pouvait pas me souffrir, et ça fut cause qu'il vint à confesse à moi. A force de ne pas m'aimer, il me gâtait et aurait plutôt fait de moi un coq en pâte. Nos messieurs de la fabrique l'accusaient d'être un fin dîneur, et c'est vrai qu'il connaissait bien ce qui est bon, mais ça lui passait sous le nez ! Tous les premiers du mois il achetait d'avance son pain quotidien pour quatre semaines, et il le coupait en trente petits carrés qui étaient rangés dans son armoire. J'étais obligé de lui *ordonner* de temps en temps une assiettée de soupe et une bouchée de bouilli comme médecine. Et ça n'empêchait pas Périne, sa cuisinière, d'avoir de l'ouvrage, car elle faisait la trempée pour vingt familles, sans compter les ragoûts et les rôtis qui étaient pour nous, vicaires et les prêtres passants. Il avait de chez lui cinq mille livres de rentes en terres, et il n'en donnait que le revenu aux pauvres et aux œuvres, du vivant de son neveu, qu'il ne voulait point déshériter; mais quand il eut perdu son neveu qui s'en alla poitrinaire, il ne mit que quatre ans à *manger* sa terre dont il eut pourtant cent trente mille francs. Ça fait trente-deux mille cinq cents francs à l'année, c'est joli.

A sa mort il avait vingt-sept sous dans son secrétaire et devait quarante-trois francs au boulanger. Mgr. l'évêque vint le voir et adopta les pauvres.

Le dimanche suivant, Monseigneur disait en sa chaire de la cathédrale : « Cet homme-là, pur comme son baptême et plus blanc que la candeur des enfants, se croyait un criminel, au fond de son humilité; il donnait sa fortune et son pain même aux malheureux; il prodiguait vingt heures de chaque journée à son devoir, à la prière et à l'œuvre, et il a rendu son âme en disant au maître du devoir, de l'œuvre et de la prière : « Ayez pitié de moi, ô Dieu ! je n'ai pas assez travaillé, je n'ai « pas assez donné, je n'ai pas assez prié ! »

L'endroit où le bon M. Huet se mourait était une chambrette bien propre ayant fenêtre sur un jardinet, contigu au grand jardin d'un Ministère. Il avait éloigné la bonne sœur qui était sa garde, et nous restions seuls lui et moi. Son esprit était si libre et sa voix si claire que je ne pouvais me figurer qu'il fût sur le point de finir. Il me dit à plusieurs reprises que je ne retrouverais pas le lendemain, mais je ne voulais pas le croire.

Il me fit rire deux ou trois fois avec pauvre maman et mes sœurs qu'il accusait de mener la paroisse, là-bas, chez nous. Mon frère François était capitaine démissionnaire et remplaçait Charles à la maison dont il était la gaieté. N'osant pas vivre en païen dans un pareil milieu, François s'était fait gallican pour être le moins chrétien possible et rompait des lances contre notre vieil Olivier converti, dont l'ultramontanisme épouvantait le quartier. Maman et mes sœurs étaient pour

Olivier et même le trouvaient tiède, mais Julienne soutenait François à cause des jésuites, sur le compte de qui elle avait appris de nouvelles horreurs à la halle.

— Pourquoi aussi qu'ils ont assassiné Henri IV ! disait-elle, et qu'ils veulent dégommer l'Empereur pour mettre le Pape en sa place ? Ça ne se doit pas, à mon idée !

Elle allait sur ses soixante-dix ans, mais un jour que les rédacteurs du journal radical voulurent faire du bruit à la Fête-Dieu de chez nous, elle dauba dessus et perdit sa coiffe dans la bataille.

— N'empêche, dit-elle au retour en dépliant avec orgueil un pan de redingote tout entier, conquis par elle sur l'ennemi, que ce dindon-là peut chercher sa queue ! avec quoi je vas faire des béguins pour les petits de la Charité, bien chauds...

Mais tout cela n'est pas de la dernière journée. Il y avait une semaine que je passais mes après-midi avec l'abbé Huet. Ne vous impatientez pas si j'égraine ce pauvre chapelet de souvenirs.

Quand la brume vint ce soir-là il eut son oppression plus forte. Le pensée d'Adolphe le hantait.

— Il ira là, me dit-il tout à coup en me montrant le pignon du Ministère qu'on apercevait entre les arbres, et je savais parfaitement de qui il me parlait. C'est pour aller là qu'il a tout fait, qu'il fait tout et que tout il fera. C'est le finaud des finauds, il travaille comme un nègre pour avoir toute la croûte du pain, lui qui ne peut seulement pas manger la mie ! Ah ! misère ! misère ! Mon pauvre gars, que le monde est donc bête ! Vous, c'est pour la gloriole que vous tricotez de la plume sur la gauche du bon chemin, mais je n'ai pas d'inquiétude, vous reviendrez, j'en suis sûr, à cause du père, à cause de Charles, à cause d'Olivier aussi. Ils sont tous les trois aux pieds du Maître, et ils lui disent : « Cet innocent-là a besoin qu'on le pique. Trop de bonheur l'endort, envoyez l'autre ange, le vrai, le bon, l'ange des grandes douleurs... »

Et moi, je m'écriai :

— Voulez-vous bien vous taire, bon ami ! si le maître vous entendait !...

Il était tard, je me levai pour m'en aller ; il m'embrassa en riant et me dit :

— Mon gars, ça sera pourtant comme ça !

En regagnant mon logis. je songeais à Adolphe qui démolissait la maison du gouvernement pour s'y glisser à travers les décombres. Ces décombres-là, c'est la France émiettée. Les temps étaient tranquilles alors. Les honnêtes gens, acharnés à ne jamais voir plus loin que le bout de leur nez, regardaient manœuvrer les Adolphes et se disaient : « C'est un métier tout comme un autre. »

Je passai la soirée à l'Opéra où Adolphe faisait sensation. Il daigna me parler, il m'annonça qu'il avait trouvé enfin le moyen de doubler les salaires des ouvriers en diminuant de moitié les heures de travail. Vous pensez bien qu'il n'en croyait pas un mot. Quel délicieux garçon !

Le lendemain, quand j'arrivai au presbytère de Sainte..., l'abbé Huet venait de partir pour le monde meilleur. La chambre avait goût de cire et d'encens comme les chapelles. La bonne sœur était encore là, elle me dit :

— Il a prié jusqu'à la fin, et causé aussi. Ce matin il a fait rire M. le curé de Sainte... avec des histoires de son pays. Il a mangé à huit heures, à neuf heures, il a dormi. Un peu avant onze heures, il s'est réveillé tout gaillard, demandant le saint Viatique. J'ai cru qu'il plaisantait, mais il m'a dit : « Va vitement, ma fille. » Jamais il ne m'avait tutoyée, et je sais pas s'il me reconnaissait. J'ai couru à la sacristie; on a fait comme il voulait, et après M. le curé est resté jusqu'au moment où le cher bon abbé a cessé d'aimer Dieu sur la terre pour connaître la gloire du ciel. La demie d'une heure sonnait.

— Il n'avait pas parlé de moi? demandai-je.

— Si fait, répondit la sœur, mais pas beaucoup. Il avait dit seulement : « Celui-là ne m'inquiète pas, il a fait une bonne première communion... Ah ! dame ! ça ne marcha pas tout seul, mais enfin, Dieu le voulait. » Je crois que c'est tout, mais il revenait toujours à l'autre.

— A Adolphe?

— Oui. Cet Adolphe lui trottait dans le cœur.

— Est-ce qu'il a parlé de sa première communion?

— Oui, mais il n'a pas dit que cet Adolphe l'avait bien faite. Ni mal non plus. C'était lui qu'il aimait le mieux au catéchisme dans la ville où vous étiez, et les petites âmes qu'il avait amenées à Dieu au long de trente années, lui revenaient, toutes, toutes; il les voyait passer et s'égrener, excepté une. Et il priait, et les larmes lui venaient dans les yeux à force de souhaiter ardemment de trouver cette âme parmi les autres. Et il a fini par dire « Dieu, Dieu, ô Dieu Jésus, mort pour toutes les âmes ! où est celle-là ? Je ne la vois ni en vous, ni hors de vous... »

VI

TRIOMPHE D'ADOLPHE. — COUTEAU POINTU

J'ai raconté plus longuemen qu'il ne le fallait peut-être la fin de M. Huet, parce que le souvenir de cet excellent homme et le souvenir de ma première communion sont en moi inséparables, et aussi à cause d'Adolphe que la Providence avait appelé auprès de ce lit de mort, et qui s'était conduit là comme partout décemment, *gentiment*, presque cordialement. La bonne sœur n'exprimait pas toute la pensée de M. Huet et M. Huet lui-même ne formulait pas sa pensée complète à l'égard de cette chose fuyante qui pouvait être l'âme d'Adolphe. Il aurait craint de blasphémer en se demandant si Adolphe avait vraiment une âme.

Dès le temps où le génie de Gœthe a fait vivre ce colossal diabéteux, le docteur Faust, la chimie encore en enfance pouvait produire l'homuncule, Tartufe-poupée qui avait une caricature d'âme dans son corps fabriqué. Gœthe devint païen, c'est-à-dire fou, à force de jouer avec ces emphatiques bagatelles.

L'abbé Huet se bornait comme bien d'autres à chercher l'âme de l'homuncule moderne et à ne la point trouver. Tartufe-aimable exerçait sur lui la séduction qui étonne, hélas ! et déçoit beaucoup de belles consciences. Il n'y voyait goutte en cet esprit de douceur et de mensonge, à la fois tendre et impitoyable, vainqueur et malheureux, monté comme une pendule douée de vie dont la clé serait une concupiscence grotesque, mais terrible et surtout impuissante, résidu gâté de ce qui s'appelait jadis l'ambition. L'abbé Huet ne connaissait que l'ambition d'autrefois; le sens actuel et pratique du mot « parvenir » lui échappait; il ne l'avait pas trouvé dans son dictionnaire latin : quoique Catilina, le patriote boucher de la patrie, ait précédé le Christ.

Mais Catilina, précisément à cause de sa date, avait l'excuse de la monstrueuse république romaine, mère de l'empire plus monstrueux. Comment Adolphe, réduction boutiquière et prudemment raccornie de Catilina peut-il résister encore après l'immense franchise de Jésus-Christ? et à travers quelles décadences le crime épique de Brutus a-t-il pu descendre jusqu'aux bourgeoises abjections de la pêche aux porte-feuilles?...

Jean s'interrompit ici brusquement et dit :

— Domino ! les voilà parties !

Nous levâmes tous les yeux sur lui et nous le vîmes qui battait ses longs bras en riant de tout son cœur.

— C'est un succès ! reprit-il : j'ai mis les voisines en déroute !

Il s'agissait de nos deux pauvres dames, la mère et la fille, qui étaient venues chez nous tout exprès pour l'entendre. Elles s'étaient tenues décemment et je ne sais pourquoi Jean les avait prises à tic.

Elles avaient la tournure un peu « artiste », c'est vrai, un faible pour le côté musical des choses et vivaient de cette illu-sion qu'elles appartenaient au « monde élégant », mais c'étaient de bonnes âmes. Jean avait ses défauts.

Quand sa joie fut calmée un peu, il reprit :

— J'aime tout le monde excepté l'opéra-comique. Il m'est impossible de remuer les plus intimes souvenirs de mon cœur en présence de *Madame Angot*. Si elles étaient restées là, au lieu d'aborder ma première communion, j'aurais fini par chanter *la Marseillaise*. Elles ne sont plus là, marchons !

A nos examens du catéchisme mon ami Adolphe passa en tête de tous, et ce fut justice, d'autant que M. Huet le poussa à fond; quand il l'interrogea, on eut dit une épreuve de théologie. Chacun fut étonné de cette sévérité excessive qu'on attribua au mauvais renom des Roboam. Même après les victorieuses réponses d'Adolphe, l'hésitation de M. Huet resta visible quoique, pour la conduite, Adolphe eut des notes hors ligne.

Il y eut, parmi les personnes pieuses, un parti qui prit Adolphe sous sa protection, et cela devait se reproduire plus tard au cours de sa carrière d'homme. Il est arrivé à Adolphe d'être soutenu contre Dieu par les serviteurs de Dieu qu'il trompa toujours avec une facilité merveilleuse.

Moi je fus écarté non seulement pour défaut d'instruction, mais encore comme ne montrant point les dispositions qu'il fallait. C'était encore justice. Marie de Moy, la Girafe, fut refusée tout net, puis admise à passer un second examen par suite d'une lettre qu'elle écrivit toute seule et en cachette à M. Jamond.

J'ai été jaloux un peu de tout en ma vie, c'est mon vice originel et capital, mais je ne crois pas avoir envié jamais rien si bassement que le succès extraordinaire de cette lettre dont toute la ville, trois jours durant, parla. M. Jamond la colportait partout et la montrait à qui voulait la voir. Elle était écrite à la diable de cette grande vilaine écriture des filles sans soin, faite de bâtons inégaux, tordus, rompus, qui se mêlent comme une insurrection de broussailles; il y avait des pâtés, des ratures et cinq fautes d'orthographe : cinq. Une m'est restée : catéchisme était mis avec deux *t*, et la seule virgule qu'on y vit tenait la place d'un trait d'union. Mais il paraît que c'était touchant, plein de sincérité et respirant un besoin naïf de posséder Dieu, car le bon curé avait les larmes aux yeux en la lisant et tous ceux qui l'écoutaient riaient et pleuraient à la fois.

— Quel cœur ! disait-on.

— Ah ! si mon Jean avait ce cœur-là ! soupirait maman.

Mes sœurs répétaient :

— Le fait est que notre grand bébé de Marie a bien bon cœur !

Cœur, cœur, cœur, on n'entendait que cela, et la bonne dame de Moy qui, la veille encore faisait pitié à tout le monde à cause de son démon de fille, devenait tout à coup une grand'-maman célèbre par son bonheur.

Je ne saurais plus bien dire ce qu'était cette fameuse lettre qui se résume dans mon souvenir par la promesse de tous les enfants : « Je ne le ferai plus », mais c'était dit avec cette vérité extraordinaire, avec ce feu, avec cette vie qui était l'âme même de Marie et que je devais admirer plus tard. Mon opinion d'alors était bien éloignée de l'admiration. Je l'exprimai d'un mot : « C'est bête ! » Je dis ce mot et je me drapai dans l'orgueil que j'éprouvais à tenir tête à tout mon monde.

Le fait d'avoir été refusé n'entrait pas pour peu dans cet

orgueil; j'avais entendu Julienne, sûre de n'être écoutée par personne de chez nous, dire au menuisier libéral que j'aurais « du caractère ». Il est vrai qu'elle ajouta en parlant de la Girafe :

— Moi, on ne m'en passe pas. Ces brise-fer là de grandes filles, quand ça se met à avoir du cœur, ça devient pire que saintes !

Donc c'était bien entendu : ce que j'avais, moi, c'était « du caractère », et Marie avait « du cœur ».

Avez-vous remarqué que, dans l'usage populaire, le même mot peut signifier blanc et noir ? ordinairement, pour Julienne, avoir du cœur voulait dire ne jamais céder et mordre la main qui vous étrangle. Ce cœur-là, je l'avais; il paraît que c'était aussi du caractère. L'abbé Huet avait dit en parlant de Marie : « Un cœur d'or » et c'était bien près de valoir une définition, mais je ne voulais pas que Marie eut quelque chose de bon, et je réfugiai ma vanité dans cette pensée tranchante : « Moi, je ne mets qu'un *t* à catéchisme et je ne demande grâce à personne ! »

Le soir de ce jour-là, j'allai chez Adolphe, mon oracle, que son triomphe à l'examen ne rendait pas plus fier. Il connaissait la lettre de Marie et me dit :

— C'est joliment tapé ! Cette grande-là est bien plus forte que je ne croyais.

— C'est donc fort de faire plein de fautes ! m'écriai-je.

— Non, me répondit-il, ce n'est pas de faire des fautes qui est fort, c'est d'attraper tout le monde et M. le curé !

— Alors tu crois que c'est une frime ?

— Parbleu !

— Ils chantent tous qu'elle a du cœur.

— Ça n'empêche pas.

— Alors, qu'est-ce que c'est donc que ça le cœur ?

Il jouait avec l'épinglette d'or que sa tante Roboam lui avait promise et donnée à condition qu'il aurait le premier prix à la paroisse. Sa lèvre se fronça légèrement en un fin et doux sourire qui me fait froid quand j'y pense.

— C'est de faire semblant, dit-il.

— Mais semblant, de quoi ?

Il me montra toutes ses dents qu'il avait bien blanches et me dit :

— Dame !... La grand'maman est riche comme un puits. Bien sûr qu'elle lui avait promis quelque chose.

Je n'en demandai pas davantage. J'étais arrivé au seuil du mal.

Il n'est point d'enfant, quel que soit le milieu où il vit, qui ne passe journellement à travers ces choses fausses, misérables ou coquines C'est le monde. Aussi, les honnêtes gens sont rares sur la terre.

Le lendemain matin, maman vint tricoter à mon chevet. Je fus éveillé par le bruit de son mouchoir, car elle pleurait à chaudes larmes sur moi. Elle voulut me prêcher doucement, je lui répondis tout à fait mal pour la première fois de ma vie. Je ne voulais pas *faire semblant*, moi ! J'envoyai promener mes sœurs qui essayaient de me raisonner. C'était une révolte déclarée, et d'autant plus dangereuse qu'il n'y avait au fond aucune de ces peccadilles dont les enfants se repentent aisément parce qu'elles ont un nom et une forme.

Je n'avais rien à me reprocher dont je pusse me rendre un compte exact, pas même la paresse, car je travaillais plutôt bien au collège. Et d'un autre côté, ma conscience trompée s'applaudissait très positivement de la droiture de ma conduite au fond de laquelle, selon moi, il n'y avait que la crainte d'être hypocrite. Il n'est pas bon pour quelqu'un de faible et de vaniteux comme je l'étais de rester seul avec trois femmes, même les meilleures. Papa me manquait ; il l'avait bien présagé, et l'absence de Charles était mon grand malheur.

Je passai les fêtes de la première communion dans un isolement complet, car je méprisais mes pareils, les « refusés » et je fuyais les autres. Adolphe lui-même me manqua tout à coup à cause des devoirs et des honneurs qui plurent sur lui. Grâce à sa vogue, les Roboam furent soulevés par une hausse considérable ; l'épinglette d'or de la grosse tante était une très-bonne spéculation.

Adolphe fut chargé par M. Huet de faire la grande analyse qui devait être lue à la distribution des prix, devant les parents, c'est-à-dire en public ou à peu près, dans le jardin du presbytère. Adolphe avait droit à cette distinction par son premier prix. Le sujet était la Charité. M. Huet lui avait dit d'être simple et de parler avec son cœur. Adolphe était très simple par nature : simplicité d'un enfant qui devait être homme de goût et d'excellente comédie; il n'avait certes pas le même cœur que Marie, ni rien qui en approchât, mais il savait dès lors s'échauffer à froid sans battre ses flancs, s'attendrir à volonté en poussant un ressort, *faire semblant*, en un mot, semblant de tout et de n'importe quoi avec une aisance qui tenait du prodige.

L'assistance était très belle et très pieuse. Il fut sobre, gentil, il fut enfant, habile, touchant; Olivier qui était auprès de moi, me dit : « Si c'était seulement toi !... » Il pensait à maman. Nos prêtres et généralement les gens de bien éprouvaient à écouter mon ami Adolphe un plaisir mêlé de quelque inquiétude, et ils se reprochaient ce dernier sentiment.

Quant à moi j'étais émerveillé tout uniment, un peu comme au spectacle. Mon émotion ne me tournait ni vers la charité ni vers Dieu et je guettais Marie de Moy pour mesurer à quel point elle pouvait bien être chagrinée de ce triomphe qui mettait son succès à cent pieds de terre.

Pauvre grande Marie ! Elle avait reçu dans la maison de son cœur le cher Dieu qui appelle les enfants. Elle était bien trop heureuse en ce moment et trop pleine de son bonheur pour jalouser qui que ce fût au monde. Ses yeux fermés regardaient Jésus au dedans d'elle-même, et sa figure en paraissait toute resplendie. Pour la première fois j'essayai vainement de la trouver laide.

Elle ne s'occupait de personne, ni surtout d'Adolphe qui fût fêté à la sortie et reçut les félicitations de tous avec une modestie, une candeur au-dessus de tout éloge. On se demandait où il avait pris ces manières de petit seigneur, à la fois affables et réservées; il y eut des dames, de vraies dames qui allèrent jusqu'à adresser la parole au ménage Roboam pour l'amour de ce charmant enfant, et Julienne, elle-même, arrêtée devant la porte, branlant la tête avec importance, l'encensait à haute et intelligible voix, tout en disant tout bas aux commères :

— N'empêche que cette race-là, père, mère et petit, c'est créé et mis au monde pour clouer le bon Dieu en croix. Celui-là est bien mignon, ma chère, mais dès qu'il aura l'âge de clouer, il clouera !

Je m'en revins bras dessus bras dessous avec Adolphe, et malgré toute la fierté que j'éprouvais de mon intimité avec ce favori du moment, comme je l'avais peu vu ces derniers jours, je redoutais quelques observations de sa part au sujet de la malheureuse issue de mon examen et de mes très mauvaises notes. Les autres enfants, même quand ils n'ont point de malice, blessent souvent les vaincus en se targuant de leurs propres avantages hors de propos, mais Adolphe était le plus commode des amis: jamais il ne s'occupait d'autrui sans y avoir un brin d'intérêt personnel. Ceux-là ne gênent ni ne servent.

D'ailleurs, pour lui, tout fait accompli fuyait à des distances incroyables, à moins qu'il n'y eût pied ou aile à en tirer. Il avait fini avec sa première communion et même avec les émotions si récentes de son triomphe. Sa mémoire était fort bonne, mais elle ne possédait point cette poche particulière qui est souvent le cœur même et où le commun des mortels serre précieusement ce qui s'appelle « le souvenir ».

Je vis bien tout de suite que, pour lui, nos affaires de la paroisse étaient déjà de l'histoire très ancienne; il avait autre chose en tête, seulement, j'eus de la peine à deviner ce que c'était. La veille, il m'avait annoncé sans vaine gloire (il n'en avait pas), mais avec plaisir, que son oncle et sa tante, frappés de tout ce qui se disait en ville sur son intelligence précoce, avaient tenu conseil à son sujet et résolu de l'envoyer à Paris où il y a des *éleveurs* d'hommes forts, comme en Normandie sont les nourrisseurs de bœufs gras. Nous n'avions pas eu le temps de causer, mais comme j'aurais voulu être à sa place ! Sait-on pourquoi Paris attire ainsi violemment ceux-là mêmes qui n'ont aucune idée de ses mauvaises joies, ni des trésors intellectuels qu'y peut remuer à pleines mains la jeunesse studieuse ?

Certes, ce n'était point la passion de l'étude qui m'appelait. Je voulus ramener l'entretien vers Paris, mais Adolphe me dit :

— Est-ce vrai que ton frère Charles va revenir ?

— Nous l'attendons cette semaine, répondis-je, as tu envie de le voir ?

— Non... Mais il paraît qu'il est joliment fort en droit.

— Je crois bien ! m'écriai-je. Tu as entendu parler de lui ?

— Oui... M. Sicard a son cousin avocat à Loudan, il connaît bien ton frère et dit que c'est un très bon substitut.

Je ne voudrais pas faire croire à nos enfants qu'il y ait en France une sous-préfecture appelée Loudan, mais il nous fallait bien donner un nom à la résidence de Charles : choisissons ce nom de Loudan. Adolphe continua :

— Ce cousin avocat se nomme M. Bertin-Sicard. Il va être obligé de s'en aller parce qu'il a *cané* pour un duel.

— C'est donc un lâche ! m'écriai-je.

— Je ne sais pas, dit Adolphe. C'est bête de se battre, moi, je trouve.

Dans notre ville et partout aux environs, on était très batailleur. Il y avait journellement des duels entre royalistes et libéraux. Une des gloires que je comptais me donner quand j'aurais l'âge, c'était d'aller « sur le terrain ».

— Tu ne te battrais donc pas, toi? demandai-je.

— Oh ! me répondit-il d'un air distrait, il y a bien des choses bêtes que je ferai quand il le faudra.

Et il ajouta sans transition :

— Tu sais, je ne veux plus aller à Paris.

— Tiens ! fis je, pourquoi?

— On fait aussi bien son droit ici qu'à Paris.

— Je croyais que tu comptais étudier le haut commerce?

— Je veux tout étudier, et aller au manège, et prendre des leçons d'armes. « Mon gros » (il appelait ainsi son oncle et sa tante « ma grosse ») ne me refusera plus rien maintenant. Je le regardais tout à l'heure quand on m'applaudissait, ça le gonflait, et il y a des comtesses qui lui ont dit bonjour à cause de moi, c'est comme si j'avais inventé la poudre ! Il est drôlement riche, sais-tu ?

C'était la première fois qu'il me parlait de cela. Avant que je pusse répondre, il reprit en baissant la voix :

— Mon gros est menacé de mort subite, c'est sûr, le médecin l'a dit, et il y a un cousin de l'Anjou qui hériterait de tout, moi je ne suis que le neveu de ma grosse.

Je le regardai, il avait les yeux humides comme en lisant son analyse sur la charité.

Je mentirais si je disais que je fus étonné péniblement ; mon enfance s'était passée dans la maison d'un magistrat où l'on parlait la bouche ouverte de tout ce qui est matière à procès. Dans ma province d'ailleurs, il est aussi naturel de prévoir la mort des personnes à succession que de raisonner sur les récoltes. Je crois que c'est chez nous qu'on a inventé ce mot sublime « esperances » pour exprimer d'une façon nette et concise les sentiments de certains héritiers à l'égard de leurs parents.

Cependant j'eus un petit frisson sous la peau quand Adolphe ajouta de sa même voix si tendre qui venait de me chatouiller le cœur dans le jardin du presbytère :

— Si je savais le droit assez, je pourrais dire à ma grosse comment s'y prendre, en cas de malheur pour tout garder, et alors, plus tard, c'est moi qui aurais.

Il essuya ses yeux et nous nous quittâmes.

J'avais un peu d'appréhension à rentrer chez nous, parce que je m'étais rendu à la fête du matin seul de mon bord, refusant d'accompagner maman et mes sœurs à qui M. Jamond avait procuré de bonnes places, devant l'estrade. Dès le saut du lit, j'avais mal répondu à maman, et Olivier, qui s'était trouvé là par hasard, avait pris la fuite pour ne pas me faire faire connaissance avec sa canne. Ce que je redoutais le plus après cette semaine de bouderies, de méchante conduite et de mauvais cœur, c'était l'arrivée de Charles dont mes sœurs me menaçaient à tout propos. Je comptais les jours qui me séparaient de cette arrivée; il m'en restait cinq et j'avais le temps de préparer ma soumission. Je fis un tour par la ville pour ne rentrer qu'à l'heure juste du souper et je montai enfin notre escalier, le cœur un peu gros de crainte, sinon de repentir.

En ouvrant la porte de notre salle à manger, pourtant, je repris mon air arrogant que je quittais dès que j'étais dehors, puisque tout le monde disait à maman que j'étais la douceur même. Julienne était à mettre le couvert. Je lui trouvai une singulière figure. Elle chantonnait la complainte d'*Henriette et Damon* qu'elle savait tout entière : quatre-vingt-trois couplets. Dans la chambre de maman je crus entendre des éclats de rire, chose rare à la maison, et, chose plus rare encore, il y avait cinq couverts sur la table.

— Ah ! vous voilà, vous ! me dit Julienne qui cessait de me tutoyer quand elle n'était pas contente de moi, vous m'avez fait assez de honte aujourd'hui, la sainte journée, que tout le monde me disait par les rues : « C'est donc vrai que M. Huet a mis le petit de chez vous à s'en aller ? Ça arrive quand on

éduque les marmailles trop serré. Tout le monde ne peut pas
être des saints de niche comme le monsieur Charles de Loudan ! » et puis ci, et puis ça, et encore l'autre ! Ah ! j'en ai
entendu ! et c'est taquinant pour une personne comme moi
qui n'aime pas bavarder... à la place, j'irais bien vite à Madame et je mettrais les pouces comme un joli sujet.

Je pris mon ton le plus rogue et je répondis :

— Mêles-toi de ta cuisine, toi !... Il y a donc de la compagnie ici, ce soir ?

Ordinairement il n'en fallait pas tant que cela pour lui
mettre les deux poings sur les hanches, mais elle ne se fâcha
pas de cette fois ; elle avait plutôt envie de rire.

— Oui, oui, me répondit-elle : de la compagnie : un beau
gars, de vrai, qu'on avait pris pour un failli poulet, mais qui
est revenu coq... et qui la connaît bien, notre cuisine !

Je ne savais pas encore bien au juste si je comprenais, mais
j'étais déjà dans mes petits souliers ; tout en même temps
bien heureux de revoir mon frère, et sérieusement inquiet,
car, à cet instant, mes torts m'apparaissaient énormes, et
Charles, dont je pressentais l'arrivée, prenait pour moi la
figure de Jupiter tonnant. Néanmoins, j'avais pour lui une si
vraie affection que ma joie prenait le dessus ; mes yeux me
piquaient, et tout mon cœur s'élançait vers la chambre de
maman où je le devinais ; j'étais repentant est prêt à crier
grâce, quand Julienne eut la mauvaise idée d'ajouter :

— C'est ça ! mets les pouces, va, mon bonhomme !

Aussitôt mon orgueil se hérissa autour de moi comme les
dards d'un porc-épic.

En même temps et pour comble de malheur, au milieu d'un
grand bruit de gaieté, la porte de maman s'ouvrit et ma
sœur Louise se montra sur le seuil. C'était elle qui m'avait le
plus malmené depuis que j'étais en état d'insurrection. Elle
m'aperçut et tout en continuant de rire elle s'écria :

— Juste ! quand on parle du loup... Voici le monsieur !

Je me redressai de mon haut. Ce n'est pas beaucoup dire,
mais chacun fait ce qu'il peut. Je n'avais pas la taille de Bonif
et j'étais cent fois plus méchant que lui...

— Oh ! fit ici Bonif humilié : cent fois !

— Tu vas voir, reprit Jean. Louise m'en voulait, c'est certain, pour le mal que j'avais fait à ma... an. Elle avait déjà

raconté mes fautes à Charles puisqu'elle ajouta, moitié riant, moitié en colère :

— Nous ne sommes ici que des femmes, et le monsieur n'a pas encore eu le fouet; c'est un scélérat, viens vite et tire-lui les oreilles d'importance !

Je n'avais jamais mis les pieds au théâtre, je n'avais jamais lu une ligne de roman, mais j'étais déjà un mauvais romancier et un mauvais comédien, car à l'instant où j'entendis le pas de Charles qui accourait, je m'emparai d'un couteau de table.

On les faisait très pointus en ce temps-là.

— Veux-tu bien laisser ça ! me dit Julienne.

Mon geste menaçant la repoussa jusqu'à l'autre bout de la salle à manger d'où elle cria toute tremblante :

— Méfiez-vous, il est enragé !

Moi, je brandissais mon couteau, et comme Charles passait le seuil, je dis en grinçant des dents avec fureur cette phrase que j'avais dû entendre au collège :

— Celui qui essaiera de me tirer les oreilles est un homme mort ! n'approche pas !

J'étais fou complètement. Il y eut trois grands cris de maman et de mes sœurs, qui essayaient d'arrêter Charles, mais il leur échappa et je me sentis enlever dans ses bras.

— Eh bien, Jeannot ! me dit-il, la bouche sur ma joue : mon petit Jean ! Papa te voit ! Et trouves-tu que maman a trop de bonheur !

Ce fut tout, je fondais en larmes et je l'étranglais à force de l'embrasser. Le couteau avait glissé à terre; la pointe en était un peu rose : je n'avais point frappé mon frère, oh ! non, mais je m'étais piqué moi-même au côté gauche de la poitrine...

VII

LES AMIS DE LA PREMIÈRE MESSE. — LE PETIT PAYEUR GRIS DE SOURIS

C'était un trou d'épingle. La main de Charles avait arrêté le coup, mais on fut un bon moment avant de songer à souper.

Tout le monde avait eu peur excepté Charles, et tout le monde
restait bouleversé. Je ne peux pas dire que j'eusse eu la volonté de commettre un suicide, mais je ne peux pas le nier non
plus. Tout comédien se trompe un peu lui-même. Il est dans
ma vie un certain nombre d'actions que je ne vois qu'à travers un brouillard. Je l'ai dit et je le répète : je crois que
j'étais fou, c'est un cas très fréquent parmi ceux qui attentent
à leur vie, mais je crois aussi qu'au beau milieu de cette
attaque de rage, occasionnée par ma vanité d'enfant, grande
et grosse comme l'orgueil d'un homme, j'avais voulu effrayer
notre petit monde et *poser* en précoce scélérat.

La pauvre Louise avait prononcé ce mot : « Scélérat ».
J'étais sans me douter encore, une graine de porte-plume. Il
y a des idées qu'il ne faut point suggérer aux malheureux qui
tournent tout à la « mise en scène », même leur propre conscience !

Ce fut naturellement notre Julienne qui mit les pieds dans
le plat ; elle avait ce rôle à la maison. En essuyant le fameux
couteau dont la pointe avait juste ce qu'il fallait de sang pour
moucheter la serviette d'un pois rose tendre, elle dit avec le
plus solennel de ses hochements de tête :

— N'empêche que le môme a du caractère !

Et comme personne ne lui répondait, elle ajouta :

— La prochaine fois que M. le Curé viendra, faudra lui
dire d'apporter une miette d'encens et de l'eau bénite, pour
d sorciser la salle à manger ici, car *les ceux* qui essaient de se
faire périr sont excommuniés, c'est connu.

— Taisez-vous ! ordonna maman qui m'avait pris sur ses
genoux pour calmer les convulsions de mes sanglots.

Mes sœurs étaient agenouillées l'une à droite, l'autre à
gauche et je les entendais très bien qui murmuraient :

— Quel enfant ! quel enfant !

Charles, placé derrière maman, se penchait par-dessus son
épaule et disait en me caressant :

— Tiens, Jeannot, tu vois bien que je te tire les oreilles !

J'attrapai une de ses mains et je la baisai pendant que Julienne grommelait :

— Je veux bien me taire, moi, je ne suis pas payée pour
parler, mais c'est sûr que quand les événements se mettent
à arriver dans une maison, ça ne s'arrête plus. Chez les Du-
frêne, ici, à côté, n° 9, dans le fond de la cour, c'était si tran-

quille, l'autre année, qu'on ne savait pas si c'était en vie ! Et depuis la Toussaint, trois enterrements, et le fils officier estropié au polygone, et la demoiselle aînée remise sur sa chaise par mariage manqué, et le feu dans la cheminée de cuisine qu'il a fallu y tirer cinq coups de fusil et faire monter les pompiers... Je vas chercher la soupe.

Dès qu'elle fut partie, il y eut ce concert :

— Jean ! malheureux petit Jean !...

Mais Charles s'écria, et il me semblait que je ne lui connaissais point cette voix gaillarde :

— Allez-vous bien me le laisser tranquille ! J'apporte de bonnes nouvelles, il faut que vous sachiez cela, et j'en rapporterai de meilleures à Loudan qui va bientôt être un autre « chez nous »: voici que notre petit Jean a chassé le méchant diable qu'il avait dans le corps. Jamais je n'ai cru qu'il ferait sa première communion cette année. Il est du siècle, cet enfant-là, bien plus qu'aucun de nous, car le siècle entre dans les maisons pieuses à travers les portes fermées. Tant mieux ! Il connaîtra le siècle, et quand le temps sera venu, il saura comment combattre ou prêcher le siècle. Il lui reste un bon bout de chemin pour arriver à faire sa première communion, et une fois sa première communion faite, il ne sera pas encore à moitié route. Papa savait bien tout cela; il avait vécu tout cela. Nous ne sommes pas sur la terre pour nous goberger le long des grandes routes battues, et si je vais tout droit mon chemin, moi, par la grâce de Dieu, c'est que je n'étais peut-être pas de force à tenter la traverse... Voilà Julienne et sa soupe, tenons-nous bien, nous causerons au dessert.

On ne mangea pas beaucoup ce soir-là, excepté Charles qui avait, comme il disait, ses douze lieues de pays dans les mollets; il avait fait les trois autres lieues à cheval sur un certain bidet qui allait être un peu de la famille et dont il sera question bientôt. Tant que Julienne fut là pour nous servir, nous causâmes peu, excepté Charles encore dont toute la personne me parut changée comme sa voix. Au moment où je rentrais naguère, Julienne avait dit en parlant de lui : « Un beau gars, de vrai ! » C'était, en effet, l'exacte vérité, surtout aujourd'hui et bien plus que jadis.

Charles avait toujours été un joli jeune homme, de taille assez haute, myope, ne se tenant pas très droit, avec une figure douce et distraite, couronnée de cheveux blonds frisés. Il s'habillait mai et tout ce qu'il portait sur lui avait goût de séminaire. Aujourd'hui sa tête s'était relevée et malgré la fatigue de ce qu'il appelait sa promenade, il était bien campé sur ses reins. Rien n'était changé dans ses vêtements, car son budget que nous connaissons restait toujours le même, mais il les portait autrement et mieux.

Il me faut encore citer Julienne qui le regardait avec curiosité, et grommelait sans changer sa métaphore de tantôt : « Si tout de même celui qu'on avait pris pour un failli poulet nous revenait coq !... »

Il en était ainsi et le coq chantait haut. Tout le monde remarquait si bien cela que l'impression fâcheuse produite par mon aventure du couteau pointu s'effaça peu à peu devant cette agréable surprise. Nous étions tous soulagés par un sentiment de bien-être qui nous venait de Charles, et on finit par ne plus s'occuper que de Charles.

Julienne devinait très bien qu'il avait quelque chose de tout à fait intime à nous dire, elle grillait de savoir ce que c'était et fit l'impossible pour lui arracher les paroles de la bouche. Charles, aujourd'hui, ne demandait pas mieux que de parler, seulement il disait ce qu'il voulait et rien de plus.

Julienne était à peindre; elle tournait autour de lui comme une lionne; à chaque instant, on voyait qu'elle se tenait à quatre pour ne pas lui crier :

— Ce n'est pas tout ça, voyons ! et la demoiselle ?

Car tout le monde flairait odeur de fiançailles; moi-même qui n'étais pourtant pas guilleret depuis mon crime, je voyais « la demoiselle » dans le bon sourire de maman encore toute pâle de l'émotion que je lui avais causée, je la voyais dans les gaietés un peu pincées de mes sœurs, je la voyais surtout dans la crânerie inaccoutumée de notre Charles.

Il me semblait que j'aurais presque pu dire si elle était blonde ou brune !

Julienne eut beau faire et prolonger son service au delà de toutes bornes avec une adresse consommée, tant qu'elle resta là, la demoiselle ne vint point. Charles qui était gai comme un pinson mit un entrain charmant à nous raconter l'histoire de son bidet qu'il prolongea aussi juste autant que le service de Julienne.

Ce bidet dont Charles, écuyer très novice, portait les cruelles marques, appartenait à la bonne dame qui lui louait son château 120 francs par an, avec perron. Le bidet servait à la bonne dame pour sa carriole, quand elle allait à sa jolie maison de campagne, située sur la route de Laval à trois quarts de lieue de Loudan.

— A-t-elle une fille, la bonne dame au bidet ? demanda Louise, quand Charles arriva à cet endroit du récit, et Dieu sait qu'elle fit cette question avec une grande affectation d'indifférence.

— Non, répondit Charles.

— C'est bien fait ! s'écria maman qui se mit à rire doucement, donne un gage, Louise !

En écoutant ma sœur, Julienne avait failli lâcher la pile d'assiettes qu'elle emportait.

Moi, j'aurais questionné, me semblait-il, beaucoup plus adroitement que cela sans le couteau pointu qui restait auprès de moi comme un remords; la vanité me revenait tout doucement. Ce que je ressentais n'était déjà plus de la contrition, mais un certain regret de n'avoir pas piqué un peu plus dur pour avoir au moins une vraie tache de sang à la serviette. J'aurais voulu sentir quelque chose d'humide le long de ma poitrine, mais la blessure était déjà guérie sans espoir !

— Nous sommes une paire de très bons amis tous les deux, reprit Charles : j'entends Mme du Boisbréant et moi.

— C'est la dame au bidet ? risqua Anne; la propriétaire ?

— Laissez-le donc dire ! ordonna maman.

— Oui, répondit Charles à ma jeune sœur, la meilleure des femmes et si obligeante ! Ah ! vous ne pouvez pas vous figurer ce que c'est que M. le substitut, à Loudan ! Elle est toute fière, quoique veuve d'un commandant de cavalerie qui était même un peu vicomte, de loger M. le substitut ! sans compter qu'elle a de la piété beaucoup, et qu'elle me rencontre tous les matins à la première messe.

— Oh ! oh ! fit maman qui songeait, mais si elle n'a pas de fille...

— C'est peut-être une nièce !!! laissa échapper Julienne en explosion.

Maman la regarda de travers, mes sœurs riaient dans leurs serviettes.

— Elle m'a donc dit ce matin, continua Charles, que quinze lieues c'était trop pour un magistrat. Et elle a ajouté : « Prenez Loiseau pour les trois premières lieues, il ne vous en restera que douze. » Loiseau c'est le bidet.

— Il est donc comme les chats, dit Anne, ce Loiseau-là, il revient tout seul à la maison ?

— C'est que ce j'ai objecté, répondit Charles, mais elle m'a répliqué : « Il y a votre ami Bertin qui vous accompagnera bien sur sa bête et qui ramènera Loiseau.

Ici, je plaçai ma première parole depuis ma chute.

— Ce Bertin, j'ai entendu parler de lui aujourd'hui, dis-je, c'est l'avocat Bertin Sicard.

— Comment, Sicard ! s'écria maman, le parent de cet homme ?...

— Oui, dit Charles paisiblement, son cousin, un brave garçon qui n'est pas heureux...

— Parce qu'il n'a pas voulu se battre en duel, dis-je, encore ; on lui jette la pierre à Loudan, et Charles l'a pris sous sa protection.

— Allons, fit Charles, voici un Jeannot qui a retrouvé sa langue ! Il y a du vrai là dedans. J'ai tendu la main à ce pauvre Bertin, d'abord parce que c'est un honnête garçon, ensuite parce que je me suis souvenu de papa qui a fait mieux encore pour l'autre Sicard, et enfin parce qu'il faut être bien autrement brave pour refuser un duel que pour se battre. C'est mon opinion, en dehors même de la loi chrétienne qui défend le duel.

Il n'y avait là que des cœurs chrétiens, sauf le mien, et pourtant un silence glacial se fit. Le duel est un préjugé qui a ses racines au plus profond de la faiblesse des hommes, surtout des femmes.

Maman dit après du temps :

— Le duel est un grand péché.

Et mes sœurs répétèrent :

— Un grand péché sûrement.

Julienne qui passait derrière moi grommela :

— C'est égal, quand on te donnera un coup de pied, rends-en deux, ma fille !

— Donc, reprit Charles, il a été fait comme Mme du Boisbréant l'avait dit : Bertin m'a escorté trois lieues durant sur le bidet qui déjà n'en pouvais plus et je ne sais pas comment il l'aura ramené.

Il repoussa son assiette vide. Comme si c'eût été un signal, maman dit d'un ton péremptoire :

— Julienne, ma bonne, vous pouvez desservir maintenant; nous n'avons plus besoin de vous.

Julienne chercha avec désespoir un prétexte pour rester encore. N'en ayant point trouvé, elle claqua la porte à tour de bras en sortant, et Charles dit :

— Pauvre Julienne! elle a pourtant deviné : c'est une nièce!

— Ah! firent mes sœurs toutes les deux à la fois.

Et ces questions partirent en fusées :

— Jolie?

— Quel âge?

— Brune?

— De l'esprit?

— Bonne enfant?

— Et pas l'accent de Loudan, j'espère!

Il faut vous dire que l'accent de Loudan est célèbre; quant trois personnes de Loudan causent ensemble, on croirait entendre une couvée de canards.

Il paraît que j'étais remis, car je fis « can, can, can, can... »

— Voilà comme il est maintenant, dit maman, il devient insupportable!

Charles souriait et me faisait du doigt une joyeuse menace. Ce fut à moi qu'il répondit :

— Tu la verras, petit Jean, tu l'entendras et tu l'aimeras.

— Mais c'est donc sérieux? dit maman dont la voix tremblait déjà.

— Et même bien avancé? ajouta Louise avec importance.

— Cachotier! fit Anne; il ne soufflait mot dans ses lettres!

— Écoutez! dis-je d'un ton de docteur, c'est naturel, il faut si peu de choses pour faire manquer un mariage!

Ceci n'était pas de moi, mais je l'avais entendu répéter mille fois. En province, même dans les maisons où l'on ne se marie pas et où l'on n'hérite jamais, les personnes qui font des visites parlent toujours mariage dès qu'elles ne radotent plus succession. J'étais si ferré sur ce sujet de conversation que je demandai pompeusement :

— A-t-elle son bien venu ?

Pour le coup, maman me foudroya du regard pendant que mes sœurs rougissaient d'indignation, mais Charles souriait toujours bonnement. Il me répondit :

— En partie, oui.

— A la bonne heure, dis-je sans me déconcerter, tu n'es pas en position d'épouser quelqu'un qui n'aurait que des espérances.

— C'est vrai, dit Charles.

— Ah ! ça, s'écria Louise, il est odieux, ce bambin-là !

— Jamais, dit Anne, on ne vit chose pareille ! C'est à peine si nous osons parler, nous, les grandes, et voilà Monsieur qui n'a même pas fait sa première communion, qui tranche, qui juge, qui pérore... C'est moi qui l'enverrais se coucher !

— Toi ?... voulus-je dire.

Mais elle m'interrompit pour m'écraser de ce dernier pavé :

— On n'a pas peur de ton couteau, tu sais !

Maman qui était la bonté même la gronda, mais elle me dit :

— Jean, mon chéri, c'est vrai que notre Charles a eu tort de parler devant toi...

— C'est bon, m'écriai-je, on va me renvoyer comme Julienne. Je ne suis pas domestique...

— Et même devant tes sœurs, continua maman.

— Ah ! par exemple, protestèrent Louise et Anne, si on nous met au lit en même temps que Jeannot !...

— Votre frère aurait dû me parler à moi d'abord...

Avant qu'elle eût achevé, Charles était déjà auprès d'elle, courbé en deux et les lèvres sur sa main. Jamais il n'aurait eu autrefois ce mouvement gracieux, et si tendre que nous le trouvâmes chevaleresque.

— Si j'ai mal fait, mère, dit-il, pardonne-moi, et sa voix était douce comme nous ne l'avions point encore entendue. J'ai cru que je n'avais pas à te consulter, puisque je n'aurai point d'autre volonté que la tienne. Ce n'est pas moi qui déciderai, c'est toi. Le père nous a laissés tous à ta garde, moi avant les autres, parce que je suis l'aîné et chargé de t'obéir encore mieux que les autres.

Elle se pendit à son cou et nous vîmes son sourire rayonner parmi ses larmes, tandis qu'elle balbutiait :

— Oh ! Dieu est bon, Dieu est bon ; il n'y a pas de cœur comme le tien, Charles, et j'ai le meilleur des fils !

Derrière le groupe qu'ils formaient, Louise, Anne et moi, nous nous embrassâmes en cachette, parce que nous avions tous besoin de nous bien aimer. Charles continuait, mais plus gaiement :

— Ils peuvent rester tous avec nous, va, il y a si longtemps que je ne les ai vus ! Je me plais bien à Loudan, il ne faut pas me plaindre, mais les premières semaines, je ne pouvais m'accoutumer à ne plus vous avoir. Je cherchais notre rue quand j'étais dehors, et la porte de notre maison. Quand je rentrais avant d'allumer ma lampe, je me disais : est-ce vrai que j'aurais beau appeler et que maman ne m'entendrait pas? Et maintenant encore, tous les soirs, ah ! et tous les jours aussi je vous cherche. Ce n'est pas bien loin là-bas, mais serait-ce plus loin au bout du monde puisqu'on ne peut se parler, ni se voir? Êtes-vous comme moi? Il y avait une heure où vous me reveniez. Je n'ai jamais manqué de dire notre prière du soir et du matin comme nous la disions ensemble et de la même voix, moi tout haut, vous répondant autour de mon crucifix qui nous regardait agenouillés à ses pieds, et le père était là aussi : personne ne manquait; on se retrouve en parlant à Dieu qui écoute les prières de toute la terre et le cantique de tout le ciel.

Il s'assit auprès de maman dont il garda les deux mains dans les siennes. Je me trouvais ainsi à côté de lui et mes sœurs de l'autre côté de maman, quand il reprit.

— Mère, c'est bien pour toi que je parle et je n'ai de comptes à rendre qu'à toi, mais tout ce que je vais te dire peut être dit devant nos jeunes filles et même devant notre cher petit Jean.

Et voilà pourquoi, interrompit ici Jean lui-même, je raconte, moi aussi devant des enfants et des jeunes filles, cette scène, vieille de plus de cinquante ans, mais dont le souvenir est resté en moi si vivant et si pur. Dans mes paroles si quelque chose vous inquiète, arrêtez-moi, je vous en prie, mais je suis sûr que vous ne m'arrêterez pas, car notre Charles avait à la fois la candeur des enfants et la modestie que les grands chrétiens de sa sorte pratiquent aussi étroitement que les plus angéliques jeunes filles. De sa parole comme de sa pensée qu'il offrait sans cesse au regard de Dieu rien n'est à voiler, rien. Il dit en s'adressant à maman :

— La nièce de Mme du Boishréant a dix-neuf ans, elle est orpheline de père et de mère et habite tantôt la maison de sa tante, tantôt celle de son oncle et parrain, M. Loirier, ancien payeur du département de la Mayenne, qui est très âgé ainsi que sa femme. Ces Loirier ont une propriété auprès de Laval et y demeurent. La jeune personne s'appelle Clémence Loirier; elle a cinq mille francs de rente de ses père et mère. Elle est jolie, je ne sais pas bien si elle a de l'esprit, je la juge douce et bonne; ses cheveux sont châtain clair et ses yeux bleus. Je lui ai parlé deux fois, une en présence de Mme du Boisbréant, l'autre devant M. Loirier.

— Quel drôle de garçon! dit maman, tandis que nous écoutions de toutes nos oreilles. Est-ce clair, tout cela! Et positif! Et tranquille! Tu aurais fait un fier notaire! Pourtant comment entends-tu le mot parler? Est-ce causer tout simplement?

— Non, répondit Charles, j'entends parler comme on parle quand il est question de mariage.

— Pas possible! fit Louise, tu disais que maman déciderait...

— Et je le dis encore. Ces deux entrevues ont été consacrées par moi à bien établir ma propre position, tant vis-à-vis de la jeune personne que pour M. Loirier, car Mme du Boisbréant connaissait mes affaires; je lui avais tout dis le jour de sa première demande.

— Quelle demande? interrogea maman.

— Je m'exprime mal : je veux dire le jour où Mme du Boisbréant s'informa près de moi pour savoir si j'avais l'intention de me marier.

— Bon! fit maman, dont l'étonnement croissant comportait déjà une certaine dose de méfiance, et que répondis-tu?

— Je répondis oui, pourvu que je trouve un parti qui me convienne sous tous les rapports.

— Peste! firent mes sœurs.

— Va, dit ma mère, quel drôle de garçon! Et que fit Mme du Boisbréant?

— Eh bien! ce fut alors qu'elle me parla de sa nièce.

— Tu ne la connaissais donc pas encore?

— Non, puisqu'elle était à Laval, chez les Loirier.

— Et après?

— Après Mme du Boisbréant me dit que Clémence arrivait le lendemain.

— Ah!

— Qu'elle lui avait écrit une lettre d'une aune pour la prévenir...

— De quoi?

— De moi.

— Avant même de t'avoir parlé?

— La veille, oui.

— Et puis?

— Et puis Mme du Boisbréant m'invita à dîner pour voir si je conviendrais à la jeune personne.

— A la bonne heure!

— Et si elle me conviendrait.

— Ta parole! fit maman stupéfaite et peu rassurée : voilà une histoire!

— On lui a demandé sa main, à ce bon Charles, dit Louise, dans les formes!

— Mais laissez-le donc parler! m'écriai-je, car je n'étais pas sans connaître, en ma qualité d'écouteur, les mille et une petites diplomaties matrimoniales qui étaient en suspension dans l'air de notre ville, et la naïveté de l'aventure me plaisait par le contraste. Je trouvais cela charmant parce qu'il n'y avait aucune des finesses accoutumées.

— Ceci est le commencement, reprit Charles.

— A marcher de ce pas, dit ma mère, les choses ont dû aller vite!

— Pas trop.

— Mais cette dame du Boisbréant a donc bien confiance en toi?

— Oh! quant à cela tout à fait.

— Elle ne nous connaît pas, cependant?

— Non... elle avait entendu parler de papa.

— C'est quelque chose, mais tous les fils ne ressemblent pas à leur père.

— Moi, dit Charles avec une certaine gravité, elle me connaissait.

— Comment?

Il rougit un peu et répondit :

— Nous sommes des amis de la première messe.

— Ah! fit-on.

Il y eut sur toutes les lèvres un sourire très bienveillant, mais un peu... comment dirai-je? un peu teinté de protection. Le mot

n'exprime pas bien toute ma pensée, mais si vous alliez plus
loin et jusqu'au mot raillerie, par exemple, ce serait entièrement
dépasser le vrai. Seulement la défiance n'était pas morte. Il n'y
avait de rassuré que moi qui étais pourtant l'esprit fort de la
famille.

Depuis la douloureuse et vraiment chrétienne émotion,
ressentie par moi au chevet de papa, c'était la première fois
que mon cœur se prenait de lui-même à une pensée de religion.
J'en fus étonné, car cette parole : « Nous sommes des amis de
la première messe », aurait tout aussi bien pu me porter à
rire.

Mais non, bien au contraire. J'eus une étreinte dans ma conscience qui me rappela, en très petit, la douleur pleine de délices
qui m'avait terrassé quand je veillais papa, et que j'étais
comme ébloui par son dernier sourire.

Et savez-vous pourquoi ? C'était très vague et ce fut très
fugitif aussi ; mais je compris, pendant un instant, la force du
lien qui unit, en Jésus-Christ, la piété des âmes chrétiennes.
Mon imagination, qui devait m'égarer si souvent, me servit
pour une fois. Je vis la petite église de Loudan, au matin, presque déserte et devant la nappe blanche, tendue le long de la
balustrade du chœur, quelques rares fidèles agenouillés, huit
ou dix, toujours les mêmes, pour répéter avec le prêtre au moment de la communion, l'humble et grande parole du centenier :
« Seigneur, je ne suis pas digne que vous entriez sous mon toit,
mais dites seulement un mot, et mon âme sera purifiée. »
Je les vis comme je vous vois : rien que des femmes, des
paysannes et des servantes en majorité ; un seul homme, tout
jeune, une seule *dame* qui était âgée...

Et ils se connaissaient, je vous le dis, ces deux-là, convives
habitués de la table des anges, où leur couvert était mis ; ils
se connaissaient comme on se connaît entre mère et fils, et ils
s'aimaient, et ils avaient confiance l'un en l'autre, parce qu'ils
étaient nourris du même pain, vivifiés du même Dieu... Ah !
oui, je pensais ainsi ; pour la seconde fois de ma vie le suave
parfum de l'amour céleste me pénétrait à l'improviste ; je suis
content de m'en souvenir et de le dire : j'avais un atome de
chère dévotion au fond de mon indifférence révoltée, et mon
rire attendri se mouillait parce que seul ici, dans ce milieu
chrétien, je comprenais comme il faut le pacte discret de l'agape

la chaîne qui unit à leur insu dans le cœur du Maître, ses silencieux convives : *les amis de la première messe.*

— Avant de voir la jeune personne, reprenait cependant Charles qui faisait son rapport en conscience, je pris, bien entendu mes renseignements auprès de Mme du Boisbréant sans préjudice de ceux que devait me fournir M. Loirier qui arrivait le lendemain, accompagnant sa nièce. Melle Clémence, selon le dire de sa tante, a fait son éducation partie chez les dames Augustines de X..., près de Laval, partie à l'Adoration de Loudan. Elle a beaucoup de piété, une bonne instruction, peu de musique et presque un talent comme peintre d'aquarelle. Un de ses lavis orne le mur de la chambre que j'appelle mon salon ; il représente un arbre, une croix de carrefour et une pauvresse qui mange, assise sur les degrés de la croix, son chapelet au bras. Je ne m'y connais pas, mais celle qui a mis ce pain, assaisonné de prière, entre les lèvres de la pauvresse a bon cœur, j'en réponds. Melle Clémence a déjà été demandée en mariage plusieurs fois...

— Elle te plaît ? demanda ici maman.

— Oh ! vraiment oui, répondit Charles dont le visage s'éclaira .

Il était sur la sellette, entouré de joyeux ennemis. De droite et de gauche les regards pétillants se croisèrent.

— Oh ! vraiment, oui ! répéta maman, rendue pour un instant à sa gaieté d'autrefois et contrefaisant à merveille le ton de Charles.

— Il a bien dit ça ! ajouta Louise.

— Et comme ses cheveux sont mieux arrangés ! fit observer Anne. Il a une raie !

— Va toujours, Charles, m'écriai-je, il n'y a que moi de raisonnable ici Tu en étais à ce que la jeune personne a déjà refusé plusieurs partis ; sais-tu pourquoi ?

— Parce qu'ils ne lui convenaient pas, Jeannot, répondit Louise Le raisonnable chez nous, c'est toujours Charles le sage, qui va avoir à choisir entre toutes les héritières du département... Connaissons-nous quelqu'un des prétendants refusés ?

— Un seul, Bertin Sicard.

— Et tu as été justement prendre celui-là pour ami ! dit maman.

— Pourquoi donc pas ? Il avait besoin de moi.

— C'est très bien, mais prends garde ! cette race n'est pas bonne, et à ta place j'aurais peur...

Charles l'interrompit par un baiser et dit avec sa fermeté si douce, où jamais n'entrait la moindre parcelle d'orgueil :

— Je n'ai peur que de mal faire, et qui donc ma bonne mère est plus généreux que toi? Bertin, quoique sa demande n'ait pas été accueillie, vient toujours dans la maison, ce qui prouve en sa faveur...

— Tu trouves?... fit Louise.

— Il est doux, obligeant, d'une vie régulière et porté naturellement vers la religion. Je peux lui être utile... Quand Mme du Boisbréant eut achevé de me répondre, je lui dis : « Ma situation à moi ne sera pas longue à établir : je n'ai rien et je suis soutien de famille... » Elle m'interrompit pour me faire observer que ce côté de la question regardait surtout M. Loirier, homme prudent et fort entendu en affaires. « J'en ai touché quelques mots, ajouta-t-elle, dans ma lettre d'une aune, et Clémence m'a répondu qu'elle arrivait avec son oncle qui aime beaucoup les substituts. »

Mme du Boisbréant me dit en me quittant :

« Vous comprenez bien, Clémence a les Loirier qui sont riches pour notre pays, et moi qui suis assez à mon aise. Ce que je voulais savoir c'est s'il n'y avait point d'obstacle de votre part... »

— Je croyais un peu rêver, en écoutant cela, je ne dis pas non, poursuivit Charles, et quand Mme du Boisbréant fut partie, j'eus des distractions en étudiant une affaire d'escroquerie que j'avais sur le chantier. Chaque fois que je m'interroge, je ne trouve en moi qu'une idée nette et bien claire, c'est d'accomplir la volonté de Dieu, mais encore faut-il la connaître, et ma vocation pour le mariage me paraît souvent assez chancelante.

— C'est cela qui m'effraie, dit ma mère, je ne veux pas que tu te sacrifies pour nous.

— Je ne le veux pas non plus, repartit Charles non sans vivacité : du moins de cette manière-là. Le mariage est un sacrement. Vous pouvez être bien tranquilles : je ne me marierai pas pour vous autres à qui je donnerais si volontiers ma vie. Le but du mariage chrétien n'est pas là; il est plus grand que cela. Mais continuons. Le lendemain arriva. A la messe du matin, Mme du Boisbréant me fit signe. Je l'attendis à la sortie, elle me rejoignit et me dit : « Ils ont voyagé de nuit. M. Loirier aime les substituts, il ira vous voir vers dix heures, en se promenant. »

Je ne sais pas si M. Loirier se promena, il faisait un temps épouvantable, mais il vint et son parapluie faillit inonder mon antichambre où il y a place, cependant, pour mettre mon balai de bruyère, large comme une gerbe de blé. C'est un tout petit homme à cheveux gris de souris, plus ras qu'une brosse, et mince, et furtif. Je crus qu'il allait glisser entre mes deux jambes pour entrer, mais quand il eut relevé sur moi deux beaux yeux clairs et francs qui tiennent la moitié de son visage, je vis bien que c'était encore un ami. Et quel ami ! Celui-là m'aimait deux fois, et comme chrétien et comme substitut !

Avant de s'asseoir, il me dit d'une jolie voix doucette et discrète, en un joli style classique qu'il a :

— Au sein de nos ruines, il nous reste le clergé, la magistrature et l'armée, trois colonnes qui soutiennent encore l'édifice chancelant de notre civilisation. La pluie de ce matin est bonne pour les blés, très bonne. Au point vue du mariage, il faut écarter le clergé qui marie et ne se marie pas, hé, hé, hé, hé, je maîtrise de mon mieux mon penchant à la plaisanterie, mais il m'entraîne quelquefois, vous voilà prévenu. Ne nous occupons donc que des militaires et des magistrats... Merci bien, avec plaisir.

Ces derniers mots répondaient à l'offre de mon fauteuil de bureau que je lui tendais. Il s'assit ; je pris une chaise et il continua :

— Les militaires ont quelquefois des habitudes, vous m'entendez bien : ça n'attaque pas le cœur généralement, mais c'est désagréable, et d'aller de garnison en garnison, je n'admets pas cette vie-là pour une jeune femme. J'ai été payeur, je connais les militairesses, hé, hé, hé, pardon, la plaisanterie est mon faible, chassez le naturel, il revient au galop ! je puis estimer les officières, mais l'idée d'être leur oncle ne me va pas, à cause des déménagements. Je sais très bien que nous avons aussi les jeunes messieurs qui ne font rien. Personne plus que moi ne respecte la propriété si violemment attaquée de nos jours. Ai-je l'air d'un jacobin ? hé, hé, hé ! le naturel... Au galop ! ce n'est pas un péché mortel que de rire un petit peu... Non vraiment, non, je ne suis pas un jacobin, tant s'en faut ; seulement, j'ai du goût pour l'orthographe, la bouteille me fait peur, l'écarté aussi et même la pipe. Je n'oserais pas l'avouer à tout le monde, mais tenez ! J'ai reçu la semaine dernière une lettre olographe d'un voisin de campagne qui embaumait la pipe et qui manifestait de s'*éthablire*, *t*, *h*, et un *e* au bout, avec notre petite Clémence. J'ai hésité ; un *éthablissement* écrit de même, ça a l'air plus solide qu'un autre, hé, hé, hé, excusez-moi, je suis né gai, il y a soixante-quatorze ans, je ne les parais pas, à ce qu'on dit, et je mourrai gai, le plus tard possible. J'ai envoyé le voisin s'*éthablire* ailleurs, poliment et sans rancune. Vous ne fumez pas, vous êtes substitut, ma cousine du Bois-bréant nous a écrit un volume entier sur vous et sur votre vénérée famille. Tout ça nous convient, Clémence a de l'incli-nation pour vous...

J'étais essoufflé à force de l'entendre parler ainsi sans point ni virgule, mais je me gardais de l'interrompre. Ici, pourtant, je ne pus m'empêcher de sourire. Il reprit aussitôt son chapeau qu'il avait déposé par terre et se leva.

— Vous me l'avez avoué, cher monsieur, lui dis-je, vous aimez plaisanter.

— C'est plus fort que moi, me répondit-il, le naturel... ; mais quand je plaisante, j'avertis, crainte d'offenser le prochain. Je fais comme cela : hé, hé, hé, avez-vous remarqué ?

— Oui.

— Eh bien ! je n'ai pas fait : hé, hé, hé en parlant de Clémence. Quand j'ai dit inclination, vous m'entendez bien, elle n'a pas l'avantage de vous connaître, mais à la maison, nous pen-chons vers les substituts. D'ailleurs, vous verrez : cinq heures sonnant, on dînera. Tout le reste marchera sur des roulettes, si le cœur vous en dit. On vous appelait le cafard là-bas, est-ce vrai ? Eh bien ! on m'appelle le cafard dans mon endroit. Nous autres cafards, nous parlons, la bouche ouverte, de ce qui embar-rasse ceux qui ne sont pas cafards. Voici le bilan de la situation : ma cousine du Boisbréant a quatre mille cinq cents francs de rentes en bonnes terres, et nous, les Loirier, à peu près le double ; Clémence réunira le total... Bien content d'avoir fait votre connaissance.

Il se glissait vers la porte en trottinant.

— Mais moi, je n'ai rien ! m'écriai-je.

— Si fait, me répondit-il en se retournant comme un petit

coq; votre digne père vous a légué des devoirs que nous connaissons bien; vous les remplissez comme il faut, et je ne les donnerais pas pour mille écus de revenus, hé, hé, hé, pardonnez-moi, je plaisante. Nous vous savons sur le bout du doigt : la lettre de la cousine était longue, longue, mais elle ne nous a pas ennuyés, et vous êtes substitut ! Vous savez, le dîner, heure militaire ! on dit ça, parce que les officiers se font toujours attendre, excepté le jour de la solde, hé, hé, hé, j'ai été payeur... Le naturel !

Il reprit son parapluie, entr'ouvrit la porte juste ce qu'il fallait pour donner passage à une anguille, et se plongea dans le tourbillon de l'averse qui continuait au dehors... Que dites-vous de cela ?

Maman, qu'il embrassait en faisant cette question, répondit :

— C'est un conte de ma *Mère l'Oie*, bien sûr ! Je ne te connaissais pas ce talent !

— Et c'est que tout y est ! appuya Louise, il fait les gestes, il prend les poses...

— On voit, m'écriai-je, ce petit payeur gris de souris !

— Je t'en prie, dit Anne, continue, Charles, c'est amusant tout plein, je voudrais déjà vous voir à table !

VIII

VIEIL HABIT DE PAPA.

Charles riait bonnement à nous voir rire. Il répondit à la question d'Anne :

— Je ne demande pas mieux que de vous dire tout. Je suis ici pour cela. Il m'importe peu que ce soit vraisemblable ou non, puisque c'est vrai.

Je n'avais pas encore dîné chez ma « propriétaire », et même je ne lui avais jamais fait de visite officielle. Il y avait des affaires accumulées dans les cartons de mon prédécesseur, l'ancien substitut : depuis mon arrivée à Loudan, je n'avais pas un instant à moi.

Après l'audience, ce jour là, je me mis, comme d'habitude

au travail qui m'absorba bientôt de telle sorte que je perdis
tout souvenir de Mme du Boisbréant et de son dîner. J'allais
très certainement manquer l'heure militaire, quand on frappa
trois petits coups aux carreaux de ma croisée qui donne sur le
jardin. « Exactitude ! me cria M. Loirier du dehors, politesse
des rois !... Vous pardonnez le naturel. »

Et je vis sa titus grise qui s'éloignait derrière les lilas.

J'ouvris aussitôt mon armoire et j'endossai mon habit de
cérémonie ou plutôt celui de pauvre papa. Je ne le revêts
jamais sans me sentir honoré et meilleur quoique je sache
très bien qu'il prête un peu à rire à ceux qui le voient sur moi.
Nous aurions dû peut-être le faire ajuster à ma taille, mais
c'était encore de l'argent dépensé, et ici, chez nous, les occasions où j'étais obligé de mettre un habit étaient si rares ! A
Loudan ce sera différent et j'ai mandé le tailleur.

Ce soir-là je fis ma toilette sans trop d'inquiétude parce
qu'il n'y a dans mon château que mon miroir à barbe où je ne
vois que ma tête et mes épaules. J'arrivai à l'heure juste et ma
timidité naturelle ne gêna point mon entrée. J'étais calme et
bien disposé comme il faut l'être dans une circonstance aussi
grave. En montant l'escalier, j'avais fait une courte prière,
demandant à Dieu de m'assister, et je puis bien vous l'avouer,
puisque vous connaissez mes préférences pour un état autre
que le mariage, ma prière implorait surtout le secours céleste
contre ce malheur de contracter un lien qui n'aurait point la
complète bénédiction de Dieu.

On m'accueillit comme un président et mieux. Mme du
Boisbréant à droite, M. Loirier à gauche, me présentèrent avec
une solennité singulière à une fillette (presque une enfant),
très modestement attifée vers qui je me sentis attiré tout de
suite non pas tant à cause de sa très jolie figure que pour l'expression de naïve bonté qui éclairait son regard.

Mais, il faut bien que je vous le dise : derrière elle était une
grande coquine de glace inclinée où je me vis tout à coup de la
tête aux pieds. Écoutez, il n'y pas à soutenir le contraire, je
suis drôle avec cet habit-là, vraiment drôle ! J'eus envie de
rire tout à fait, et en même temps mes yeux se mirent à battre,
parce que des larmes piquaient ma paupière. Savez-vous pourquoi ? Mon premier regard, tombant sur la glace, avait rencontré l'habit, et sous l'habit j'avais vu pauvre papa...

C'était avant que j'eusse prononcé une parole. Tous demandèrent en même temps et d'un air consterné, même Melle Clémence qui parlait des yeux seulement :

— Qu'avez-vous donc, Monsieur le substitut, qu'avez-vous donc ?

Car ma joue était mouillée.

J'hésitais à répondre, et voilà ce qui n'est vraiment pas facile à vous dire : je ne sais si mes idées de mariage m'avaient rendu coquet tout d'un coup, mais il est certain que mon envie de rire de ma propre tournure avait passé comme l'éclair. A travers ces larmes qui montaient malgré moi du plus profond de mon cœur, je regardais dans la glace non plus seulement le cher souvenir de papa, mais aussi l'étrange personnage que j'étais sous ce vêtement trop large, trop court, et qui avait des manches d'où mes poignets sortaient longs à n'en plus finir...

— Et que fis-tu ? demanda maman qui essayait encore de sourire, mais dont la voix altérée exprimait une vraie détresse.

Moi, la sueur me perçait aux tempes. Quant à mes sœurs, elles avaient les yeux poissés et des figures tragiques.

Chez les plus humbles il y a des trésors d'orgueil et il faut renoncer à exprimer de quelle façon violemment exagérée nous ressentions l'embarras de Charles. Ce malheureux habit serrait nos cœurs comme un remords, ces poignets, ah ! ces poignets, nous les voyions sortir longs, longs ! Ils déshonoraient toute la famille !

— Que fis-tu ? que fis-tu ? Ce fut un cri unanime.

— Mon Dieu, répondit Charles, qui seul n'avait rien perdu de sa sérénité, je crois que dans ces cas-là, il ne faut pas chercher midi à quatorze heures, je dis tout simplement la vérité; à savoir que nous n'étions pas riches, que je portais les vieux habits de papa, et que, ne me regardant pas dans les glaces tous les jours, je venais d'avoir à l'improviste cette vision du cher homme, du bien-aimé père qui portait autrefois ce pauvre vêtement... et qui, dedans, n'était pas ridicule.

— Ah ! fit maman en couvrant son visage de ses mains.

Mes yeux s'inondèrent. Louise reçut Anne dans ses bras.

— Je ne me souviens pas des mots que j'employai, poursuivit Charles dont la voix trembla un peu, mais quand j'eus fini d'expliquer mon cas, ce n'était plus moi qui pleurais.

Allez, ce sont de bonnes âmes ! Ils m'entouraient comme vous avec leurs yeux baignés, et le petit M. Loirier m'embrassa...

Maman l'attira sur son cœur.

— Tiens ! juste comme tu m'embrasses, continua Charles en lui rendant ses baisers, et ma foi, moi, je l'embrassai aussi de tout mon cœur, et quand nous nous assîmes à table, eh bien ! nous étions presque une famille. Cette idée-là me vint tout de suite et je pensai que le père nous regardait...

— Il faisait mieux, va, dit maman, ne vois-tu pas qu'il est mêlé à tout cela ? Il prie et Dieu l'écoute, sûrement !

Un instant l'émotion endormit la curiosité. Je ne sais plus qui de nous demanda :

— Et parla-t-on enfin du mariage ?

— Oh ! mais, répondit Charles, il n'y avait pas de temps perdu, on n'était encore qu'au bouilli... Est-ce que ça t'amuse, toi, petit Jean ?

— J'ai peur que ça ne s'envole, repartis-je. Jamais je n'ai tant aimé personne que ces gens de Loudan !

— Le fait est, dit Louise en secouant la tête, que c'est trop joli !

— Pour que le château s'écroule, répliqua Charles, il suffira que la reine souffle dessus.

— C'est moi, la reine ? fit maman.

— Je l'ai assez dit là-bas à tout le monde : « Maman est la maîtresse chez nous. »

— Ils ont dû rire un peu, grand enfant que tu es !

— Ni peu ni beaucoup, non ; Mme du Boisbréant clignait de l'œil à l'adresse de M. Loirier qui se frottait les mains tant qu'il pouvait. Ils étaient comme deux prophètes qui mesurent et comparent le mérite respectif de leurs anciens oracles. Tous les deux, triomphants, ils mimaient le même refrain : « Qu'est-ce je vous avais dit ! » Et savez-vous l'idée qui me vint ?...

— Mais ta demoiselle Clémence ? interrompit Anne.

— Voilà ! dit maman. Anne ne saura jamais écouter !

— C'est que, reprit ma jeune sœur, vous n'avez pas remarqué cela, vous, la petite demoiselle n'a pas encore ouvert la bouche : si elle était muette ?

— Juste ! s'écria Charles.

— Elle est muette ! fîmes-nous en un chœur désolé.

— Non, mais ce fut l'idée qui me vint. Il fallait quelque chose comme cela pour donner du sens commun à mon aventure.

— Il y a donc quelque chose?

— Qu'y a-t-il?

— Dis vite!

Tout le monde à la fois parlait. Charles répondit doucement :

— Il n'y a rien que je sache. Elle n'est pas bavarde, c'est vrai, mais elle a une belle petite voix qui dit, quand elle veut, des paroles très sensées. On ne l'entendit guère ce jour-là. Elle ne parlait qu'avec son regard très franc, très bon, et très modeste dans lequel je lisais comme en un livre. Cependant, la conversation ayant touché d'une manière générale le sujet du mariage chrétien, M. Loirier m'appela une fois « mon neveu » par mégarde; elle rougit et il me sembla que sa prunelle devenait espiègle un petit peu. Puis sur une question qu'on me fit, comme j'étais en train de répondre que Jésus lui-même avait fixé la mesure de la tendresse conjugale, plus grande que toute autre tendresse, mais inférieure à l'amour sans bornes que l'âme doit à son Créateur, elle dit : « C'est vrai. »

Maman approuva du bonnet, mais j'avoue qu'il y avait de l'étonnement dans ses yeux. Louise, qui tenait sa langue depuis du temps, s'écria :

— C'est égal, vous êtes du drôle de monde à Loudan! Je grille de la voir, moi, cette petite merveille-là, et ton gris de souris, et ta dame de la messe. Est-ce que les chats miaulent à Loudan comme ici? Il faut nous mener à ton château.

— Les Loirier ont une voiture, répondit Charles, mais nous pas. Qui paierait la diligence? Ce sont eux qui viendront voir maman, ils l'ont promis.

— Avec la petite demoiselle Clémence? demanda tout le monde à la fois.

— Dame! fit Charles, on ne peut la laisser seule à la maison.

Il y eut un silence, et dans ce silence on sentait courir je ne sais quoi qui ressemblait à un malaise. Charles nous regardait les uns après les autres et ne perdait rien de sa sérénité.

— Eh bien! dit-il je vous ai demandé ce que vous pensiez de tout cela. Il est temps de me répondre; à toi, maman.

Maman toussa.

— Hum! Hum! fit Charles, ce n'est pas clair! Est-ce là ce que tu penses?

La toux gagna Louise et Anne.

— Ne plaisantons pas, dit maman.

— A la bonne heure ! m'écriai-je sévèrement.

Et Charles ajouta avec une douceur sérieuse :

— On aurait grand tort de plaisanter.

Aussitôt tout le monde devint grave et maman me dit :

— Viens m'embrasser, Jeannot, il n'y a que toi de raisonnable ici. Tes sœurs ont la tête à l'envers, et ton grand sage de frère ne voit pas que nous avons la même crainte que lui : nous trouvons cela trop beau. Nous plaisantons comme le bon petit M. Loirier. Ce que je pense, moi, la reine, le voici, écoute bien. Charlot, ces gens-là m'ont l'air d'une nichée de saints, mais ils te font la cour.

— Ça saute aux yeux ! dirent Anne et Louise.

— Ce n'est pas toujours pour ma fortune, fit observer Charles.

— Ni pour tes attraits, innocent, continua maman, puisque l'enfant ne t'avait jamais vu, ni pour la défroque du pauvre chéri de père qui ne te va pas. Tu es la bonté même comme lui, et tu as de l'esprit comme lui, plein le cœur. Je le retrouvais en toi tout entier quand tu as raconté l'histoire de l'habit dans la glace. Qui sait ? c'est peut-être pour lui qu'on t'aime, car son souvenir embaume celui des bienheureux, et il peut bien faire des miracles, mais je croirais plutôt, moi aussi, que c'est la *première messe*. Ça devient si rare ! Les chrétiens ont bien le droit de se compter et de se chercher... Et puis ton presque oncle de payeur t'a dit la vérité en riant : les substituts sont de bons partis. Il est passé en proverbe dans nos pays que les modestes appointements d'un substitut valent juste six mille livres de rentes.

— C'est l'héritage du père, murmura Louise.

— Et quand Charles faisait le portrait du petit gris au commencement, dit Anne, on aurait cru que c'était pauvre papa qui parlait : notre Charles ressemble tous les jours un peu plus à papa.

Elle se jeta à son cou et nous l'entourions tous en nous serrant contre lui, car c'était vrai de toute vérité : il avait l'héritage du père et je sentais croître le respect dans la tendresse que j'avais pour lui.

Il se dégagea de notre étreinte et poursuivit en prenant les deux mains de maman pour y appuyer ses lèvres.

— Tu en sais assez long, n'est-ce pas, pour ce qui est de la famille que j'aurais? Quant aux renseignements d'affaires, l'abbé Huet a été précepteur chez Mme du Boisbréant, au temps où elle avait encore son fils, et notre Olivier est de Laval. M. Loirier ne tarit pas sur lui, disant qu'il est d'un bien mauvais exemple qu'un mécréant ait si bon cœur! Je ne suis pas venu vous voir tout de suite après ce fameux dîner, parce que j'ai voulu m'informer aussi de mon côté, et connaître davantage ceux qui peuvent tenir à vous de si près. C'est bon, c'est pur, c'est honnête jusqu'au fond. Je crois comme vous que le père est aux pieds de Dieu. Je crois aussi que Dieu écoute sa prière et nous protège. Hier Mme du Boisbréant m'a dit qu'il était temps d'avoir le consentement de ma reine et je suis parti.

Maman ouvrait la bouche pour répondre Charles l'interrompit et lui dit :

— Ah! pas maintenant! Tu réfléchiras, nous causerons seuls tous deux, tu verras M. Jamond, M. Huet, Olivier. J'ai voulu parler d'abord devant tous ceux que j'aime pour que tous demandent conseil à Dieu. C'est la volonté de Dieu que je veux faire. Mes sœurs trouvent que je suis un fiancé à la glace, et toi aussi, bonne mère; peut-être que vous vous trompez. Est-ce que je ne vous ai pas bien aimés en aimant Dieu au-dessus de vous? Je ne repars que jeudi. Mercredi nous irons tous à la première messe, et en revenant la reine nous dira : « Je veux bien »; ou : « Je ne veux pas ». Selon ce qu'elle dira je ferai.

On se mit à genoux pour la prière du soir.

IX

HISTOIRE D'INCENDIE

Quand nous fûmes retirés tous les deux dans notre chambre, Charles me dit :

— Couche-toi et dors bien vite, petit Jean, nous nous lèverons demain de bonne heure et nous irons nous asseoir sur la

souche au pâtis du Brelut. Papa y sera. Je te laverai la tête
comme il faut pour tous tes méfaits, car tu as été méchant,
méchant. Toutes les lettres qui m'arrivaient là-bas me disaient
du mal de toi, même celles d'Olivier. Melle Clémence te connaît
déjà comme le loup blanc. Elle a bonne envie de t'aimer, mais
elle a peur de ne pas pouvoir, parce que tu ne vaux rien.

— Ah bah ! fis-je, c'est le propre mot du docteur !

Et sans doute que ma vanité caressée perçait dans mon
accent, car Charles reprit en riant :

— Te voilà content ! Ils se trompent tous sur toi, pauvre
petit Jean, tu vaux beaucoup, mais tu meurs d'envie de passer
pour un mauvais sujet...

— Ah ! par exemple !..., m'écriai-je déjà rouge de colère.

— Ne te fâche pas, c'est la maladie de tous les enfants et de
beaucoup de grandes personnes...

— Tu sais, dis-je, redoutant un sermon : je dors. Bonsoir.

— Bonne nuit, petit Jean, donne ton cœur à Dieu.

Ce n'était pas sans regret que je rompais ainsi l'entretien.
J'aurais voulu ramener la conversation sur Loudan, le futur
mariage, la visite annoncée de Melle Clémence, etc., toutes
choses qui m'intéressaient extraordinairement, mais la peur du
sermon fut la plus forte et je me tins coi.

J'eus quelque peine à m'endormir. La présence de Charles
jetait en moi un trouble qui était bon, la preuve c'est que je me
repentais, chose rare chez moi, et que je me résolus à sur-
passer Charles en tout et non pas petit à petit, mais dès le
lendemain. Cela me semblait facile, et d'un coup de baguette
je me fis diligent, soumis, irréprochable faisant la joie de tous
ceux qui m'aimaient. J'étais bercé par ces excellentes pensées
et je me voyais déjà recevant avec plus de modestie encore
qu'Adolphe les compliments de toute la ville, émerveillée de
mon analyse (car j'avais, bien entendu, remporté tous les prix
au catéchisme et je lisais aussi mon analyse dans le jardin du
presbytère), quand je crus entendre la voix du Julienne qui
prononçait tout bas, mais distinctement, son appréciation
favorite : « Le gars aura du caractère ! » Cela s'arrangea assez
bien dans mon rêve. Je trouvais seulement que Julienne s'exprimait à mon endroit avec une familiarité blâmable, mais je me
dis que ce « caractère » qui sautait aux yeux d'une simple
domestique me rendrait très puissant dans le bien, comme il

aurait fait de moi un homme très redoutable dans le mal, si je n'avais heureusement changé de route. Il était temps !

— Du pain et du beurre comme à l'ordinaire, dit en ce moment Charles d'une voix distincte.

J'ouvris les yeux à demi, il faisait nuit noire et je reconnus que je n'étais pas à la distribution des prix, mais bien dans mon lit. A qui parlait Charles ? A Julienne sans doute. Elle était si curieuse ! Elle avait envahi notre retraite sous prétexte de savoir ce que Charles voulait pour son déjeuner, mais avec l'espérance de nouer conversation. J'arrangeais cela très laborieusement et avec une grande fatigue de tête. Tout à coup l'idée me vint que ce n'était pas notre Julienne, mais bien cette Mme du Boisbréant qui était là si loin de c ez elle et à cette heure indue continuant son rôle d'enjôleuse. Je me promis de prévenir maman, mais Charles s'écria en se retournant dans son lit :

— Vas-tu me laisser tranquille !

Bien sûr qu'il n'eût pas parlé ainsi à Mme du Boisbréant. En effet ce fut Julienne qui reprit d'une voix pateline :

— Pour une fois on peut bien vous faire chauffer de la soupe, notre monsieur Charles.

Et sans transition elle ajouta :

— Depuis le temps que je suis dans la maison, ça n'est pas non plus raisonnable de ne rien me dire du tout, jamais. Allons-nous avoir une jeune dame, oui ou non ? Et si vous aimez mieux je peux vous faire une bonne tasse de café, le petit gars en mangera.

— Du pain et du beurre ! répéta Charles inflexible.

J'étais éveillé ; je le crois, mais je rêvais à poings fermés. Je riais du stratagème mis en œuvre par l'enragée curiosité de Julienne et je lui chantais pouille : « Cherche, cherche ! on t'en ratisse ! » En même temps saisissant aux cheveux une occasion si favorable de rendre service à mon ami Adolphe, je demandais à Charles les moyens honnêtes et légaux à employer pour que la grosse petite Mme Roboam pût « garder tout », quand M. Roboam allait mourir de mort subite. L'état intermédiaire entre la veille et le sommeil, traversé par des rêves imparfaits, comporte de pareilles incohérences et chacun l'a pu éprouver ; mais il y avait autre chose dans mon cas : je ressentais une inquiétude fiévreuse, je m'agitais entre mes draps comme un poisson dans la poêle et je me cachais sous ma couverture pour que

Mme du Boisbréant qui était toujours-là, dans un coin, ne pût me voir. Quelqu'un lui avait dit l'histoire du couteau pointu, j'en éprouvais une honte extrême, d'autant que le petit M. Loirier, galopant sur son naturel et sous son parapluie, me demandait pardon de se moquer de moi, hé, hé, hé, hé ! Mon mariage prématuré avec la Girafe le divertissait d'une façon désobligeante. Le duel *cané* de M. Bertin Sicard, qui m'avait beaucoup frappé, venait au travers de tout cela, et la petite demoiselle Clémence passait, marchant sur des roulettes comme une poupée bien rose et bien bouffie, qui disait avec une voix de bois : « Moi, d'abord je veux un substitut, na ! » Et Julienne criait par la fenêtre au menuisier franc-maçon : « Les maîtres sont des ingrats ! J'aime mieux demander mon compte, s'ils ne veulent pas me dire leurs affaires ! »

La chambre était pleine de fantômes auxquels je ne croyais pas, mais qui m'opprimaient, et je dépensais un effort épuisant pour mettre de la raison dans ces extravagances. J'étais baigné de sueur et je grelottais.

— Qu'as-tu à geindre, petit Jean ? demanda la voix endormie de Charles.

Je voulus répondre et ne pus. Le chien d'en face, « le fils Roboam » s'accroupit sur ma poitrine et s'y arrangea pour faire un somme pendant qu'Adolphe pavanait sur un char, la tête hérissée de plumets. Je descendis de mon lit et courus vers la rivière qui passait au bas de notre rue, pour y éteindre le feu dont j'étais brûlé...

C'était la rougeole qui me prenait. Le lendemain, quand Charles voulut m'éveiller pour faire notre promenade au pâtis du Brelut, il me trouva couché en travers sur mon lit, ravagé de fond en comble avec une figure couleur de coquelicot. Mon délire qui avait duré toute la nuit persistait dans les mêmes conditions. Pour moi, la maison était pleine de gens de Loudan. Je voyais leurs visages hétéroclites se montrer à demi, puis disparaître pour se remontrer encore. Il y en avait, il y en avait... Ce que Charles avait raconté la veille dansait devant moi sous mille formes.

Le docteur Olivier, qu'on avait mandé, vint vers neuf heures. Charles n'avait pas quitté mon chevet, non plus que maman et mes sœurs. Pauvre maman me pleurait déjà et répétait tout bas : « Il a trop d'imagination ! nous ne l'élèverons pas. » Je n'étais pas fâché d'avoir trop d'imagination, mais l'idée d'en mourir ne me plaisait point, et quand notre bon curé, M. Jamond, arriva à son tour en toute hâte, je lui dis à l'oreille :

— Allez, vous pouvez bien m'obtenir une guérison miraculeuse, vous ne vous en repentirez pas. Je romps avec mon passé pour commencer une nouvelle vie et je promets de mettre un frein à mon imagination.

Il interrogea du regard Olivier qui lui répondit en riant :

— Dites encore que mon ami Jean n'est pas avancé pour son âge; il bat la campagne comme une grande personne !

Puis parlant sérieusement :

— Déménagez tout le monde ! ajouta-t-il. Vous lui faites un très mauvais air. C'est une petite maladie de peau qui va le purger et lui faire beaucoup de bien en définitive. Il n'y a pas l'ombre de danger.

— Je m'en doute bien répondit M. Jamond, mais ce qu'il disait tout à l'heure était très sage, il faut qu'il devienne un bon garçon des pieds à la tête !

Maman et tout le monde entouraient le docteur; moi, je dis :

— Va, Olivier, on ne m'en passe pas ! J'ai bien vu le petit gris de souris derrière toi, quand tu es entré.

— On vous expliquera cela, bon ami, fit maman avec mystère.

— Parbleu ! m'écriai-je impatiemment, c'est l'oncle de Laval, le parrain à qui est la maison de campagne. Le bidet de la tante s'appelle Loiseau; il vont tous à la première messe et font la cour aux substituts !

— Bon, bon, fit Olivier, en voilà assez ! je parie qu'il s'agit de mon respectable ami Loirier ! Il m'a écrit une belle lettre où le substitut déborde. Nous causerons de cela. C'est une famille de l'âge d'or. Donnez-vous la peine de vous en allez tous et toutes, même le substitut ! Vous m'enverrez Julienne.

— Mais, dit maman, quand quelqu'un est malade, il n'y a plus de Julienne. Je fais l'ouvrage avec ces demoiselles.

— Alors, bonne madame, c'est vous qui reviendrez dans dix minutes. En attendant, par file à gauche, pas accéléré...

— Marche ! m'écriai-je. Ce n'est pas M. Jamond qui fait les miracles, ici, c'est ce païen d'Olivier ! il prend mon mal avec sa main, et il va l'emporter dans sa poche !

Olivier avait en effet sa main sur la brûlure de mon crâne et

j'en ressentais un soulagement. Quand tout le monde fut parti,
il m'ordonna le silence, mais il me parla et me fit rire. Maman,
qui rentra au bout d'un quart d'heure, me trouva assoupi et
assez calme. Elle voulut commencer aussitôt à causer Loudan
et mariage. La pauvre femme était si pleine de cette pensée
qu'elle oubliait ma fièvre qui, du reste, n'était pas grosse.
Olivier lui dit :

— Charles est un beau jeune homme maintenant. On parle
de lui au palais. Il a très bien pris là-bas. Pourquoi vous presser
de le marier ?

— S'il trouve un bon parti..., commença maman.

— Celui qu'il a trouvé est très bon... trop bon.

— Je parie que vous voulez dire trop dévot ! s'écria maman,
prête à lever l'étendard de sa foi.

— Chut ! fit Olivier, n'allez pas me le réveiller ! Notre petit
Jeannot a une rougeole de rien qui s'en ira en soufflant dessus,
mais il a une tête à nous donner bien du mal et des nerfs de
vieille comtesse. Je voulais dire tout uniment ce que j'ai dit
et ce que je répète : le parti est trop bon. Il y a des gens qui
le convoitent. Je sais l'affaire sur le bout du doigt; ce n'est pas
vous qui avez commencé, ni Charles non plus, mais s'il se met
à aimer ce sera pour tout de bon.

— Ça n'a pas l'air d'une fournaise, dit maman qui riait, et
puis d'abord tant mieux s'il aime sa femme !

— Savoir, fit Olivier; nous ne sommes pas au lendemain des
noces.

— Vous voilà bien ! repartit maman avec quelque vivacité,
vous êtes si bon que vous en devenez mauvais. Vous seriez
content si nous vous prenions tout votre argent au lieu de payer
votre note, et si vous pouviez vous marier à la place du pauvre
Charles...

— Ah ! mais non ! s'écria le docteur en éclatant de rire.

Je me mis à rire aussi en moi-même et je pensais :

— S'ils me soignent comme cela, je ne serai pas fatigué par
les drogues.

Olivier continuait, gaiement :

— Vous êtes la perle des familles, ici. Avec vingt ans de
moins, j'aurais fait la folie de vous demander Louise en mariage.

— Par dévouement ?

— Bonne amie, je n'ai pas d'esprit quand il s'agit de nous.

7

Je suis chimiste. En analysant l'humilité chrétienne, j'y ai souvent trouvé beaucoup d'orgueil.

— A qui le dites-vous, bon ami, j'en regorge !

— Vous croyez rire...

— Hélas ! non.

— Vos filles en ont aussi.

— A revendre, et même Charles...

— Ah ! je ne sais ! Je le voudrais, car c'est pour cela peut-être que je vous aime tant, moi qui ne professe pas la religion ennemie de l'orgueil. Votre orgueil est bon.

— Il n'y en a pas de bon, dit maman.

— Si fait : celui que nous appelons, nous autres, l'honnêteté, la délicatesse, l'honneur...

Maman ne répondit point, car elle était du monde après tout, et ces mots avaient sur elle un victorieux empire. Olivier lui prit la main qu'il posa sur le sommet de ma tête en ajoutant :

— Voici le plus beau tas d'orgueil de la maison. Il le sait bien déjà. Il m'entend et ce que je dis ne le fâche point, au contraire. Je voudrais qu'il pût partager avec Charles, au moins dans certains cas : Charles sera attaqué, j'en suis sûr; aura-t-il ce qu'il faut pour se défendre.

— Il aura, dit maman, la protection de Dieu.

Puis, rompant cet entretien qui lui déplaisait, elle ajouta :

— La tête de notre petit Jean est bien moins brûlante.

Alors Olivier l'emmena à l'autre bout de la chambre et je cessai d'entendre leur conversation.

Je me rappelai tout cela d'une façon fort nette, mais seulement plus tard. Ce jour même, à mon réveil, et les jours suivants, il ne m'en vint aucun souvenir.

Je restai au lit à peu près une semaine. Ma rougeole était extrêmement bénigne et je n'avais d'autre gêne que les précautions à prendre pour éviter les refroidissements. C'est à peine si je buvais quelques tasses de tisane bien sucrée. On faisait tout ce que je voulais, et en vérité, ce fut une des plus divertissantes semaines de ma vie. La maison était en fête à cause de l'aurore qui se levait du côté de Loudan. Chacun avait mis une sourdine à sa joie; on ne parlait plus autant, du moins, la bouche ouverte, mais le mariage était partout dans l'air. Le bon M. Loirier et Mme du Boisbréant et Clémence ne quittaient plus notre pensée. On se moquait d'eux, un pe..

parce que c'était de famille, mais on ne les en aimait que mieux.
J'eus un succès quand je racontai mon rêve de la première nuit
où ce fantôme trop prévenant, moitié Julienne, moitié Mme du
Boisbréant était venu, au milieu des ténèbres, tourmenter
Charles pour savoir s'il déjeunerait de soupe ou de café au lait,
pendant que le petit parrain gris de souris gloussait, perché sur
une armoire et que la jolie Melle Clémence, transformée en
poupée, voyageait sur des roulettes. Bien entendu ces folies
ne se disaient point devant Charles.

Charles prolongeait ses vacances uniquement pour moi, car
il avait suffi d'une journée pour compléter les renseignements
qu'il était venu chercher Il n'y avait qu'une voix sur ces braves
gens de Loudan et de Laval, dont Olivier disait encore plus
de bien que M. Huet

Comme j'avais défense de parler beaucoup et aussi de lire,
une loi avait été promulguée par le docteur qui connaissait
admirablement mon insatiable appétit d'histoires. Quiconque
venait me voir me devait une histoire. Les contes édifiants,
spécialité de Charles et de notre bon curé, n'étaient pas défendus
mais en thèse générale on était surtout chargé de m'égayer.
Olivier et mes sœurs s'acquittaient de ce soin supérieurement.
Maman, qui était sujette à commencer plusieurs histoires à la
fois et à s'y perdre, fournissait des intermèdes et se sauvait
toujours pour vaquer aux affaires de la maison, quand l'éche-
veau de l'intrigue s'embrouillait sans espoir. De tous ces récits
qui charmèrent ma semaine d'infirmerie je vous ferai grâce,
bien entendu, sauf d'un seul pourtant, qui se trouva bien étroitement lié au drame dont ma première communion fut la péri-
pétie finale.

J'ai dû dire que notre catéchiste, M. Huet n'était pas un familier de la maison ; le projet d'alliance avec ses amis de Loudan,
l'avait rapproché de nous. Il vint me faire visite et me demanda
en riant si mon déboire à l'examen n'était point pour quelque
chose dans ma maladie. Il paraît que ma réponse fut à son gré,
car il me donna une bonne poignée de main et annonça à maman
que nous serions, lui et moi, une paire d'amis l'année qui venait.

— Mon gars, me dit-il ensuite en son langage particulier,
j'ai idée que tu n'écoutais guère mes instructions.

— Mais si fait, répliquai-je, il y avait toujours dedans des
histoires bien jolies.

— C'est ça ! tu écoutais les histoires, mais ce qui était autour, je t'en souhaite ! Voyons ! Sur quoi ai-je prêché dimanche d'avant la retraite ?

— Sur ce que Dieu connaît tout, de toute éternité.

— Très bien ! dit-il. Et quelle histoire ai-je racontée ?

— Je ne sais pas.

— Très bien ! Tu dormais.

— C'est vrai, mais je ne dormirai pas quand vous allez conter celle d'aujourd'hui.

— Comment celle d'aujourd'hui ?

Anne ou Louise, je ne sais plus laquelle, lui expliqua la consigne du docteur, et M. Huet se mit à rire de bon cœur, disant :

— Le gars a bien amené la transition ; il n'est pourtant pas encore en rhétorique. Va pour l'histoire ! J'en ai justement une toute fraîche de ce matin ; elle arrive de Loudan....

Ce ne fut qu'un cri : « Ah ! Ah ! Loudan ! »

— C'est juste, fit l'abbé. Votre M. Charles est de par là maintenant... Avant de commencer, il faut pourtant que tu me dises ce que tu as retenu de mon instruction.

— Il a défense de parler, objecta maman qui redoutait mon ignorance.

Mais je m'écriai :

— Eh bien ! vous avez dit une chose fièrement drôle...

— Monsieur Jean !... fit maman.

— Il veut dire que ça l'a étonné..., va, ma poule.

— Vous avez dit que rien ne se passait sans la permission de Dieu.

— C'est clair...

— ... et sans servir quelque dessein de Dieu.

— C'est sûr !

— On a peine à croire ça.

— Il faut pourtant le croire.

— Comment ! tout, tout ?

— Tout, même les plus petites choses.

— Même l'histoire que vous allez nous conter ?

— Ah ! coquin me dit le bon prêtre en me menaçant du doigt, tu sais ramener ton monde !... Eh bien ! oui mon petit gars : même l'histoire que je vais te raconter... Et plus d'un parmi ceux qui sont ici présents reconnaîtra peut-être, avant de mourir, pourquoi je suis venu dans cette maison, justement aujourd'hui, répéter une anecdote dont je ne savais pas le premier mot hier.

En ce moment Charles entra.

Dans la bouche de tout autre les dernières paroles prononcées par M. Huet auraient pu prendre couleur de prophétique emphase, mais c'était bien le plus simple des hommes. Il commença tout de suite ainsi :

— Ça se rencontre à merveille, voilà M. le substitut qui en sait plus long que moi : il me rectifiera si je me trompe.. M. Charles connaissez-vous le quartier de la Ville-en-Bois là-bas ?

— Parfaitement.

— Et le logis de la Chenu ?

— Oui, dit Charles avec moins d'assurance.

— Et le fameux M. Robert ?

— Aussi, très bien, c'est mon président à la conférence de Saint-Vincent-de-Paul.

— A la bonne heure !... Eh bien ! figure-toi, mon petit Jean, que ce M. Robert est un bon chrétien, fort riche et assez original qui possède tout ce quartier de la Ville-en-Bois.

— Et ses revenus n'en sont pas beaucoup augmentés, dit Charles.

— Non, car il est charitable, et la Ville-en-Bois, composée d'une cinquantaine de logis, ne lui rapporte que cent sous par an. Les maisons sont en planches à l'exception d'une ancienne tour de moulin à vent qui ressemble à une cathédrale au milieu de toutes ces cabanes. La tour et les masures sont affermées uniformément deux sous par an chaque, par acte en bonne forme; tous les locataires sont des pauvres.

— Pourquoi ces deux sous? demandai-je Il est donc fou, ce bonhomme-là.

— Non, il n'est pas fou, mais il connaît son Code. Il veut bien loger ses pauvres gratis et il ne veut pas perdre la propriété de son terrain, destinée à un hospice qui sera bâti avec le temps. Ton grand frère t'expliquera ce que c'est que la prescription, moi, je ne la distingue pas très bien du vol, et je laisserais échapper quelque sottise. Toujours est-il que quand les locataires viennent lui apporter leurs deux sous, un sou à la Saint-Michel, un sou à la Saint-Jean, ce M. Robert donne à chacun un pain de quatre livres, une chopine de cidre, une écuellée de soupe, un gilet de laine et une paire de sabots : comme quoi le fermage se trouve payé et ils se séparent quittes. Est-ce vrai, monsieur le substitut ?

— De toute vérité, répondit Charles.

— Bon ! moi aussi, je suis propriétaire à Loudan. Hier, mon fermier est venu m'apporter ma rente : cent vingt francs rond et une charretée de souches pour mon hiver, avec l'histoire par-dessus le marché. Je brûle les souches...

— Et vous gaspillez l'argent en charités, dit Olivier qui entrait. Je parie que votre histoire est celle du jeune homme de Loudan ! Savez-vous son nom. ?

— Je sais que c'est un juge...

— Du tout ! c'est un avocat... Où donc est Charles ?

— Il ne reste plus en place, répondit maman. Il venait de rentrer, et le voilà reparti !

— Au fait, reprit Olivier, il avait sans doute quitté déjà Loudan lors de l'incendie...

— Quel incendie ? demandâmes-nous tous à la fois.

— Je passe la parole au docteur, répondit M. Huet.

— Ah ! mais non ! m'écriai-je; Olivier est celui qui ne sait jamais bien les histoires et qui empêche toujours les autres de les raconter. Il n'a pas son pareil pour guérir le monde, mais c'est tout ce qu'il sait faire... A M. Huet ! à M. Huet !

Je parlais en quelque sorte sous la bouche d'Olivier, qui était en train de m'embrasser. Il fit mine de me tirer l'oreille, et le bon prêtre dit :

— Je reviendrai ici de temps en temps, si on veut; tout le monde en vaut la peine M. le curé me l'avait bien dit ! Le petit gars a tourné ce compliment-là, joliment. sans en avoir l'air. Je lui marque un bon point pour l'an prochain. Voilà donc la chose de l'incendie :

Au milieu de la nuit, mardi dernier, on a crié au feu aux environs de la Ville-en-Bois. La caserne est loin; les pompiers sont en désarroi et leur pompe est malade. C'était la tour de l'ancien moulin qui brûlait. Vous jugez de l'effroi général parmi ce ramassis de malheureux, habitant tous des masures en planches. La tour est occupée par une pauvre femme, nommée la Chenu, qui est autant dire une sauvage et qui fait peur à ses voisins. Elle s'est installée là un jour, il y a longtemps, sans demander permission à personne, avec sa petite fille qu'elle portait sur son dos. C'est la veuve d'un carrier de marbre, entre Laval et Loudan, qui était réfractaire et qui se tua de son dernier coup de fusil, après avoir tiré sur la troupe pendant toute une matinée. Elle a l'esprit comme perdu. Le matin, elle descend avec la petite, qui va de porte en porte par la ville, demander des croûtes, et quand on lui en a donné assez, sa mère la rentre. On ne les voit plus jusqu'au lendemain.

La bonne femme est grande et forte; la petite est mièvre. On l'entend pleurer quelquefois, par la fenêtre toujours ouverte, et les gens croient que sa mère la bat; mais aucun n'y a été voir, parce que la Chenu a muré la porte d'en bas avec des cailloux et de la boue, pour empêcher les gendarmes de passer. Elle voit partout des gendarmes.

Elle entre et sort au moyen de sa *coche*, ou crémaillère, qui est une forte perche où elle a fait des crans au couteau et qui ressemble à une grosse *coche* de boulanger. Du reste, quand la Chenu ne bat pas sa petite fille, elle la dévore de caresses et mon métayer me disait : « C'est comme les louves quand elles chérissent leurs louveteaux. »

La première idée qui vint à tous, c'est que la Chenu avait mis le feu elle-même. Pourquoi? cherche ! On ne va pas demander une raison à quelqu'un qui n'en a pas. Les voisins de la tour appelèrent à grands cris, dès qu'ils virent les flammes, parce qu'ils savaient bien que la veuve n'était pas sortie. La crémaillère en effet pendait hors de portée, accrochée au toit. Rien ne répondit.

Les feux de paille comme celui-là marchent vite. Pendant qu'on cherchait un moyen de monter, les flammèches commencèrent à tomber. En un clin d'œil tout le monde fut occupé à jeter de l'eau sur les masures les plus proches pour éviter un incendie général. A ce moment-là le lien qui retenait au toit la perche entaillée se charbonna et la *coche* tomba sans avoir été touchée par le feu.

Un vieux garde de ville, nommé Rouault, arrivait avec sa corde de sauvetage; c'était le premier venu des représentants de l'autorité. Dès qu'il entendit parler de l'enfant, il dressa la coche contre le mur et monta. On lui cria de prendre garde, car la veuve du carrier paraissait justement à la fenêtre, qui vomissait du feu et de la fumée. Elle avait ses cheveux hérissés

par la flamme et riait du rire sinistre des fous. Rouault était
à moitié chemin, il leva la tête et demanda :

— Bonne dame, où est votre petite fille?

La veuve entra aussitôt en fureur rien qu'à voir quelqu'un
sur sa crémaillère; elle en prit le sommet à deux mains pour
la secouer, car elle avait toujours promis qu'elle « descendrait »
quiconque essaierait de pénétrer chez elle, mais ce fut bien
autre chose quand elle reconnut l'uniforme du garde.

— Ah! scélérat! dit-elle; gendarme c'est toi qui m'as tué
mon homme!

Et décollant violemment la coche, elle la renversa avec le
vieux soldat de la paix, dont la tête heurta contre le pavé. Les
voisins se hâtèrent à son secours et ils disaient dans leur indignation : « Laissez-la griller, la triple folle! »

Mais on commença d'entendre une pauvre faible voix qui
venait de l'intérieur et criait au secours. Les femmes dirent :

— C'est la petiote qui étouffe!

Les hommes redressèrent la crémaillère et tout le monde
cria :

— Voisine, voisine, laissez qu'on sauve votre petiote!

La Chenu était toute noire, échevelée et ravagée à sa fenêtre
où elle s'agitait, la malheureuse comme un démon sur un
brasier.

— Je vas vous arranger comme le gendarme! criait-elle
en secouant la perche de telle sorte que personne n'osait y
monter.

Seul le vieux garde, le *gendarme,* comme la folle disait, se
reprit aux entailles de la crémaillère dès qu'il put remuer bras
et jambes. On voyait son front sanglant à la lueur de l'incendie,
et il chancelait; mais il allait. Ceux-là sont les mêmes partout,
vous savez, à Loudan comme ailleurs, et les chers aveugles
qu'ils servent, qu'ils secourent, qu'ils sauvent, les appellent
des brigands, les détestent, les tuent, ailleurs comme à
Loudan.

Moi, je ne sais pas dire la grandeur de mon respect pour ces
humbles martyrs du devoir, qui ressemblent aux soldats de
Jésus, à Jésus lui-même, puisque leur héroïsme n'obtient
jamais rien en ce monde, sinon la pauvreté, l'outrage et les
coups. J'en connais qui ne savent pas prier, chose étonnante!
ils croient cela du moins, mais ils se trompent, la prière jaillit

de leur travail, qui n'a point sa récompense ici-bas, Dieu les visite à temps, et dès qu'ils ont dit ou seulement pensé : « Notre père ! » cela suffit, ils sont les enfants bien-aimés... Excusez-moi, monsieur le docteur !

— Attrape ! dis-je à Olivier, c'est bien fait.

Olivier ne broncha pas. Il aurait pu répondre sans mentir qu'il était bien trop honnête homme pour en vouloir aux gendarmes, mais il se tut et M. Huet reprit :

— La petiote criait. Rouault se dégagea des mains de ceux qui voulaient l'empêcher de monter, et embrassa la coche pour tenter de nouveau l'escalade. C'est à peine s'il franchit quatre ou cinq entailles, la veuve le guettait et le désarçonna encore une fois, mais il tomba de moins haut et sa chute passa presque inaperçue au milieu du bruit de cinquante voix qui s'écriaient : « Le jeune monsieur est entré ! »

La folle, qui avait tout son corps penché à l'extérieur, entendit ces mots ; elle se redressa, cherchant à les comprendre, tandis que la foule faisait le tour de l'ancien moulin, derrière lequel il y avait une échelle dressée ; une vraie : deux montants avec leurs barreaux.

Quelque chose alors passa entre le feu et la silhouette de la veuve : « Le jeune monsieur ! le jeune monsieur ! »

La veuve se retourna comme une lionne et s'élança ; mais il était déjà trop tard. Celui qu'on appelait le jeune monsieur dont je suis bien fâché de ne pouvoir vous dire le nom, arrivait en bas de son échelle, portant la petiote dans ses bras.

Tout cela s'était fait en bien peu de minutes, puisque le tocsin sonnait aux deux paroisses et les cris d'alarme qu'on entendait au loin de toute part, n'avaient encore amené ni un soldat, ni un fonctionnaire : il n'y avait même point de bourgeois des quartiers du centre. Tout se passait entre les pauvres habitants de la Ville-en-Bois et quelques demi-paysans du faubourg de Laval qui descend à la rivière.

Les femmes prirent la petite et la soignèrent. La folle hurlait et maudissait au milieu du feu. Ce fut le vieux garde éclopé par sa seconde chute et incapable de monter à l'assaut qui demanda :

— Eh bien ! et la « toquée ! » est-ce qu'on va la laisser rissoler là-haut ?

Le jeune monsieur inconnu buvait une gorgée d'eau et se

mouillait la figure avec son mouchoir trempé. Il répondit tout doucement .

— Me voilà qui vais la chercher.

Et il n'y eut pas moyen de l'empêcher d'aller. Il n'avait pas l'air fort du tout, mais il l'était, à ce qu'il paraît, car il renvoya de droite et de gauche ceux qui essayaient de l'arrêter en lui montrant la Chenu parvenue au paroxysme de la rage, qui s'imaginait soutenir un siège contre les gendarmes et lançait à la volée, en guise de projectiles tout ce qui lui tombait sous la main.

— Ce serait tenter Dieu, lui criait-on, vous voyez bien qu'elle est enragée !

Mais il avait déjà franchi l'échelle en une demi-douzaine d'enjambées, et il abordait la fenêtre.

Car ce fut un véritable abordage. La femme n'avait pas d'armes, heureusement, mais elle était bien autrement robuste que lui. Elle s'empara de ses deux bras du premier coup, et l'ayant saisi par le corps, au lieu de le précipiter, elle l'attira à l'intérieur par-dessus l'appui de la croisée. En bas, quand il entra ainsi dans le feu ce fut un grand cri que suivit le silence... Eh ! mon petit gars, ça chauffe ?

— Et puis, m'écriai-je, et puis ?... est-ce qu'ils ne montèrent pas à son secours ?

— Dame, fit M. Huet, je n'étais point là de par moi et mon métayer n'a soufflé mention d'aucuns qui montèrent. Il dit que le jeune monsieur et la détraquée commencèrent à lutter à la fenêtre que ça faisait trembler. Les crevasses de la tour, au-dessous d'eux, laissaient sourdre des langues de flammes qui serpentaient au long du mur, et au-dessus d'eux, le toit était comme un chapeau tout en braise de forge que le vent de la nuit soufflait.

Le jeune monsieur tomba dessous et la folle se redressa en hurlant son triomphe.

— La Chenu, pauvre femme, cria le vieux garde qui essayait de se hisser à l'échelle, malgré tout, ne tuez pas celui qui a sauvé votre fillette !

Dieu est bon, mon petit Jean, la folle entendit cette fois et une idée traversa la nuit de sa raison.

— Ma fillette ! dit-elle, où l'a-t-on mise ? et si je rapporte l'homme, me la rendra-t-on ?

Un grand cri haletant lui répondit, car cette minute était longue comme tout un jour :

— Oui, oui, oui, la Chenu, on vous la rendra !

Elle disparut de nouveau et se remontra portant le jeune monsieur entre ses bras comme il avait porté lui-même la petiote. Elle descendit l'échelle ainsi.

Une fois le grand accès passé, la Chenu redevenait une pauvre sauvage qui n'avait point de méchanceté. Le jeune monsieur n'était ni blessé ni brûlé, mais il avait perdu le sens par suffocation Pendant que la Chenu descendait, le toit croula, lançant une énorme fusée, et il fallut que tout le monde se mit à l'œuvre pour mouiller les cabanes sous la pluie des braisettes qui tombaient. Il y eut quatre ou cinq huttes qui commencèrent à flamber, mais les soldats arrivaient et ce qui restait de pompiers, et M. le curé, et le sous-préfet, et tout le monde; on organisa la chaîne et puis... ma foi, je n'en sais pas plus long.

— Mais le jeune monsieur? m'écriai-je, ça ne finit pas cette histoire-là !

— C'est peut-être qu'elle dure encore, répondit M. Huet en se levant; quand on chercha le jeune monsieur, il s'était esquivé : ceux de son acabit n'ont pas coutume d'attendre les remercîments.

— Mais personne ne le connaissait donc? demanda Louise?

— Et pourquoi disiez-vous que c'était un juge? ajouta maman : le pauvre chéri de père qui était si soigneux de ses effets courait toujours aux incendies, et il en revenait, Dieu sait, avec de la boue jusqu'au cou !

— Mes braves gens, repartit l'abbé Huet, fouillez-moi plutôt ! Je n'ai rien gardé pour moi, et je n'ai point menti non plus, j'en réponds ! Mon métayer de Loudan disait, en me racontant la chose, tantôt « le jeune monsieur », tantôt « le petit juge ». Voyons M. le docteur, puisque vous avez votre version à vous, dites-nous-en un mot avant que je m'en aille !

— Je ne garde rancune à personne, répondit Olivier gaiement, de tous les outrages dont on m'abreuve ici en ma qualité de pécheur. M. le vicaire a très bien raconté l'histoire. Moi, je la tenais d'un charbonnier rhumatisant de la forêt de Loudan qui vient chercher son remède chez moi les jours de foire. J'avoue que je ne me souvenais ni du nom de la folle, ni du nom du garde, ni d'aucun nom. Je doute que j'aie jamais su celui de mon client le charbonnier. Je suis sûr seulement, qu'il a parlé d'avocat... et même d'un avocat qui serait dans cette position où l'on se jette dans le feu pour faire preuve de courage devant tous...

— Alors, dis-je, ce serait Bertin Sicard?

— L'idée m'en est peut-être venue, mais...

Au lieu d'achever, il secoua la tête et ajouta :

— Il faudrait maître Charles pour avoir le fin mot. Va-t-il rentrer?

— Il nous quitte demain, dit maman, et c'est un homme à commissions, maintenant; il va remplir la diligence des paquets qu'il remporte à ces dames. Toute sa journée se passera à courir.

Il n'en fut pas dit davantage sur ce sujet et je mendiai une autre histoire à la ronde.

Quand Charles rentra, c'était déjà la brune. Il avait ses emplettes que chacun voulut voir. A nos questions il répondit : « Je ne connais pas beaucoup de monde à Loudan... »

Et il détourna l'entretien.

On soupa auprès de mon lit, ce soir-là, et bien gaiement, parce que j'étais mieux tout à fait. Les emplettes de Charles avaient été favorablement jugées par mes sœurs. Vous pensez que ce n'étaient pas des choses bien éclatantes; Mme du Bois-bréant était de la première messe et vouée au noir; la petite demoiselle Clémence, moins sombre et moins matinale, avait de l'économie et les pouvoirs confiés à Charles fixaient le prix de l'aune. Louise dit après examen.

— Jamais je n'aurais cru que le sage avait si bon goût ! Il n'aura pas besoin de nous pour la corbeille.

Ce mot qui sonne si joyeusement dans les familles riches souffla un peu de froid. Maman soupira gros et ne put s'empêcher de dire :

— C'est la mère du marié qui offre la corbeille.

— Ah ! fit Charles, nous n'en sommes pas là, et je connais un petit M. Loirier qui chanterait une belle gamme si quelqu'un se mêlait du trousseau de noces de sa filleule !

Le consentement de maman était donné depuis le lendemain de l'arrivée de Charles dont le séjour s'était prolongé surtout à cause de ma rougeole. La rougeole avait été cause aussi que presque tous les grands conseils de notre famille s'étaient tenus en dehors de moi sans que je pusse élever la moindre réclamation, mais j'étais très bien informé tout de même parce que Charles partageait ma chambre. Il n'avait point perdu son habitude de me consulter comme si j'eusse été un homme. C'est là un fait à part et qui avait sa source dans l'excessive tendresse que Charles me portait. Je ne voudrais point l'ériger en système, mais il est certain que rien n'élève le cœur d'un enfant comme la confiance qu'on lui témoigne. Je ne saurais dire avec quelle consciencieuse attention mon esprit pesait le pour et le contre dans tout ce qui regardait l'intérêt de Charles. Assurément je manquais d'expérience et aussi de connaissance, mais j'avais la bonne foi et l'instinct. Charles me suggérait d'ailleurs, sans que ni lui ni moi nous pussions nous en douter, des solutions fort au-dessus de mon âge; Adolphe lui-même n'aurait pas plus froidement raisonné, ni plus sagement que moi.

Il ne faut pas sourire, je donnai des conseils excellents que Charles avait en lui-même, il est vrai, mais qui ne sortaient pas; bien longtemps avant lui, je surpris l'état précis de son cœur; à travers lui et bien mieux que lui je connus le fort et le faible de la chère petite demoiselle Clémence, qui marchait pour moi, sur une planche à roulettes.

Charles croyait l'aimer beaucoup et n'était pas sans se le reprocher un peu, quoique ce sentiment fût rapporté à Dieu et enveloppé de piété admirable, mais il l'aimait encore plus qu'il ne le croyait et les anges devaient sourire à contempler les mâles candeurs de son âme à la fois si robuste et si naïve.

Les autres ne savaient pas tout cela comme moi; j'étais le confident à qui, à vrai dire, on ne confiait point de secrets par la parole, mais qu'on laissait lire dans un cher et doux livre dont les feuilles restèrent immaculées.

Personne n'y a lu par moi, personne n'y lira, du moins certaines pages feuilletées malgré lui, malgré moi, par surprise et que je repasse dans mon souvenir avec un respectueux amour.

Ce que je tais c'est par désespoir d'exprimer à quel point notre Charles était une humble, une belle, une noble créature. Le monde le vit et le railla de peur de l'admirer trop. Il fit frayeur à tous ceux qui cherchent le mal sous le bien.

Enfants, vous rencontrez tout le long de la route ces hommes malheureux et armés jusqu'aux dents, connaissant trop la vie sans vertu, c'est-à-dire leur propre vie, pour croire à la vertu, chose désormais suspecte au bon sens public. Ces hommes ne sont pas cause de cela, c'est dans le vent. Les nations dont la colonne vertébrale est ramollie respirent une atmosphère de défiance, et Jésus Notre-Seigneur, quand il eut rempli la Judée de miracles, fut mis à mort par les Juifs, irrités de ne point découvrir la cachette où sûrement il mettait son péché. Nous sommes les Juifs.

Il faut le péché, c'est le passeport : on doit l'exhiber. Quiconque ne peut montrer l'excuse de son péché est perdu devant nous.

Or, je ne veux pas dire que Charles fût sans péché car un tel homme n'est point sur la terre, mais entre tous les hommes que j'ai connus, Charles était pur et sa mémoire reste en moi comme un parfum qui répand une lumière.

A la fin du souper, Julienne apporta un plat de beignets qu'on ne lui avait point commandé. Avant de le déposer sur la table, elle s'arrêta derrière la chaise de maman et lui dit d'un ton de proclamation :

— C'est pour savoir si on aurait la liberté de faire une surprise de politesse à notre monsieur Charles pour la circonstance de l'heureux événement dont je n'ai eu que de la cachotterie jusqu'à ce soir d'aujourd'hui, mais n'empêche qu'on l'a deviné tout de même à cause de mon attachement pour la maison.

— Qu'est-ce qu'elle dit ? demanda maman.

— Des beignets, répondis-je.

Louise avait froncé le sourcil, mais maman se mit à rire et gonfla ses narines en disant :

— Ils sentent bon ! remercie notre Julienne, Charles, on ne guérit à son âge ni de la curiosité, ni de l'attachement.

— Quant à ça, repartit Julienne, en faisant une révérence d'étiquette, Madame et moi on a la même âge, juste !

Elle planta les beignets devant Charles, qui lui dit :

— Tu sais, merci, mais si tu ne tiens pas ta langue dans ta poche, tu auras affaire à moi !

— Bon, bon, fit Julienne, ils ont déjà essayé assez de me faire causer, à la halle et ailleurs, mais je t'en souhaite ! Le menuisier d'en bas m'a dit : « Ça s'épouse donc, à présent, les capucins? » Et j'ai perdu une belle demi-douzaine de poires cuites à les lui coller sur l'œil, oui, mais je les ai remplacées de ma poche, et il m'a demandé excuse poliment, d'autant qu'il avait parlé sans conséquence du petit Jean, rapport à sa communion qui ne regarde que nous : l'enfant a son caractère... C'est donc pourquoi, notre monsieur Charles, on vous a vu pas bien gros dans le temps et jamais méchant. Et j'aime encore mieux de préférence ceux qui sont dévotieux en trop, comme vous, que les sans-culottes de Robespierre, n'est pas vrai? à preuve que si vous voulez être bien mignon, vous offrirez cette découpure-là, qui est celle de son saint patron martyr, à la jeune demoiselle, de la part de moi, Julienne, qui vous ai tous élevés, étant dans la famille depuis le commencement.

Elle fit de nouveau la révérence et tendit à Charles une image de saint Clément, pape, abondamment dorée et mirodée. Charles l'embrassa sur les deux joues. Nous faisions tous semblant de rire, mais nous avions la larme à l'œil. Quant aux beignets, jamais vous n'en avez mangé de si bons. Dans mon enthousiasme, je glissai à l'oreille de Charles :

— On dirait qu'ils sont de Loudan !

X

LE VASE ET LE PARFUM. — LE GRAND SOIR DE CHARLES.

Le soir des beignets, quand tout le monde fut couché, Charles et moi nous causâmes à fond comme autrefois et je lui promis sérieusement d'être bon. Je le voulais. Il n'y avait en moi ni élan bien vif, ni grande chaleur, mais la moyenne de mes dispositions s'était réellement améliorée. Charles m'influençait en bien, et toute cette histoire du mariage de Loudan m'apparaissait un peu comme le bienfait direct de la Providence.

Les terreurs bien naturelles de pauvre maman et les aveux de Charles lui-même, au moment de son premier départ, m'avaient donné de notre misère une idée navrante, sur laquelle la qualité inquiète de mon esprit enchérissait encore. Nous ne manquâmes pourtant jamais du strict nécessaire, mais nous en fûmes bien près, et il est certain que le quartier glosait sur notre gêne. Julienne avait beaucoup de mal à garder sa dignité ; elle soutenait des batailles rangées au marché contre ceux qui disaient avec de charitables hélas ! que « nous ne garderions pas notre logement ». C'est là un des plus durs symptômes de décadence ; déménager c'est baisser le pavillon, et je fis le coup de poing dans les règles, une fois, avec un fils des droits-réunis, qui m'avait demandé « où nous irions percher. »

On n'est pas bien en province pour jeûner. A Paris, au moins, les gens maigrissent à l'abri des compassions cuisantes et stériles.

J'en étais venu à croire, et je ne me trompais pas complètement, que les passants me regardaient avec pitié dans la rue ; Julienne, en ces matières, ne me donnait pas de bons conseils. Elle avait bien quelque gloriole pour son propre compte, mais dès qu'il s'agissait de nous, cela décuplait.

— Ne te laisse pas mépriser, cadet ! me disait-elle ; de faire pitié ça tue et ça pue !

Le moins qu'elle eût voulu que je fisse à ceux qui ne baissaient pas les yeux devant moi, c'eût été de leur tirer la langue. Je n'y étais que trop porté.

Il y eut une petite aventure qui nous humilia grandement elle et moi. Je ne l'ai point racontée en son temps. C'était avant la fameuse conversation de la Girafe.

Notre laitière, qui venait de la campagne et servait les trois étages de la maison, avait coutume de déposer, vers cinq heures du matin, ses pots sur le premier carré de l'escalier, à la porte de Mme de Moy. Il y en avait trois pour celle-ci, trois pour l'autre étage et un seul pour nous, depuis notre gêne.

Pauvre maman, grande mangeuse des choses dont les autres ne voulaient point, avait pourtant une gourmandise : elle aimait beaucoup, mais beaucoup la crème qui surnage au dessus du lait frais. Du vivant de papa on lui faisait toujours son déjeuner avec la crème de nos deux pots. Or, il arriva tout à coup qu'après avoir jeûné de crème pendant plusieurs mois, maman retrouva sa part plus abondante que jamais.

D'autre côté, par une juste compensation, la vieille Mme de

Moy et les locataires du second, qui ne détestaient pas non plus la crème, se plaignirent de n'avoir plus que du lait clair. Il y avait là manigance. Le premier soupçonné ce fut moi; mais tous les jours dès six heures, quand les bonnes descendaient pour prendre leur lait, elles trouvaient le larcin accompli. Ma réputation de paresse solidement établie était ici l'avocat de mon bonheur. Ce ne pouvait être moi.

Alors, qui était-ce?

Il y avait quelqu'un de plus paresseux encore que moi, c'était la Girafe qu'on avait grande peine à tirer de son lit avant neuf heures.

Et pourtant notre ennemi, le menuisier libéral s'étant mis à l'affût entre chien et loup, dans l'escalier, avec le vague espoir de surprendre quelqu'un de chez nous, vit sortir Marie de Moy à cinq heures du matin, juste après le passage de la laitière, pied nus, en camisole, tenant à la main une très jolie petite écumoire, faisant parti du fameux ménage à l'aide duquel elle avait tenté de m'exterminer autrefois. Le farouche menuisier ne fit pas trop de bruit parce qu'il travaillait pour Mme de Moy, mais il ne cacha point qu'il avait surpris la petite demoiselle écrémant tous les pots de la maison au profit du pot « de chez Julienne ».

Ce fait singulier et sans doute répréhensible avait son origine dans la compassion pleine de tendresse dont cette pauvre Girafe s'était prise pour maman et pour nous tous. On l'appela voleuse au catéchisme, et l'abbé Huet lui donna une punition sévère, tout en disant de plus en plus qu'elle avait un cœur d'or, mais ni Julienne ni moi nous ne lui pardonnâmes d'avoir voulu « faire la charité » à maman.

J'ai rappelé cette anecdote parce que Charles, ce soir-là, fit la guerre à mon orgueil et à ma rancune. Il entreprit de m'expliquer comment l'abbé Huet, sans excuser Marie qui s'était rendue coupable d'une faute réelle, avait pu faire la part de son étourderie, de son ignorance et de sa générosité.

Mais je l'arrêtai à ce mot et je m'écriai :

— S'il faut voler de la crème pour avoir bon cœur, maintenant, merci ! d'abord je ne veux pas qu'on ait bon cœur avec moi !

Charles secoua la tête et changea de conversation. Il me parla d'Adolphe qu'il connaissait peu, mais dont il avait entendu dire le plus grand bien.

— Celui-là, dis-je, ne m'humilie pas, c'est mon ami.

— Je crois que le choix est bon me répondit Charles, ce n'est pas peu de chose que d'avoir le premier prix au catéchisme. Il a l'air d'un joli enfant, fort bien tenu; mais fais attention, il est plus riche que toi, et ses parents n'ont pas les mêmes opinions que les nôtres. A ta place, je serais prudent: mon mariage ne me donnera pas de rentes. Il n'y a que mon travail qui soit vraiment à vous. Je ne parlerais pas ainsi à tous les enfants de ton âge, mais toi, je suis bien sûr que tu vas me comprendre : ce qui viendrait à la maison par Mˡˡᵉ Clémence ressemblerait toujours un peu à l'histoire des pots écrémés.

— C'est ça ! m'écriai-je avec une chaleur soudaine : oh ! oui, je te comprends.. Tiens ! je ne connais d'honnête que moi et toi ! Je voudrais les avoir tous là pour t'entendre ceux qui t'appellent cafard !

— Ceux-là, me répondit-il, aimons-les, et détestons notre orgueil. Leur mépris est notre héritage, ne le repoussons pas même dans le secret de notre cœur !

Mais sur ce terrain, je ne le suivais déjà plus, et j'avais presque défiance de lui quand il parlait de la sorte. Je voulais l'estime des hommes pour lui qui la méritait si bien, comme pour moi, comme pour nous tous à la maison : peut-être qu'au fond, le commun des dindons gonflés de vanité qu'on appelle « tout le monde » n'est pas tenu d'atteindre au miraculeux abandon de ces cafards de saints. On ne peut même raisonnablement espérer qu'il y ait jamais, chez les bons bourgeois comme nous autres, assez d'intelligence chrétienne pour que les lois et l'usage du monde reconnaissent, avant la fin des temps, la liberté de l'héroïsme surnaturel : le droit à l'imitation de Jésus-Christ.

Quant à ce cri qui venait d'échapper à mon enthousiaste égoïsme : « Il n'y a d'honnête que moi et toi », en voici l'explication : je vous ai dit déjà que j'étais un très malveillant écouteur de conversations et qu'en province les avantages matrimoniaux font les frais de tous les entretiens. N'ayant ni indulgence ni mesure, je flétrissais avec la dernière rigueur cette... comment dirai-je? cette fièvre de calcul, cette préoccupation un peu dépourvue de dignité, mais pleine d'arithmétique qui porte beaucoup de bonnes gens à confondre le mariage avec une affaire, et à prendre le jeune homme à marier pour quelqu'un qui cherche un emploi honorable.

Certes je ne raisonnais pas mon opinion en ces termes précis, mais je la sentais avec d'autant plus d'énergie que je voyais autour de moi plus d'exemples à l'appui. Et après cinquante ans je ne la renie pas entièrement.

Écoutez ! nous avons assisté en ce siècle à une lutte presque toujours malheureuse, nous avons vu des décadences énormes et obstinées, des déroutes impossibles, d'extravagantes convulsions. Je ne vais pas jusqu'à imputer nos malheurs publics à la paisible industrie des bons jeunes gens qui *se marient pour vivre*, mais je dis qu'elle a pu contribuer à nos défaillances. J'ai vécu dans un milieu et dans un temps de découragement politique où nombre de parents, au lieu de donner à leurs fils l'arme des études, les traitaient comme des filles et disaient : « On les mariera ! » Erreur de sexe. Il y a l'histoire de Ruth dans l'Écriture, mais je n'y ai point lu qu'un frère de Ruth, dans l'embarras, ait épousé la tante de Booz pour se tirer d'aventure.

A chacun son rôle. Il est des heures où Dieu lui-même donne le signal du combat. Pour combattre, il faut être homme. Quelques familles qui servaient Dieu, pourtant, commirent, de mon temps, une faute grave, en discontinuant de faire des hommes Ce fut court. Cependant quand vint l'heure de combattre, on vit arriver des héros, mais en trop petit nombre, pour amener la victoire.

Les choses ont changé depuis lors, et le moment approche où tous les postes d'honneur seront de nouveau bien remplis; le travail est rentré dans les familles chrétiennes. L'excès du mal a réveillé le bien qui s'était endormi. Le niveau des pensées se relève, on cause encore « espérances et aventures », il est vrai, dans nos provinces, et il reste peut-être quelque coin où le mariage, cette chose sainte, est regardé comme une « carrière », mais cette innocente erreur tend à disparaître. Nos enfants savent que leur avenir est plein de menaces. Ils savent aussi que Dieu ne défend pas celui qui n'acquiert point la force et l'habileté qu'il faut pour se protéger soi-même.

Ceci est de moi tout seul. Charles touchait bien rarement à la corde du blâme et n'était sévère que pour lui-même. Ce soir-là surtout, il me parla uniquement de lui et moi. Nous veillâmes tard. Il s'était assis sur son lit et je le voyais distinctement, quoi qu'il eût éteint la lampe depuis longtemps. La lune éclairait; il se trouvait en face de la croisée et son front était au milieu du champ de lumière. C'était comme dans les images de piété où le rayon oblique descend du ciel jusqu'au visage de l'auréole. Il était heureux, il en remerciait Dieu. Ses mains se croisaient sur sa poitrine et son regard allait vers le ciel. Il disait :

— Petit Jean, je n'ai ni crainte ni scrupule au sujet de mon mariage, je n'avais rien promis, je ne manque à aucun vœu, et quand j'interroge l'avenir, c'est comme s'il ne s'agissait point de moi, ni même d'elle. Rien n'est au-dessus de cette paix des gens confiés à Dieu : Je sais que j'aimerai celle qui va être la moitié de moi-même ici-bas, mais je sais que je l'aimerai en Jésus-Chrit, oui, dans le cœur de Jésus-Christ. C'est là mon repos. J'espère qu'elle sera heureuse dès ce monde, et je m'y efforcerai de mon mieux. Cependant est-ce possible? Je ne songe pas à autre chose, depuis que je suis un jeune homme qui va se marier. Ah! elle m'occupe beaucoup; je prie pour elle sans cesse. Je la porte en moi comme une mère ne se sépare point de son enfant : j'ai souci de son bonheur et certainement, il doit être permis de poursuivre ici-bas le bonheur pour ceux qu'on aime. Eh quoi! pourtant, déjà? Espérer le bonheur dans l'épreuve, cela semble se contredire!... Mais ce sont là subtilités. Je suis rassuré et soulevé par mon abandon à la volonté de Dieu. Je prie surtout pour qu'elle ait elle-même ce cher abandon qui est la vraie joie, la seule! Que souhaiter au-dessus d'une confiance si entière et si douce? Mon espérance a des ailes... j'entends quelquefois une voix qui vient du monde, qui rit, et qui dit : voilà un drôle de fiancé, celui-là qui n'aime qu'à travers sa prière! Elle le sait; je ne lui ai rien caché de mon âme... Et malgré tout, il y a des instants où je me regarde encore comme un mondain, un prodigue dévorant en herbe la richesse de sa moisson céleste. Déjà! déjà! Être heureux déjà? Aimer quelqu'un plus que toi, petit Jean! plus que mes sœurs, plus que maman elle-même, car la parole de Jésus le permet et le commande. Suis-je bien moi? je ne me reconnaîtrais pas si mon cœur nouveau n'était toujours baigné dans le même grand amour impérissable...

J'écoutais cette parole qui ne me plaisait point, mais qui

pénétrait en moi comme un parfum sonore. Je vous le dis, c'était vrai, sa tendresse avait des ailes.

Et comment suis-je resté si longtemps cloué au monde, moi qui avais vu mon père et mon frère; l'âme d'un juste monter au ciel et le ciel descendre dans l'âme d'un saint !

— Dors-tu, petit Jean ? me demanda Charles tout à coup, je t'ennuie. C'est de ta première communion qu'il nous aurait fallu parler, ce dernier soir. Je le voulais, pourquoi ai-je parlé d'autre chose? Pauvre petit Jean, tu as été mauvais pour les autres et surtout pour toi-même. Dépêche-toi d'être bon, nous avons tous besoin de toi, maman, mes sœurs et moi. Il faut que tu sois en état de travailler, bien vi e, et en état de prier. Je compte sur toi entre tous, parce que te voilà qui vas naître enfant de l'Eucharistie, exerçant une puissance sur la toute-puissance du Seigneur-Dieu. Il me faut ta prière telle qu'elle sera aux heures de la préparation angélique pour me protéger contre mon bonheur, pour obtenir de Dieu qu'il éloigne de moi ce calice des joies inconnues, si elles doivent dérober une part de mon cœur qui veut être tout à Dieu... Tu ne dors pas?

— Non répondis-je, j'écoute, mais tu as raison de le dire, tu es un drôle de fiancé ! La petite demoiselle Clémence ne manquera pas de sermons avec toi, non !

Il se mit à rire bonnement.

— Dors, me dit-il, si maman savait que je te tiens éveillé, elle gronderait. Récitons un *Sub tuum*, donnons notre cœur à Dieu, et bonsoir les voisins.

Je pense qu'il devait être aux environs de minuit.

Il fit comme il avait dit et je le vis mettre enfin sa tête sur l'oreiller. Je n'avais pas du tout sommeil.

Chacun de nous a son heure, et certes, je ne me doutais point que la mienne eût sonné.

— Raconte-moi une histoire, dis-je après un petit moment de silence.

C'était là une phrase que je radotais vingt fois par jour depuis ma maladie.

— Je suis las, me répondit Charles, et je dois me lever demain de bonne heure pour partir, mais c'est égal, il y a une histoire que j'aurais dû te dire, voilà bien longtemps, c'est celle du nommé Charles...

— La tienne ! m'écriai-je, tu as donc une histoire ?

Il sauta hors de son lit qui était un simple cadre, et se mit à le pousser avec précaution vers le mien.

— Que fais-tu ?

— Je me réveille, tu vois bien. Nous étions trop loin l'un de l'autre ; maman aurait fini par nous entendre bavarder... Oui, sûrement, j'ai une histoire.

Il se recoucha et il semblait tout content. Quand il se fut accoudé sur son traversin, nos deux figures se touchaient presque.

— Y est-on ? me dit-il, le premier qui dormira donnera un gage. Il était donc une fois le Charles en question, âgé de onze ans, élève externe au collège et assez bien noté au catéchisme. On l'appelait déjà le sage parce qu'il était jamais puni. Il avait même très souvent des bons points, mais ses parents ne nourrissaient pas beaucoup d'illusions à son égard, et il entendit une fois son papa qui disait en parlant de lui : « C'est un neutre. » Il ne comprit pas ce mot-là, seulement il fut inquiet, parce qu'il sentait bien que ce n'était pas un compliment.

— Moi, j'aurais compris, dis-je.

— Oh ! toi, papa n'aurait jamais dit que tu étais un neutre. J'allai chez Olivier et je lui demandai l'explication. Il se mit à rire et me répondit :

— Ce n'est pas vrai : ton papa se trompe. Tu n'as pas encore ton opinion faite, voilà tout. Quand tu l'auras, il faudra t'ouvrir le ventre pour te la tirer du corps !

Et il ajouta :

— Voyons, Charlot, es-tu content de faire ta communion ?

— Dame oui, répondis-je. On ne peut pas toujours rester au catéchisme !

Olivier frappa ses deux mains l'une contre l'autre et me dit :

— C'est ça ! tu y es ! il faut des certificats. Tu as déjà la vaccine, et avec le temps tu arriveras à ta conscription. Tout ça se doit.

Je ne compris pas encore ; c'était assez mon habitude. Je ne savais même pas qu'Olivier était un incrédule, et je ne m'en souciais guère.

A la paroisse nous n'avions pas alors M. Huet qui nous vint de son village deux ou trois ans après. Notre vicaire catéchiste était un jeune prêtre, neveu de M. Jamond et nommé l'abbé Honin que nous aimions tous beaucoup. Il était grand, mince, pâle et beau de visage. Olivier, qui était son médecin, lui défendait de prêcher, mais il n'obéissait point. On disait qu'il s'en allait de la poitrine.

On disait aussi qu'il parlait très bien. Moi, je n'étais vraiment pas capable d'apprécier cela, mais quand il nous disait la grande tendresse qu'il avait pour Notre-Seigneur Jésus-Christ et que son visage si doux s'inondait de belles larmes, il me faisait grande envie; j'aurais voulu pleurer comme lui, car il me semblait que c'était une joie qui le baignait.

J'aurais voulu aimer aussi, je ne savais pas comment faire et je n'espérais pas l'apprendre. Tu m'as dit une fois, petit Jean, quelque chose comme cela, et tu n'es pas le seul : c'est le grand obstacle à ce qu'il paraît : tu m'as dit que tu ne pouvais aimer Dieu parce qu'il est *trop au-dessus de toi*, parce qu'il ne peut *avoir besoin de toi*. J'étais ainsi sans raisonner bien clairement cette pensée. Il est certain que les bons cœurs puisent leur affection surtout dans leur générosité. De plus, il y a l'amour-propre : on aime les faibles par le mauvais comme par le bon côté de la nature humaine, par compassion et par orgueil, et pour éprouver un sentiment de compassion à l'égard de Dieu, il faudrait avoir perdu la raison....

Mais, je te répète, petit Jean, ces difficultés-là m'arrêtaient à tâtons et je ne perdais jamais mon temps à les éclaircir. J'apprenais mes leçons mot à mot, j'écoutais les explications docilement et ne m'embarrassais point du reste.

J'ai toujours été économe, tu sais bien. On s'est assez moqué de moi pour cela chez nous. Je ramassais tout ce qui traînait, en ayant soin d'en demander la permission, car je dois dire aussi les quelques qualités que j'avais : j'étais honnête jusqu'au scrupule. Dans ma chambre qui était alors le petit couloir où tu as couché si longtemps près de moi, derrière le cabinet de papa, j'avais cloué une planchette où je rangeais toute sorte de chose, pots de pommade où il n'y avait plus rien, boîtes vides et flacons d'odeur jetés au rebut. Ces objets de toilette n'abondaient pas précisément à la maison, mais comme je n'en laissais jamais perdre aucun, ma planche était pleine, et papa vint la voir une fois en cérémonie avec mes sœurs qui m'apportèrent chacune une bobine où il n'y avait plus de coton. Papa m'offrit une bouteille d'encre dont la dernière goutte venait d'être vidée, et nous rîmes un peu.

M. Monin était bien las après les leçons du catéchisme, mais en carème, au lieu d'aller se reposer, il restait et faisait un bout d'instruction aux parents des enfants pauvres, avant de réciter pour eux la prière du soir. Ces petits sermons, très courts et imprégnés de charité familière avaient quelque réputation par la ville. Les dames y venaient et même les messieurs, c'était presque une mode. Moi je n'y avais jamais assisté parce que, aussitôt la leçon finie, je me sauvais faire mes devoirs. J'ai toujours eu une extrême difficulté de travail.

Un soir, aux environs de Pàques, je fus arrêté sous la porte, comme je sortais, par toute la famille qui arrivait, papa en tête, pour écouter l'instruction de l'abbé Monin. Ils me ramenèrent dans la nef et je m'assis auprès de maman que j'entendis bientôt soupirer, puis pleurer. Mes sœurs, qui étaient aux deux côtés de papa, étaient l'une et l'autre des enfants, mais elles avaient l'intelligence plus ouverte que moi, et papa leur dit à plusieurs reprises : « Ce jeune homme deviendra un orateur; ce qu'il dit est très simple et très beau. »

L'abbé Monin devint mieux que cela; il mourut l'année suivante, en chaire, à vingt-six ans pendant qu'il prêchait la divine défaillance de Notre-Seigneur Jésus-Christ au Jardin des Oliviers, la nuit de la Cène. Au moment où il montra le Fils de Marie priant la face contre terre, abandonné de ceux qu'il aimait, il appuya son front sur le bord de la chaire et ne le releva plus. Son cœur avait éclaté dans sa poitrine.

Ce soir-là, averti par le mot de papa, je me souviens que je faisais tous mes efforts pour trouver beau ce que disait l'abbé Monin, et ce n'était pas tout-à-fait sans fruit. Il prêchait sur le manque de persévérance; le fond de sa pensée ressemblait fort à notre chère parabole du pâtis de Brelut : la souche de bois mort qui vit mystérieusement par une invisible racine, et si son argumentation ne s'appuyait pas sur notre maronnier même, qui était en ce temps-là debout, arbre robuste, chargé de feuilles et de fleurs, elle présentait du moins la première communion saintement accomplie comme la miraculeuse sauvegarde des cœurs chrétiens égarés dans les fausses routes de la vie.

Je ne rapporterai pas bien ses paroles, car il était éloquent et je ne le suis pas, mais j'en suivrai le sens qui est nécessaire à mon histoire. Il disait à son auditoire, principalement composé de mères et où les braves ouvrières de nos basses rues étaient en majorité : « Vous venez de la campagne, toutes ou presque toutes, quoique vous portiez maintenant le costume des villes; je vous connais bien, vous avez gardé le souvenir de vos jeunes ans, du village, de la paroisse, du vieux prêtre et de ce jour de soleil si doux où vous aviez vos robes blanches, votre cierge à la main, votre corbeille au cou, pleine de buis effeuillé et de feuilles de roses, et où vos âmes, toutes en fleurs aussi, débordaient de pureté, de bonheur et d'amour. Il y a des gens, je n'ignore pas cela, qui ont le malheur de haïr Dieu et de le persécuter. Ces gens-là prennent à tâche de vos dépouiller de vos bons souvenirs; ils les arrachent partout où ils les trouvent, ils les étouffent et ils les tuent... Mais ce n'est pas là une œuvre facile, n'est-ce pas, chères mères de nos enfants bien-aimés? Ces bons souvenirs sont obstinés en vous, ils veulent vivre, ils se défendent; un surtout, le meilleur et le plus profond... Celui-là résiste à tous les efforts; il est comme l'eau de senteur qui a été mise au commencement dans un vase tout neuf et qui en a eu l'étrenne. On peut la dépenser ensuite, cette eau, et l'user aux jours les jours, elle peut s'évaporer et se dessecher, comme il arrive, jusqu'à la dernière goutte, de telle sorte qu'après le temps il n'en reste rien... Ai-je dit rien? Ah! si fait, je me trompe, il en reste quelque chose! L'eau est partie, mais le vase garde la senteur qui a épousé sa virginité, une senteur victorieuse des mois et des années, qui est incorporée à lui et qui est devenue son âme, et qui ne le quitte jamais, jamais, soit qu'on oublie le vase à l'écart, soi-même qu'on le brise et qu'on en jette les morceaux dans le tas des choses rebutées.

« Ainsi en est-il, enfants d'autrefois, mères d'aujourd'hui, pour votre première communion; elle est loin derrière vous, bien loin; elle est évaporée, et desséchée, et oubliée, il n'en reste rien, vous avez pu le croire parfois, mais ouvrez le vase et respirez! Ouvrez le cœur qui reçut, quand il était tout jeune et tout neuf, le pénétrant, le divin parfum, cherchez, interrogez, aspirez; le parfum est là toujours, endormi, mais vivant; il s'éveille et il éveille l'âme engourdie par nos innombrables misères, péchés, passions, soucis, défiances, peines du pauvre, angoisse du riche; il s'épand au dehors, il embaume l'air où s'efforce votre dur travail; vous le respirez comme une résignation, comme un courage..., et voyez! vous nous donnez vos enfants pour qu'ils aient, quant l'âge est venu, l'indicible joie qui ne vous manqua point à vous-mêmes,... et vous venez avec eux, chères femmes, tendres mères, le parfum ramène le vase, le souvenir appelle le cœur, vous voici dans la maison de Dieu attendries, presque conquises, parce que vous avez reconnu ici la senteur toujours pure, l'haleine éternellement jeune de votre innocence. Voici toutes les choses d'autrefois : l'autel et le tabernacle, et la cire, et l'encens, et le prêtre dont la voix résonne sous les voûtes qui renvoient l'écho des cantiques familiers à vos oreilles, et vous pleurez toutes les larmes de votre cœur, car votre première communion vous enveloppe et vous presse comme une atmosphère de bénédiction. Louange à Dieu! Louange à Dieu, âmes retrouvées! Qu'importe l'intervalle des jours? c'était hier et ce sera demain. Vous pleurez, donc vous aimez : le repentir vous rend l'espérance en votre Père qui est au ciel. Prosternez-vous pour implorer, pour remercier, pour adorer la bonté infinie. O chères âmes, enivrez-vous du parfum que rien n'altère. C'est l'odeur même, l'odeur délicieuse du céleste amour. Glorifiez l'hostie, âmes guéries, réjouissez-vous, cœurs réconciliés, je vous bénis et je vous pardonne au nom de Dieu de l'Eucharistie, qui ne délaisse jamais ses enfants de la première communion! »

L'abbé Monin se tut et entonna le *Tantum ergo* pour donner la bénédiction du Saint-Sacrement; j'étais remué surtout par la vue de toutes ces braves ouvrières qui pleuraient à chaudes larmes, mais non pas tant que maman. Il y avait bien aussi quelques belles dames, et même des messieurs en petite quantité. Quand nous sortîmes sur le parvis, je m'aperçus que papa avait les yeux mouillés, mais il était incapable de retenir une plaisanterie.

— Eh bien! maître Charles, me dit-il en épongeant ses paupières, je vais faire compliment à M. Jamond de son neveu. C'est un gaillard! As-tu remarqué la comparaison?

— Oh! oui, dis-je.

— A ta place, j'en vérifierais l'exactitude. Tu as bien dans ta chambre, sur ta fameuse planchette, quelque vieux flacon d'odeur...

Mes sœurs riaient déjà, bien entendu, et Louise s'écria :

— Le mois dernier, je lui ai donné une petite bouteille d'eau de Cologne qui se promenait vide sur la table de maman depuis un temps immémorial !...

Papa n'était déjà plus à la conversation, mais moi je dis à Louise :

— Je n'ai pas besoin de faire l'expérience, J'ai senti le flacon, j'y ai mis de l'eau, rien n'y peut; il a toujours sa même odeur.

Maman, qui marchait en avant, m'appela et me dit :

— Tu es un bon petit garçon, Charlot, et je suis sûr que tu as compris, cette fois.

— Certainement oui, répondis-je, et je donnerais tout ce que j'ai pour faire une bonne première communion.

Elle passa mon bras sous le sien et commença à me prêcher; mais j'avais une idée qui me tenait tout entier, et je lui demandai :

— Est-ce que M. Monin est forcé de m'écouter si je lui parle?

— Il sera très content de t'écouter, répondit maman, seulement il a beaucoup d'affaires à cause de sa charité. Que veux-tu savoir?

— Ah ! répondis-je, je ne sais pas bien ce que je veux savoir ! Il faudrait m'écouter longtemps, longtemps. Le bon Dieu peut tout ce qu'il veut, et il n'avait pas besoin de tant d'histoires pour nous sauver. Il me semble que j'aurais moins de peine si quelqu'un comme M. Monin me disait à quoi tout cela sert.

Maman poussa un gros soupir et murmura :

— Comment, Charlot ! tu n'es pas plus avancé que cela?

Nous passions justement devant la maison où demeurait notre jeune vicaire, et nous le vîmes qui marchait rapidement le long des boutiques sans regarder ni à droite ni à gauche. Il entra dans son allée.

— Vois, dis-je, comme il a peur d'être accosté !

Maman mis sa tête à la porte et appela. M. Monin vint à nous tout de suite. Il avait l'air épuisé de fatigue. Aux premiers mots assez embarrassés de maman, il me prit par la main et me dit :

— Venez avec moi, mon ami...

— Pas avant que je vous aie remercié du bien que vous venez de nous faire à tous ! cria papa qui arrivait devant l'allée.

Mais l'abbé montait déjà l'escalier à longues enjambées. Il leva le loquet d'une porte au troisième étage et m'introduisit dans une chambre assez vaste, presque nue, carrelée, où une vieil e femme à l'air triste tricotait auprès d'un guéridon sur lequel brûlait une chandelle. C'était sa mère, qui avait déjà perdu quatre enfants de la poitrine et qui n'avait plus que lui.

— Monsieur l'abbé, lui dit-elle, je ne peux pourtant pas prendre ta potion à ta place. Tu n'es pas rentré à cinq heures manger ta soupe. C'est péché de se tuer comme tu le fais !

Il l'embrassa bien tendrement et prit de sa main une écuellée de soupe qui chauffait sur un réchaud à lampe. Il l'avala non pas avidement, mais bravement e. comme on accomplit une tâche obligée.

— Mère, voilà de la bonne popotte, dit-il quand il eût achevé.

— Merci, répondit la vieille dame; mais je suis bien sûre que tu n'en sais rien, monsieur l'abbé.

Elle se retira presque aussitôt après, et me dit tout bas en passant :

— Ne le retenez pas longtemps, mon cher petit homme, vous voyez bien qu'il fait pitié !

M. Monin s'était assis sur un fauteuil de paille au coin de la cheminée dont la tablette était encombrée de livres et de papiers. Il essuya la sueur de son front et me dit :

— Vous auriez dû venir me trouver plus tôt, mon ami Charles. Je vois bien qu'il y a un bâton dans vos roues, car ce n'est pas la bonne volonté qui vous manque. Videz votre sac pendant que je vais souffler. La pauvre mère a raison, je suis bien las, mais c'est de ne pas assez faire. Dites-moi tout, comme si vous parliez à vous-même.

Il me donna son crucifix à baiser, et je commençai tout de suite. Ce n'était pas une confession, jamais je ne me suis confessé à lui. Je lui dis tout, en effet, de mon mieux, et ce devait être bien confus, car je ne saurais me rappeler aucune de mes paroles. Le fond était que je ne savais pas, que je croyais mal, que j'espérais peu, et que je ne pouvais aimer.

Et je songe toujours à Olivier quand le souvenir de cette

heure si grande dans ma vie traverse ma pensée. Plus les hommes sont intelligents, pourvu qu'ils soient de bonne foi, plus l'obstacle qui les sépare de Dieu ressemble à l'ignorance des enfants.

M. Monin me laissa parler tant que je voulus. Il ne bougeait pas et ses paupières étaient closes. A deux ou trois reprises l'idée me vint qu'il avait cédé au sommeil; mais il rouvrit tout à coup ses grands yeux qui souriaient pour les fixer sur moi, je n'y vis plus de fatigue. Il me dit comme maman :

— Charles, mon enfant, vous n'êtes pas bien avancé, ne vous en effrayez pas. J'ai été plus retardé que vous et de meilleurs que moi sont nés encore plus tard que moi. La Foi, l'Espérance et la Charité sont trois vertus, c'est-à-dire trois forces et par conséquent trois dons surnaturels. L'homme n'a de lui-même que sa bonne volonté, secourue par la prière. Tout ce que vous vous plaignez d'ignorer est dans votre catéchisme et si vous lisiez attentivement les six pages de votre *Abrégé de la doctrine chrétienne*, vous y trouveriez non point l'explication des mystères, personne n'a cette explication ici-bas : elle n'est qu'au ciel, mais l'histoire du dessein de Dieu, de son amour, et la grande lutte de sa miséricorde infinie contre son infinie justice, en faveur de l'homme, créé d'abord dans une admirable condition et relevé plus haut encore après sa chute. Qu'est-il opportun de vous dire? Vous croyez en Dieu et à Jésus-Christ, fils de Dieu; vous êtes né dans cette foi; autour de vous, rien ni personne n'a pu l'altérer. Pourquoi vous parler comme à un incrédule? Votre mal est de ne pas aimer Dieu. Or vous avez besoin de l'aimer, car vous savez, on vous l'a dit, que pour recevoir Dieu dans le saint sacrement de l'Eucharistie, il faut l'aimer plus que vous n'aimez votre mère, et vous en désespérez. C'est bien cela, n'est-ce pas? Vous êtes un cher enfant, vous venez au prêtre chargé d'instruire les enfants et vous lui dites : « Faites-moi connaître Dieu afin que je l'aime. » Écoutez-moi :

« Au commencement, Dieu était et le fils de Dieu était dans la gloire éternelle du père. Dieu créa le monde et l'homme heureux, libre de choisir entre l'obéissance et le péché. Le serpent tenta l'épouse de l'homme qui tenta l'homme et tous deux tombèrent. Dieu maudit le tentateur et promit que sa

tête impure serait écrasée par le talon d'une autre Ève. A
l'heure où la tache originelle s'imprimait au front de la race
humaine, Dieu voyait à travers les temps, la mère toujours
vierge et conçue sans péché, de qui le rachat des hommes
devait naître.

« Voilà Dieu, votre père du ciel occupé de vous dès le premier jour, et avant tous les jours, dans son éternité; le voilà
épris de cet inconcevable amour pour votre âme et pétris-
sant de ses mains le mystérieux froment de votre première
communion. Est-il trop grand? Rendez-lui grâces de sa grandeur même. Ce Dieu d'immense et infinie charité vous a
aimé, vous sa créature, jusqu'au point de vous sacrifier son
fils Dieu...

« Charles, avez-vous ouï parler, en chaire ou ailleurs, de
la folie de la croix! Avez-vous entendu au moins, désigner
par ce nom la mort de l'immortalité? merveille impossible
et certaine, éternelle comme tout ce qui est du Père, du fils
et du Saint-Esprit? N'aimerez-vous point par-dessus tout et
mille fois plus que vous-même votre créateur bienfaiteur qui
vous accable d'un pareil témoignage de tendresse? Dites-vous
encore qu'il est trop éloigné de vous et trop au-dessus de vous,
ce Dieu qui confond la substance de sa substance avec votre
sang et votre chair? Vous ne le connaissez pas! Ouvrez vos
yeux, ouvrez votre esprit, ouvrez votre cœur! Il vient, donnez-lui passage entre vos lèvres... Oh! certes il vous faudra
dire comme le centurion, en frappant votre poitrine : « Seigneur, je ne suis pas digne que vous entriez dans ma maison, »
mais qui donc en est digne? Et ne vous répondra-t-il pas, le
Dieu prodigue qui ne refuse rien à l'âme de l'enfant, fiancée
de son inouïe tendresse, ne vous répondra-t-il pas en prononçant le mot efficace qui crée la virginité de notre cœur, qui
renouvelle la droite lumière de l'esprit jusque dans la nuit
de nos entrailles?... Enfant, que cherchez-vous? une comparaison entre votre Dieu et vous? mais il vous a fait à son image!
Un lien? Mais vous tenez à lui déjà par chaque fibre de votre
être, et cependant, au point où nous en sommes de notre
leçon, Jésus-Christ, le lien d'amour splendide, la vivante
chaîne de charité n'est pas encore né dans le temps...

« Le monde avait attendu quatre mille ans l'accomplisse-
ment de la promesse, quand l'ange Gabriel fut envoyé à

Hébron vers Zacharie, époux de la stérile qui devait enfanter le Précurseur. Et ainsi s'ouvre l'ère de l'Eucharistie.

« Six mois après, la Vierge immaculée, fille de David qui demeurait à Nazareth, sentit aussi le vent des ailes de l'ange, qui lui dit : « Je vous salue, Marie, pleine de grâces, le Sei-« gneur est avec vous. »

« On l'avait nourrie dans le temple; elle était fiancée au juste Joseph, également du sang de David. A l'annonce redou-table de sa maternité, celle qui était la Vierge des vierges répondit : « Je suis la servante du Seigneur. » Enfant, mon cher enfant, que ce soit le cri de votre âme !

« Et Marie en qui était le germe de Dieu se mit en marche vers Hébron à travers les montagnes. Les deux enfants, le maître et le serviteur, se connurent dans les entrailles de leurs mères.

« Et sainte Élisabeth dit à la bénie entre toutes les femmes : « D'où me vient ceci que la mère de mon Sauveur me visite ? « car aussitôt que j'ai entendu votre voix, la joie de mon « enfant a tressailli dans mon sein... »

« Et nous aussi, dès le moment que nous entendons cette voix, la vocation cachée palpite au fond de notre cœur. O blanche maison de David ! ô mère de la divine grâce ! le ciel et la terre écoutent le cantique qui jaillit ce jour-là de vos lèvres en flots de céleste allégresse : « Mon âme glorifie le « Seigneur et mon esprit est transporté de joie en Dieu, mon « salut.

« Car il a regardé l'humilité de sa servante, et à cause de « cela toutes les générations me nommeront la Bienheureuse.

« Il a fait en moi de grandes choses, celui qui est puissant... »

« C'est le chant de sainte Marie, Charles, mon cher enfant, et c'est le chant de l'âme, de toute âme que l'Esprit-Saint a visitée. La grande chose se perpétue de génération en géné-ration, parce que Jésus est mis en nous comme il fut mis en Marie. Vase d'amour, ô mère de toute piété ! Marie, vierge Marie, priez pour nous !

« Il y avait sept cents ans qu'Isaïe, fils d'Amos avait dit : « Une vierge sera mère et mettra au monde un fils. » C'était la fête des lumières. Joseph et Marie entrèrent dans Bethléem de Juda où ils venaient pour accomplir la loi, et Marie était à son terme. La fête emplissait les hôtelleries. La jeune mère abrita sa délivrance dans une étable et il y eut cette page touchante et charmante de l'histoire la plus grande du monde : Jésus-Christ nouveau-né reposant sur la paille d'une crèche où mangeaient le bœuf et l'âne...

« Vous savez cela, Charles, mais je vous le redis, parce que Dieu vous semblait trop haut. Le voici bien petit, et si bas dans cette adorée figure de l'humilité apportée par la loi nouvelle qu'il faudra vous pencher jusqu'à terre pour l'aimer. Ainsi firent les bergers à qui l'ange était apparu, et les mages qui avaient vu l'étoile dans le ciel de l'Orient.

« L'autre enfant : celui qui avait tressailli dans le sein d'Élisabeth à la voix de Marie, Jean-Baptiste, jeûnait et priait au désert. Jésus vivait à Nazareth du travail de ses mains entre Joseph et Marie. Jean et Jésus ne s'étaient jamais vus. Jean était la voix criant dans le désert ; il préparait et aplanissait les sentiers du Seigneur. Il disait : « Faites pénitence, car le royaume des cieux est proche » et il donnait le baptême de l'eau jusqu'à ce que l'Autre, plus puissant, vint apporter le baptême de l'Esprit et du feu.

« Avant qu'ils se rencontrassent aux bords du Jourdain il fallut trente ans écoulés. Jean reconnut Jésus qu'il n'avait point connu ; à son aspect il frémit en lui-même comme il avait frémi à l'approche de Marie dans le sein de sa mère, et il ne voulait point baptiser Celui devant qui « il n'était pas « digne de s'agenouiller pour dénouer les lanières de ses san« dales », mais Jésus ordonna, disant : Faites. Il convient que vous et moi nous accomplissions ainsi toute justice. »

« Et comme Jésus baptisé rendait grâces, les cieux s'ouvrirent donnant passage à une colombe dont le vol s'arrêta au-dessus de lui et à une voix qui éclata disant : « Tu es mon Fils bien-aimé. »

« Quatre hommes ont raconté la vie de Jésus, longue chaîne des miracles qui suivirent ce miracle : saint Matthieu, saint Marc, saint Luc, saint Jean, fils de Zébédée : c'est l'Évangile, car rien n'est connu des trente années vécues à Nazareth par le père nourricier, la mère et l'enfant, douce trinité de la terre que nous invoquons sous cet adorable nom « La Sainte-Famille ». L'Évangile est l'histoire des grandes choses que Dieu accomplit dans le sein de Marie et que Marie voyait en extase quand elle exhala le *Magnificat* : l'Évangile est la naissance, la vie et la mort de l'Hostie, et c'est surtout le voyage de l'Hostie du Jourdain au Calvaire. Dieu y raconte par l'organe de ses saints ces grandes choses qu'il avait annoncées par la bouche de ses prophètes et qu'il accomplit en la deuxième personne de sa très-auguste Trinité pour préparer votre première communion, Charles, pauvre cher enfant, qui ne pouvez aimer Dieu !

« Ne craignez rien, votre maladie n'est pas incurable; l'Hostie qui vous appelle en est le souverain remède Et l'Évangile, couronnement nouveau de l'ancien tabernacle, dernier et splendide feuillet du livre des siècles, a été dicté pour que vous soyez guéri. Les saintes Écritures tout entières promettent l'Hostie comme l'Évangile la célèbre et l'adore. Tout cela est Jésus; il n'y a rien en cela sinon Jésus Dieu, fait chair pour que les enfants viennent à lui, pour que vous pussiez l'aimer, Charles, Jésus messie, sauveur. hostie, Jésus-Christ, l'Agneau divin, l'offrande d'amour, le pardon du monde justement condamné...

« Avez-vous compris et croyez-vous? Tout ce que Dieu a fait depuis la chute du premier homme, figure et ombre de l'Homme-Dieu, fils de Dieu, qui va être le Rédempteur des hommes, fonde et prépare et accomplit cette vaste aumône, la maîtresse œuvre de l'éternelle charité. votre salut, enfant, et mon salut, votre première communion et ma messe de chaque jour, le baiser du ciel à la terre, le grand, l'auguste, l'ineffable, le saint sacrement d'Eucharistie !...

« Jésus passa doux et humble de cœur à travers l'orgueil et la colère des Juifs qui le sentaient Dieu et s'irritaient surtout de ses bienfaits, car la haine étrange qui a été le tourment des âges modernes commença dès lors. Il faut que Jésus, la victime nécessaire, soit incessam   sacrifié et le prêtre Caïphe, prophète en dépit de lui-même, exprima dans un sens judaïque la miséricordieuse pensée du Très-Haut quand il dit : « Il est bon qu'un seul homme périsse pour sauver tout le peuple. »

« Or, tout à la fin de ces temps dont les Évangiles sont le journal authentique, le jour où se devait manger la Pâque, veille de sa condamnation, de son supplice et de sa mort. Jésus ordonna à ses disciples de préparer la Cène dans un certain logis dont le maître n'a point de nom. La chair symbolique de l'agneau s'appelait déjà *Eucharistie*, « bon amour » ou « bonne grâce ». Jésus lava les pieds de ses disciples. La Cène étant à sa fin il prit du pain qu'il bénit et rompit après avoir rendu grâces, et il l'offrit aux douze en disant, car son heure était venue : « Prenez et mangez, ceci est mon corps qui est donné « pour vous Faites ceci en mémoire de moi. » Tous mangèrent même Judas.

« Et ensuite Jésus prit le calice où il versa le vin. Il rendit grâces et dit encore : « Buvez-en tous, car ceci est mon sang, « le sang de la nouvelle alliance qui sera répandu pour un « un grand nombre afin que les péchés soient remis. » Tous burent et aussi Judas, le premier qui fit un outrage au Saint Sacrement et de qui Notre-Seigneur dit : « Mieux eût valu pour lui qu'il ne fût pas né. »

« Quand Judas fut parti pour gagner les trente deniers, Jésus s'écria : « C'est maintenant que le Fils de l'homme est glorifié ! » L'adoré mystère que nous appelons la Passion de Notre-Seigneur était commencé, et Jésus pressentait les triomphes de son agonie.

« Il prêcha pour la dernière fois. Un torrent de tendresse et de sagesse coula de son cœur entre ses lèvres. Il laissa de lui-même cet éternel portrait : « Je suis la voie, la vérité et la vie : » il conféra le don des miracles à ceux qui devaient exécuter son testament, et leur promit la venue de l'Esprit-Saint consolateur.

« Puis, avant chanté l'hymne, il dit enfin : « Levez-vous, partons d'ici » et il se mit en marche pour le jardin des Oliviers... Charles, faites le signe de la croix. La croix n'est pas encore ici, mais c'est ici que Jésus hostie va vous donner son âme en rachat de la vôtre, avant de vous livrer son corps. Nous n'irons pas ensemble jusqu'à la croix. Vous aimerez avant d'arriver au Calvaire... »

— Ici, dit Charles en s'interrompant, M. Monin se signa et je l'imitai. Il appuya furtivement son mouchoir contre sa bouche. Quelque chose m'étreignait le cœur, mais je n'*aimais* pas encore, et ce quelque chose c'était peut-être la trace rouge que les lèvres de M. Monin venaient d'imprimer sur son mouchoir blanc.

Tous les enfants connaissent cette alliance de mots redoutée : « cracher le sang »; l'abbé Monin crachait le sang.

Nous savions cela au catéchisme, et que ses jours étaient comptés. Ce qui devait arriver en effet plus tard était annoncé d'avance et répété souvent parmi les personnes pieuses qui l'aimaient, et nous autres enfants, nous le prenions au pied de la lettre : on disait que M. Monin risquait sa vie chaque fois qu'il se laissait aller en chaire à ses extases d'amour divin, parlées presque à voix basse, mais dont chaque flamme, car c'était un feu, glissait de cœur en cœur jusqu'aux rangs les plus reculés de son auditoire. Cela pénétrait profondément, et cela s'attachait. Nous disions qu'il « donnait de sa vie ». Il reprit :

« Je n'étais pas tout à fait comme vous, Charles, mon cher enfant ; j'aimais déjà, car ma pauvre bonne mère que vous venez de voir et qui était tout mon cœur ici-bas, n'avait pu m'empêcher d'entrer au séminaire. Elle m'avait dit : « Les autres sont morts, ne m'abandonne pas, » et mon âme s'était déchirée, mais j'avais suivi ma route. Seulement je voulais aimer encore davantage, j'avais une soif ardente d'aimer. Mon patron est saint Jean l'Évangéliste dont la tête reposa sur le cœur de Jésus, ce même jour de la Cène, la première de toutes les communions.

« Un soir que je méditais, pendant la semaine sainte un peu avant mon ordination, je priai ce disciple préféré à qui j'avais recours souvent de me venir en aide ; je lui demandai de me laisser le suivre par la pensée sur la route qui mène de Jérusalem au jardin de Gethsémani. Je n'eus pas de vision ; seulement, j'écoutais dans ma mémoire le chant de l'Évangile, selon saint Matthieu, tel que je l'avais entendu à la grand-messe le dimanche des Rameaux. Jésus marchait devant nous, comme il est certain qu'il marcha devant les apôtres. Il ne leur parlait plus ; il parlait à son Père et la tristesse miraculeuse qu'aucune parole n'a su peindre montait avec lui. — O Dieu d'amour ! pensais-je, l'oreille de ce disciple qui avait à peine mon âge et qui m'a donné son nom bienheureux a écouté battre votre cœur. Je crois à votre souffrance infinie qui ne pouvait pas être, mais qui fût dès que vous le voulûtes. Dieu tout-puissant ! Faites-la moi sentir au profond de mon être, par le nom de votre mère douloureuse et que je vous aime pour cette souffrance, autant que Marie-Madeleine vous aima ! Que mes larmes inondent vos pieds comme le parfum de la pécheresse, et qu'ils soient essuyés par l'ardeur de mes baisers !...

« Et le chant de la Passion disait à mon souvenir : « Il prit « avec lui Pierre et les deux fils de Zébédée : il commença à « être saisi de tristesse et plongé dans la douleur. Alors il « leur dit : *mon âme est triste jusqu'à la mort; demeurez et veil-* « *lez avec moi...* »

« Jusqu'à la mort, ô Dieu ! Éternité de Dieu ! Il est des désirs trop vastes pour le cœur de l'homme et qui ne sauraient être assouvis sur la terre. Insecte que je suis, je n'eus pas le secret du Fils de l'homme, mais sa miséricorde m'exauça dans la mesure de mon néant et je reçus en moi le reflet de l'angoisse divine qui est toute faite d'amour... Agenouillez-vous avec moi, Charles, comme Jésus se prosterna, la face contre terre, et regardez le Sacré-Cœur de Jésus mourant d'amour :

« Méditons. Amour de Dieu : *mon père, que ce calice, si c'est* *possible, s'éloigne de moi; qu'il en soit néanmoins non comme* *je le veux, mais comme vous le voulez.*

« Amour des hommes, représentés ici par les trois hommes les plus tendrement dévoués qui fussent au monde, et qui s'étaient endormis : *ainsi vous n'avez pu veiller une heure* *avec moi !...*

« Et trois fois, Charles, entendez-vous, trois fois de même ! Les apôtres furent réveillés et se rendormirent trois fois ! Promesse, symptôme, menace d'incurable ingratitude, fournis par les hommes à l'heure même du sacrifice inouï consommé en faveur des hommes ! abandon des plus fidèles entre les hommes, au plus fort de cette détresse incommensurable volontairement endurée pour les hommes ! agonie telle et poignante à ce point que l'Évangile, selon saint Luc, nous montre l'ange du Seigneur venant au secours de Jésus, baigné de la sueur de sang .. Charles, au secours de Dieu ! non point pour soulager l'agonie de Dieu, au contraire, pour soutenir, soin terrible ! au sein de cette souffrance intacte, redoublée plutôt. et centuplée, la défaillance inhérente à l'humanité de Jésus : en un mot pour qu'il pût boire, sans tomber mort avant l'heure de la croix, le calice de ses affres jusqu'à la lie... Et il dit enfin : « *Dormez maintenant !* » Seigneur Jésus ! je vis alors la gloire de votre cœur *Hommes, dormez maintenant,* le calice

de Dieu est épuisé. Pas une goutte d'amertume ne reste dans
la coupe, large et profonde comme l'ingratitude humaine...
Ah je me trompe ! il reste la lie ! le poison de la lie ! « *Levez-
vous, allons, voilà que celui qui doit me livrer est près d'ici.* »

Et cette fois, ils se levèrent. Et le disciple infidèle, malheureux entre tous les fils de la femme, vint apportant la figure
redoutable des sacrilèges qui devaient mentir au Saint Sacrement dans le cours des âges, car il avait en lui le corps de son
maître vendu, et il trahit l'amour dans le baiser !... »

L'abbé Monin se pencha jusqu'à terre et son front toucha
le carreau. Quand il se releva et qu'il me vit tout en larmes,
son pâle visage eût une clarté. Il m'attira contre sa poitrine
et m'y pressa tendrement.

« Charles, mon cher enfant, reprit-il, je vous ai donné
tout mon trésor; Jésus dit à Judas : *Mon ami, pourquoi
êtes-vous venu ici?* J'aimai en écoutant cette parole d'enfant,
si voisine du pardon et qui appelait encore le repentir. J'aimai
bien, oh ! bien . J'aimai au-dessus de moi-même, et comme
vous allez aimer désormais, car Jésus m'avait ouvert enfin
son irrésistible cœur... Jésus, Jésus, adoré Jésus ! J'éprouvais
les langueurs de l'Hostie, je sentais palpiter le sacrifice, ma
vocation me soulevait comme un flot. J'aimais ! Jésus, ô
Jésus ! aimer ! souffrir ! aimer jusqu'à mourir de souffrir !
Mourir longtemps, souffrir toujours en vivant de vous seul,
pain d'agonie et de délices, vin austère et doux des voluptés
de la mort ! Vous m'aviez dit, Dieu de mon âme, le secret de
cette caresse suprême : la défaillance de la force infinie; je
vous avais vu fléchir et tomber sous le fardeau sans nom de
tous les crimes de la terre, j'avais vu votre amour, plus vaste
que cet océan, le dessécher et l'absorber : ô Fils unique de
notre Père ! fruit béni des entrailles de Marie, notre mère,
divin frère et divin maître, le travail de ma naissance spiri-
tuelle était accompli; vous aviez fait en moi aussi la Grande
Chose. *Magnificat anima mea Dominum :* je me sentais votre
prêtre, marchant dans le vrai chemin de votre croix... comme
vous, n'est-ce pas, Charles, comme vous, vous sentez à présent que vous êtes l'enfant du même bien-aimé Dieu ! J'étais
prêt à gravir le calvaire de l'autel : confiant dans la sainteté de
ma première messe. comme vous êtes certain, Charles, c'est
moi qui vous l'affirme, de recevoir saintement le pain de l'Eu-

charistie préparé pour vous par tant de miracles, et de ne point trahir votre ami céleste dans le baiser de votre première communion !... »

Moi, je l'embrassais en pleurant et en balbutiant :

— Merci, merci, oh ! merci.

Il me repoussa doucement et je vis qu'il souriait un beau sourire d'ange.

— Vous voilà content, Charles, me dit-il, content pour toute votre vie qui ne finira point par votre mort. Allez-vous-en bien vite, maintenant, car maman va venir et me gronder pour avoir trop parlé. Priez pour elle en vous couchant... Bonsoir, Charles.

Elle était là, en effet, à m'attendie en dehors du seuil, la pauvre bonne femme, elle me dit :

— On me le tue...

— Mère ! cria M. Monin, remercie-le, il est heureux !

La tête de Charles, à mesure qu'il parlait, avait glissé sur son traversin et sa bouche touchait presque mon oreille.

— As-tu dormi petit Jean ? me demanda-t-il.

— Tu sais bien que non, répondis-je.

— Et faut-il te remercier toi aussi ? Tu as les yeux mouillés, mais pas beaucoup. Es-tu heureux comme je le fus ce grand soir-là où commença ma vie ?

Il passa son bras autour de mon cou et attira mon front jusqu'à ses lèvres. J'eus deux larmes qui me brûlèrent et je dis tout bas :

— Il faut que je sois bien dur ! Écoute ! tout cela reste autour de mon cœur et le serre. Que Dieu ait pitié de moi, car je voudrais le recevoir et l'aimer. Mon soir, mon grand soir à moi aurait dû être celui où la main de papa devint froide entre les miennes, pendant que son autre main étreignait le crucifix contre sa poitrine et qu'il souriait au ciel.

Charles m'embrassa encore et plus tendrement. Puis il sauta hors de son lit, parce que le réveil de Julienne tintait cinq heures à l'autre bout de la maison. Le jour qui naissait nous montrait la fenêtre grise.

— Vive les nuits où l'on ne dort pas, dit-il gaiement, on n'a pas la peine de s'éveiller ! La matinée est superbe, et je vais faire une belle promenade jusqu'à Loudan. J'aurai le

temps de prier pour toi en route, petit Jean... Cela viendra,
cela viendra, ne t'impatiente pas, nul ne choisit son heure.
Qui sait s'il ne te faudra pas souffrir toi-même pour comprendre ? Ou voir souffrir quelqu'un que tu aimes ?... J'entends
souffrir encore plus que mourir ? Si tu es dur, Dieu est fort...
, Il s'habillait vitement et je ne pus m'empêcher de lui dire :

— Tu es pressé, Charles, je sais à qui tu penses.

Il secoua la tête en souriant.

— Et toi aussi, petit Jean, me dit-il, prie pour moi. Tu as
raison je pense à quelqu'un, peut-être trop... Ma route va
être charmante sous ce joli ciel bleu de printemps, mais si je
devais être trop heureux au bout du chemin, sois tranquille,
quelque chose me barrerait le passage : je l'ai demandé à Dieu.

Il m'embrassa encore et partit en chantant.

XI

LE PETIT RAT GRIS. — CLÉMENCE.

Il ne faudrait point croire que le séjour de Charles chez
nous et surtout notre conversation de la dernière nuit
n'eussent fait aucune impression sur moi. Je devins régulier
et même sévère dans mes pratiques de religion. J'avais la
volonté de bien faire et aussi l'ambition de faire mieux que
tels autres, et j'avoue qu'Adolphe était de ceux-là. Maman
s'était laissé aller plus d'une fois à envier devant moi, pour
moi, les perfections d'Adolphe. Il n'en fallait pas davantage.
En somme, il y eut dans ma conduite et aussi dans mon travail une amélioration tout à fait notable. Je devins à la fois
un bon élève au collège et un « enfant du catéchisme » aussi
exact qu'instruit.

Il me semblait que l'abbé Huet me regardait maintenant
avec curiosité, et cela me flattait. Il me récompensait très
souvent. Notre bon curé, M. Jamond, ne tarissait pas en
éloges de moi. Il disait volontiers :

— Ce serait trop beau si on n'avait que des Charles, il
faut des François (François, mon second frère, venait d'avoir

une « affaire » au régiment; il s'était « bien conduit ». Son adversaire rentra dans la vie civile avec un bras de moins, et François lui paie encore une pension de retraite à l'heure qu'il est). Notre petit Jean sera entre Charles et François, mais le bon Dieu finira par les avoir tous les trois, parce que le papa les tire de là-haut.

Cette affaire de François avait naturellement causé un grand émoi à la maison, où il était tendrement aimé. On le blâmait tout haut, mais c'était un militaire. Maman le recommanda à la prière du soir en qualité de pêcheur insigne, et mes sœurs disaient à tout bout de champ qu'il avait une mauvaise tête, mais que de caresses dans ce blâme ! Toute femme aime le courage et le définit comme elle peut; la plus humble est attirée vers la gloire et la voit où le monde la met. Dans ces trois chers cœurs si bons, maman, Louise et Anne, il y eut à cette occasion bien des pensées contradictoires. Où ne se glisse pas l'orgueil !

Moi, je décidais le pour et le contre selon le moment, car ma nature était de trancher à tort et à travers. Tantôt je condamnais François, si quelqu'un le défendait trop haut à mon gré, tantôt je demandais à ceux qui l'accusaient s'ils voulaient que mon frère fût un lâche comme ce Bertin-Sicard de Loudan dont Adolphe avait raconté l'histoire.

Au collège, si j'avais voulu m'y prêter, l'équipée de François m'aurait beaucoup rehaussé parmi mes camarades, mais je ne voulais pas, parce que Charles était d'autant plus rabaissé dans leur estime qu'ils vantaient François davantage; François était pour eux un bon, un crâne, et Charles restait un cafard. C'était donc au collège surtout que j'affectais de mépriser le duel et la gloire de François.

— Si François vous entendait, disais-je, et je demande pardon pour la gaminerie du mot, il vous chaufferait votre trempée !

Je ne veux pas me faire plus mauvais que je n'étais. Défendre ceux que le grand nombre opprimait rentrait assez dans ma nature, et rien ne me faisait horreur comme les lâches tyrannies de la foule; mais il y avait là dedans ma gloriole et une forte dose d'esprit de contradiction. Au fond, la crânerie de François me flattait, autant que la renommée paisible et dévote de Charles me gênait, mais je tenais bon et je me rangeai

même assez bravement dans le groupe peu nombreux des
« convertis » de ma classe; ce ne fut pas sans une répugnance
dont il faut me tenir compte, et parmi ces convertis, je ne me
distinguais, certes, ni par ma ferveur, ni même par la conve-
nance de mes discours; avec eux, j'avais plutôt l'air d'un chien
qu'on fouette, mais, vis-à-vis des autres, je me tenais assez
ferme et je brandissais même volontiers mon drapeau sans
nécessité.

Il m'en advint un honneur : les gredinets de la bourgeoisie
libérale commencèrent à m'appeler « cagotin », plutôt pour
former diminutif à cafard et par souvenir de Charles que
pour moi-même, car ni mes amis ni mes ennemis ne se faisaient grande illusion sur mes accès de piété, toute en montre
et en cocarde, mais enfin, je versais du côté du bien : J'EN
ÉTAIS. C'est quelque chose, soyez sûrs de cela, et les trois quarts
et demi des innocents enragés, soldats de l'innombrable et
sans cesse grossissante armée du blasphème, tiennent surtout à la coupe tapageuse et au drap voyant de leur uniforme.
Ils vont au mal : *ils en sont* pour se faire croire à eux-mêmes
qu'ils peuvent être propres à quoi que ce soit.

Le courant pousse. Nous dérivons vers le temps où, de plus
en plus, il faudra choisir entre les deux étendards. Tous les
moutons de Panurge sauteront à gauche, les uns à cause
d'un vice, les autres à cause d'une crainte, beaucoup à cause
d'un remords, un plus grand nombre à cause d'une haine,
mais les bergers du troupeau sauront seuls pourquoi ils sautent.
Voilà déjà longtemps que c'est un bon état de sauter à gauche
en sachant pourquoi. Tityre, d'Yvetot, y gagne des appointements de receveur général; Mazagran de la gloire, des
truffes, des chevaux, des millions; la Prusse des milliards
et Voltaire des statues ! Ainsi agonisent les nations. La France
de Jeanne d'Arc et de d'Assas rampera devant telle passe-
passe, effrontément réussie, encensera tel traître qui se sera
vanté de sa trahison. La France de Bayard ne saura plus
combattre parce qu'elle ne saura plus prier. Dieu est le père.
Que vaut une famille sans père ! *Ubi non est pater, nec patria
est.* Il n'y a plus de patriotisme là où il n'y a plus de Dieu.

J'allais sur mes douze ans, je grandissais et je prenais de
la force. J'avais connu dans la boutique Roboam, chez
Adolphe, un petit Anglais de Jersey, pas méchant, mais qui

savait déjà boxer. J'avais appris de lui, je ne me souviens plus comment, quelques vrais coups de poing dont je n'ai pas eu souvent occasion de me servir. Une fois, en sortant de classe, il y eut un garçon, nommé Vaucherand, le grand Vaucherand, qui malmena les convertis un peu trop. C'était le fils d'un pauvre diable d'huissier dont la maigre soupe coûtait bien des larmes aux petits marchands de notre ville. Le grand Vaucherand avait de l'esprit; il était un peu plus âgé que le commun de nos camarades, et la barbe lui venait. Il fumait déjà des pipes et buvait des petits verres, mais il ne savait pas l'orthographe. Ordinairement il me laissait tranquille, mais ce jour-là, je me mis entre lui et un enfant du catéchisme qu'il frappait.

— Toi, monsieur Cagotin, me dit-il, tu *tournes mal*, tu sais? Tu es le frère d'un brave garçon, mais tu es aussi le frère d'un jésuite. Veux-tu qu'on voie à qui des deux tu ressembles?

Il abattit ma casquette d'un revers de main. Je crois bien que j'eus peur, car il était plus fort que moi, mais d'instinct, je pris posture et je lui détachai un des coups de poing du petit Anglais de Jersey. C'était un bon. Le coup atteignit mon pauvre grand Vaucherand sous le menton et le mit par terre à la renverse.

Il se releva en jurant, revint sur moi et me frappa de toute sa force, mais à la volée. C'est comme les moulinets du sabre qui font de l'embarras et peu de besogne; il faut la pointe. Le coup de poing anglais, c'est le coup de bout. Je pris mon temps, après parade, et j'envoyai... En voilà assez, n'est-ce pas, mesdames? Il fallait bien vous expliquer pourquoi, à dater de ce moment, je fus entouré d'une sorte de respect dans notre collège. On se moqua du grand Vaucherand, qui tenait à poignée son nez aplati et criait piteusement que j'étais un lâche, puisque je savais me battre. On ne l'appela plus que Goliath, en souvenir de la victoire de David.

Peut-être avez-vous envie de savoir quelle conduite tint mon ami Adolphe dans cette bagarre. Il est des gens à qui le hasard épargne avec un soin surprenant les occasions de révéler le secret de leur nature. Il aurait fallu ici, de toute nécessité, me secourir ou m'abandonner, mais mon ami Adolphe n'eut point à faire ce choix; la veille même il avait pris la diligence de Paris pour continuer ses études dans une institution en renom. Les Roboam se lançaient.

En même temps que mon meilleur ami, j'avais perdu ma bête noire : Marie de Moy, l'ancienne Girafe, qui était maintenant une gentille fillette, un peu originale, mais très simple et très douce, s'en était allée dans un couvent d'Angers, dont la supérieure était sa tante. Je ne devais revoir ni elle, ni Adolphe avant ma vingtième année. Je crois que cela me fit du bien d'être séparé d'eux. Ma rancune, bien entendu, s'en alla toute seule, dès que je ne rencontrai plus dans notre escalier la robe à froufrou de Marie; quant à mon amitié pour Adolphe, elle avait eu de tout temps des hauts et des bas. Je le vis mieux à distance. Il était de ceux qu'on s'étonne un peu d'aimer quand ils ne sont plus là, mais qu'on ne peut jamais haïr tout à fait. Ils glissent.

Longtemps avant de pardonner à tous, au déclin de ma vie, en redevenant chrétien, j'avais dépouillé toute pensée de vengeance contre Adolphe pour la profonde, pour la mortelle blessure qu'il me fit un jour en souriant. Je m'étais fatigué en vain à vouloir le détester..... Avez-vous essayé de saisir, dans une partie de pêche, l'anguille, échappée du filet, qui fuit à travers l'herbe ? C'est lisse, ondoyant, fondant et visqueux. Cela laisse aux mains quelque chose qui glue...

Cependant notre maison avait changé de physionomie, non pas brusquement, mais par petites secousses heureuses dont la première avait été l'annonce du mariage de Charles. Il ne serait pas bon de rapporter en détail tout ce qui se fit et se dit chez nous à cette occasion. Ce serait peut-être mal jugé. Pour apprécier comme il faut certains côtés intimes de la vie de famille, surtout en province, il est nécessaire de se « mettre au point », comme disent les peintres, en tenant compte de la pureté des consciences et de l'honnêteté des cœurs. La conscience peut être curieuse et le cœur bavard. On n'avait pas alors les cartes photographiques qui vo, s apportent dans une lettre le propre miroir où la personne que vous souhaitez connaître a laissé son image, ennuyée, il est vrai, et tant soit peu déprimée, mais exacte. Les empressements extraordinaires de nos futurs alliés de Loudan faisaient subir à la petite demoiselle Clémence un déchet dans notre esprit, c'est certain. Nous nous servions tous de la même phrase pour rendre notre pensée qui eût comporté des variantes infinies, mais personne, au fond, ne s'en fiait à Charles qui « n'y entendait goutte », selon l'expression de mes sœurs.

Maman avait dit : je suis sûre qu'elle est *très bien ;* mes sœurs répétaient fidèlement : elle est *très bien.* Mais que voulait dire cela ? Étais-je le plus bienveillant ou le moins, quand je voyais dans mes rêves la chère petite demoiselle Clémence avec des cheveux de filoselle frisottants qui encadraient une figure de porcelaine ? On m'avait grondé pour mon idée de la poupée, montée sur roulettes, mais chaque fois qu'on parlait du mariage de Charles, et Dieu sait qu'on en parlait toujours, je voyais cette scélérate d'idée promener son reflet dans tous les sourires.

Ah ! nous étions moqueurs, il n'y a pas à dire non, mais vous vous tromperiez si vous pouviez croire que ce tour involontaire de notre esprit nuisît en rien à la chère jeune fille qui était notre préoccupation de tous les instants, notre amusette et notre idole. Nous l'aimions à qui mieux mieux et nous étions jaloux d'avance des préférences qu'elle pourrait bien avoir pour l'un ou pour l'autre, ce qui n'empêchait pas maman de répéter toute la journée : « Vous savez, rien n'est fait. Soyons prêts à louer Dieu s'il nous reprend ce qu'il nous donne. »

Le second petit bonheur fut non pas un héritage, nous n'en avons jamais eu, mais une restitution qui avait vraiment couleur d'aubaine. Un ami de jeunesse de papa, qui s'était enrichi dans le commerce, au Havre, vint à mourir. Ses relations avec papa étaient rompues depuis si longtemps que nous connaissions à peine son nom. A ses derniers moments, il chargea le prêtre qui le confessa d'éteindre une petite dette datant de plus de quarante ans et dont papa n'avait jamais parlé, tant il la regardait perdue, C'était gros comme le doigt, mais les intérêts doublaient le principal, et il fallait si peu de chose pour nous faire croire que nous étions riches !

Enfin, troisième sourire de la Providence : une loterie de charité fut tirée à l'Hôtel de Ville. Papa y avait pris un billet de vingt sous pour gagner certaines boucles d'oreilles en jais qui excitaient l'ambition de Louise. Le billet ne gagna pas les boucles d'oreilles, mais bien « un cadre », ceci est une citation de Julienne, « un cadre qui n'était bon qu'à gêner au grenier ». Ce qu'on appelle *un cadre*, chez nous, c'est un tableau, pour bien marquer que la toile ne compte pas, et que la bordure de bois doré est tout. Notre cadre contenait une sainte Chantal. Je ne sais pas ce que le tableau pouvait bien valoir, mais M. le curé le descendit chez Mme de Moy qui nous l'acheta pour en faire cadeau à la chapelle de la Visitation, où i est encore.

Le menuisier d'en bas commençait à dire que nous avions « la veine », c'était vrai, un vent de prospérité soufflait sur nous. La santé de maman avait repris, Louise se portait comme un charme et Anne devenait une très jolie jeune fille. Moi j'étais un assez grand garçonnet atteignant l'âge de transition, et désagréable comme cet âge. Les prétentions me venaient, je visais à la gravité; quelque chose d'Adolphe me suivait, mais je n'en usais pas avec la même grâce que lui et j'aurais été bien détestable dans son rôle.

Je n'aimais plus qu'on m'appelât « petit Jean ». Vers le milieu de l'hiver, j'eus la croix au collège; c'était la première fois; je fis des façons pour la porter. Olivier se moqua de moi, je lui en voulus sérieusement. J'avais eu grande envie de la croix, mais quand je l'eus, elle me fit honte.

Pauvre époque de notre vie où l'enfant se noie dans le ridicule d'être homme !

J'avais des opinions; au moins deux : à la maison, je penchais vers le libéralisme parce qu'on y était chrétien. Au collège, je m'affichai chrétien (le mot clérical n'était pas inventé), tout en faisant des concessions que je choisissais à ma fantaisie. Ainsi, j'abandonnais les jésuites sans savoir absolument ce que c'était. Notez que ce cas a toujours été et sera toujours celui des chrétiens de carton qui abandonnent les jésuites. Ces grands calomniés ont la gloire d'être un pèse-foi, une éprouvette infaillible. Laissez tomber une goutte de jésuite dans le bavardage des Nicodèmes contemporains et tout tournera.

J'abandonnais aussi les miracles qui ne me semblaient pas « être de notre temps ». On pouvait s'entendre avec moi sur toutes autres choses; mes adversaires qui n'en savaient pas plus long que moi me déclaraient de bonne foi. Il est certain que je n'y mettais pas de malice. J'avais mon mot comme tous les rabâcheurs jeunes ou vieux; j'allais répétant : « Dieu n'en demande pas tant que cela ! » et je me souviens que je glissai mon mot dans une lettre que j'écrivis à Charles.

Charles ne répondit à aucune des bourdes dont ma lettre était émaillée, mais en *post-scriptum*, il me dit : « Tu as raison, mon petit Jean, Dieu nous demande bien peu de chose en dehors de tout notre cœur. »

En somme, tout allait, je me conduisais bien partout, M. Huet me donnait de bonnes notes et je devais être reçu parmi les premiers, sinon le premier, cela ne faisait pas l'ombre d'un doute.

Par un soir du mois de mars, après le dessert, Julienne entr'ouvrit la porte de la salle à manger et annonça :

— Le petit rat gris ! Je parie que c'est lui !

Maman se retourna rouge de colère, car elle n'aimait pas les familiarités. Nous avions tous compris; c'était le mariage qui arrivait de Loudan !

Un parapluie mouillé entra, précédant la plus jolie, la plus décente, la plus comique et la plus digne figure de petit vieux monsieur qui se puisse imaginer. Ah ! que ce Charles était un grand peintre ! Toute son histoire de fiançailles entra avec M. Loirier. Personne ne rit, pas même moi, et Julienne fut déclarée insupportable à l'unanimité.

M. Loirier n'était jamais embarrassé de son parapluie, quand même ce meuble qui semblait être la plus chère portion de lui-même, versait des torrents d'eau. Jamais il ne le condamnait à s'égoutter solitairement dans les vestibules. Il le mit entre ses jambes comme un ami qui a besoin d'être réchauffé et casa son chapeau sur le parquet. C'était un très grand chapeau, résigné à vivre par terre et à souffrir des mares que le parapluie faisait. Il n'était ni aimé, ni considéré à l'égal du parapluie qui le protégeait dehors et l'opprimait à l'intérieur des maisons. Loudan et Laval sont deux pays de pluie.

Je ne cache pas que M. Loirier s'appelait Casimir et qu'il amenait la pluie. Parmi les impressions de tendre et sincère respect que cet homme excellent m'a laissées, il y a la pluie. Rarement je l'ai vu entrer quelque part sans ruisseler. Ne vous figurez pas un rentier mesquin, ni surtout un campagnard ; il avait du monde et fut à l'aise tout de suite, en nous y mettant nous-mêmes.

— Vous voilà donc tous, dit-il après les premières politesses;

je vous reconnais. M. le substitut fait les portraits mieux
qu'un gendarme, je suis sûr qu'il vous aura fourni le mien.

— Il nous a parlé de votre cœur... voulut dire maman.

— Le cher garçon ! le cher garçon ! et de mon parapluie aussi,
n'est-ce pas ? et que j'aime plaisanter : vous savez ? chassez
le naturel... Bref, nous l'aimons trop, là-bas, et nous ne l'aimons pas moitié de ce qu'il mérite. Mme du Boisbréant en
perd la tête un peu, mais moi je suis un homme d'affaires et
je viens vous parler d'affaires.

Il promena son regard souriant à la ronde, car nous faisions
cercle autour de lui.

— Voici « la reine », reprit-il en décochant à maman une œil-
lade si respectueuse et si bien attendrie que j'eus envie de
me jeter à son cou; ah ! bonne madame, que je suis content
de vous voir et tout votre cher monde ! Voici Mlle Louise qui
rougit en devinant que je la trouve plus jolie que son portrait;
n'ayez pas peur, je suis marié depuis quarante-trois ans, hé,
hé, hé ! Le naturel !... au galop ! Voici Mlle Anne qui a grandi
depuis son signalement, et qui... Mais il ne faut pas faire de
compliments aux jeunes filles... Tenez ! voilà déjà la sensitive
changée en bouton de rose ! Je m'en confesserai. Que voulez-
vous, M. le substitut dit que je suis un troubadour à la retraite... Et voici M. Jean qui n'aimait pas la Girafe... Voulez-
vous venir m'embrasser, mon ami ?

Ce fut de bon cœur, j'en réponds, et tout en faisant claquer
ses lèvres sur mes joues, il continuait :

— J'ai reconnu Julienne tout de suite, d'autant qu'elle
s'est moquée de moi du premier coup... Le naturel... C'est le
péché mignon ici, pas vrai ? mais sans méchanceté; moi aussi
je manque un peu de sérieux. Voyons ! Les commissions,
maintenant ! D'abord, les civilités et quelque chose de mieux
de Mmes du Boisbréant et Loirier, en attendant leur visite;
ensuite Mlle Clémence envoie des images à ces demoiselles et
un livre de première communion à M. Jean, qui est son ami, à
ce qu'il paraît. Ensuite M. le substitut... Ah ! j'en aurais long
à vous dire sur M. le substitut, il a encore fait des siennes !
mais il m'a avoué que vous ne connaissiez pas sa première
fredaine...

— Quelle fredaine ? fut le cri général.

M. Loirier prit un air embarrassé.

— Il est enrhumé, dit-il en redressant son parapluie qu'il avait glissé entre ses genoux, enrhumé comme un bœuf... comme un bœuf. Voyez-vous, c'est un cher enfant, mais il est substitut après tout, et il a bien le droit de faire à son idée. Quand il a dit : « Je veux ceci ou cela », dame, nous autres, vous comprenez, nous obtempérons. D'autant qu'il a des scrupules maintenant, et il nous fait enrager pas mal. Il ne se trouve pas assez riche en comparaison de Clémence; nous ne pouvons pourtant pas la déshériter pour ces beaux yeux...; son gros rhume, il ne l'a pas volé...

— Mais enfin vous nous cachez donc quelque chose? demanda maman.

— Bonne madame, dit M. Loirier au lieu de répondre, voulez-vous que nous parlions intérêt tout à fait ?

Maman nous mit aussitôt à la porte d'un regard absolument significatif, mais personne n'eut le temps d'obéir, parce que M. Loirier étendit ses deux bras en criant :

— Pas besoin ! pas besoin ! pas besoin ! La pâte de jujube ne manque pas pour le rhume, ni la guimauve ! Mme du Bois-bréant le bourre de réglisse et le noie de tisane. Il s'agit de faire entendre raison à M. le substitut pour la dot, voilà tout. Clémence a ce qu'elle a, on n'y peut rien. Que tous les enfants restent, et appelez Julienne, si vous voulez, elle me plaît : J'aime les gendarmes. Comme elle a bien dit cela : « C'est le petit rat gris !... » Raisonnons. Le cas est clair comme eau de roche. Nous cherchions un substitut, nous voulions un substitut. Bien entendu, ce n'était pas n'importe quel substitut; il y a des substituts qui ne valent pas cher; j'en connais un à Laval que je donnerais pour son poids en journaliste ! Quand Mme du Boisbréant m'écrivit qu'elle avait mis la main sur un substitut de qualité extra, et à la paroisse encore, et qui pis est à la première messe, je ne fis qu'un saut jusqu'à la diligence de Loudan. Elle vous a une chance au boston, cette chère amie ! Mais c'est égal, je voulais voir et tâter l'étoffe. On ne m'en passe pas, à moi ! J'arrivai par une pluie !... J'avais Clémence avec moi et cela me gênait un peu, mais c'était l'époque réglementaire de son voyage. Vous comprenez bien que tout ça ne m'avait pas empêché de prendre mes renseignements ici; je suis né léger et même frivole, mais j'ai été trente-cinq ans dans l'admi-nistration. De me laisser coiffer à l'aventure comme Mme du

Boisbréant, pas de danger ! J'avais justement dans votre ville un parent, ce fou de docteur Olivier. Voilà mon raisonnement : je me dis : « Olivier est un jacobin, il va m'écrire pis que pendre de M. le substitut, que c'est une aile de pigeon, un poulet au blanc, un jésuite et alors, j'épouse des deux mains, les yeux bandés... » mais pas du tout ! Olivier m'a écrit une lettre pleine d'impertinences où il me dit que si nous autres radis noirs, goupillons et porte-torches en service ordinaire, nous ressemblions seulement de très loin au papa de ce Charles, à sa famille et à lui-même, il serait capable, lui Olivier, de finir capucin, et il continuait en racontant l'histoire du cher père avec un Olibrius, nommé Sicard dont nous avons le neveu à Loudan, triste graine ! Je lus la fin de la lettre à travers mes larmes, et s'il avait fallu demander la main de M. le substitut en cérémonie, comme on fait pour les demoiselles, je serais parti en avant deux; moi, ça m'est bien égal de renverser le monde les pieds en l'air... Et voilà; nous sommes tous à la même enseigne chez nous, et quand M. le substitut commence sa chanson sur la différence des deux fortunes, il nous fait vraiment de la peine !

Tel fut, en très succinct abrégé, le discours du bon petit M. Loirier. Il y mit ce qu'il avait, beaucoup de bonne humeur et beaucoup de cœur. Je ne saurais vous faire au juste la part de sa fantaisie, la part de sa charmante délicatesse et la part de la réelle plus-value dont jouissent là-bas MM. les substituts, si on les compare aux autres jeunes Français. Peut-être n'en est-il plus ainsi, d'ailleurs. Le progrès a dû faner les substituts comme toutes les autres roses. On m'a dit qu'ils n'osaient plus aller à la première messe.

Tout ce qui concernait le mariage fut dès lors convenu entre maman et M. Loirier, qui s'en alla coucher chez Olivier et m'entreprit dès le lendemain sur mon catéchisme. Il avait à cet égard mission expresse de M. le substitut qui l'avait chargé de s'aboucher avec le bon abbé Huet au sujet de moi.

— Mon gars, me dit celui-ci, quand il eut causé avec M. Loirier, voilà encore un chérubin ! je ne sais pas où vous allez les pêcher dans ta famille ! Tu me fais l'effet d'une mouche dans du lait au milieu de toutes ces âmes blanches. J'avais vu ton petit-gris du temps que j'étais chez les Boisbréant; il a de l'esprit tout plein, sans que ça paraisse, et le double de bon cœur. Je me suis fait inviter de la noce, rien qu'en lui disant que je me chargeais de nettoyer le frère de M. le substitut, qui est toi... Dis donc, te souviens-tu de mon histoire ? La tour de l'ancien moulin qui brûlait, la veuve du carrier de marbre, cette malheureuse folle qui voulait tuer sa petite fille...

— La Chenu ?

— Oui, et le jeune monsieur qui montait à l'échelle pour sauver l'enfant ?...

— Je n'ai rien oublié.

— Eh bien ? c'était Olivier qui avait raison, si on veut ; le jeune monsieur était bien un avocat, ou du moins, il l'avait été avant d'être autre chose. Mais voilà le nouveau : La Chenu n'est plus folle. Elle a retrouvé sa raison au fond de la rivière où elle s'est jetée du haut du pont avec l'enfant dans ses bras.

— Et Charles est venu cette fois comme l'autre ? dis-je moitié devinant, moitié au hasard.

— Charles ? répéta M. Huet. Tiens ! tu as trouvé ça, toi ? Moi, il a fallu qu'on me le dise : la Chenu avait retiré ton frère du feu la première fois, elle l'a retiré de l'eau la seconde, car il ne sait pas nager. En quoi, c'est une bête d'histoire : ton Charles arrive toujours soi-disant pour sauver l'enfant, et en définitive la Chenu est toujours obligée de le sauver lui-même. De cette fois il avait perdu connaissance en grand, l'enfant aussi, la folle était seule avec eux, au bord de l'eau et les réchauffait tous deux ensemble... Ne parle pas de ça au petit Loirier, mon gars, il paraît que ton saint de frère l'a menacé de rompre le mariage s'il bavardait là-dessus. Le cafard fait ses coups à la sourdine. As-tu ouï mention d'un gros rhume qu'il a ? C'est sous le pont qu'il l'a gagné. Bien sûr que tout ça n'est pas un sujet d'épopée. Le gros rhume est à la hauteur du reste... Mais l'enfant de la Chenu est chez les sœurs et la pauvre misérable folle qui ne recouvrait une lueur de raison que pour blasphémer Dieu, porte au cou le scapulaire de ton Charles. Elle est guérie deux fois. Ce mécréant d'Olivier prétend que le saut dans la rivière lui a valu l'effet d'une demi-douzaine de douches. La chose sûre c'est qu'elle est de la première messe, maintenant, et qu'elle pleure de joie quand elle embrasse sa petite chez les bonnes sœurs.

Il essuya le coin de son œil où brillait une perle et conclut en riant :

— Ton Charles a raison de ne pas se vanter de tout ça...
Tomber dans le feu et puis tomber dans l'eau ! Il y a un apprentissage pour le métier de pompier, et il faut savoir nager quand on va à la rivière !

— Ça n'empêche pas, dis-je un peu piqué, que de se jeter à l'eau et au feu sans avoir le moyen de s'en tirer, c'est plus crâne. Et Charles a eu l'enfant les deux fois !

— Et il fallait peut-être ça pour ramener la pauvre mère, dit M. Huet qui songeait. Les crânes ne me déplaisent pas, mais j'aime mieux les humbles parce qu'ils abattent encore plus de besogne. Va, petit Jean, tu n'es pas un gros scélérat, mais quand tu serais le péché même, ton Charles qui n'est ni nageur ni pompier te garderait bien d'être brûlé ou noyé pour l'éternité.

Je m'en allai tout pensif et mon idée était celle-ci :

— Que de choses il faut pour entrer dans la grâce de Dieu !

De larges gouttes d'eau mouchetaient le pavé, une ombre passa au-dessus de ma tête, c'était le parapluie de M. Loirier.

— Vous vous trompez, Jean, me dit-il, pour entrer, on n'a qu'à frapper à la porte de Jésus-Christ, il ouvre tout de suite, selon sa promesse.

Nous étions tout près de la maison. Comme je répondais en faisant une allusion découragée aux mérites de Charles, sans trahir pourtant la récente confidence de l'abbé Huet, M. Loirier enfla ses joues et s'écria :

— M. le substitut est la pie au nid ! On peut être à son aise sans avoir des millions. Peste ! comme vous y allez, mon ami Jean ! Nous recauserons de cela !

Il resta une quinzaine avec nous et prit sur moi une influence singulière. C'était un cœur très-droit, sans prétention, un bon sens plein de bonhomie, une indulgence qui ne se faisait point illusion. Il voyait tout et son « naturel » qu'il chassait à la journée, mais qui revenait toujours au galop, donnait un petit goût de sel à sa parole. Il ne savait ni blesser ni flatter ; malgré son exquise courtoisie, quand il avait parlé avec sa gaieté clairvoyante, mais charitable, chacun sentait tout doucement où le bât le blessait.

Il avait découvert bien vite que je voulais avoir un grade dans la piété comme en tout et que mon ambition était le véritable obstacle entre moi et la grâce, cette chère grâce qui vient aux simples d'elle-même et qui cherche amoureusement les enfants.

— Il y a longtemps que je vous aime, Jean, me dit-il une fois, M. le substitut nous montrait vos lettres qui me donnaient à penser. Vous souvenez-vous de lui avoir écrit : « Dieu n'en demande pas tant », et qu'il vous répondit : « Tu as raison, petit Jean, Dieu ne demande rien en plus de notre cœur. » Vous aviez raison tous les deux, vous sans le savoir et lui dans l'intime sentiment qu'il a de la vraie charité. Dieu souverainement bon n'en demande pas beaucoup à chacun et ne demande jamais au delà de ce que chacun peut donner. Il y a les hommes et il y a les saints. Tout homme à la vérité, peut être saint dans la position où la Providence l'a placé, s'il a les grâces et les vertus de son état dans leur plénitude, mais c'est rare. Les saints du ciel eux-mêmes pour la plupart, n'ont pas été saints pendant toute la durée de leur séjour sur la terre. L'Église faisant écho aux paroles de Jésus-Christ, a condamné la doctrine qui demande trop à l'insuffisance humaine, et il faut ranger au nombre des plus dangereux ennemis de la religion ces protestants masqués sous le nom de jansénistes, dont le rôle véritablement maudit a été de décourager les faibles par un rigorisme de mauvaise foi. Ceux-là se méfiaient du cœur de Dieu. Ils fabriquaient des crucifix où Jésus mourant n'ouvrait les bras qu'à moitié. Notre Christ à nous, celui de l'Évangile, étend ses bras tout larges pour appeler le monde entier au pied de sa croix. Venez d'abord au pied de la croix, mon ami Jean, c'est le premier pas et le mieux récompensé, venez avec votre misère, offrez ce que vous avez et rien de plus, quand même votre voisin offrirait davantage; implorez l'amour comme une gratification céleste qui ne vous est pas due. Parlez à Dieu avec un respect familier et confiant, comme vous parlez à votre mère; il permet cela, il le veut; proposez-lui ce marché de vous livrer à lui sans réserve, corps et âme pour acheter une parcelle d'amour, qui vaudra pour vous bien au-dessus de tous les trésors de la terre. Je ne sais pas prêcher et n'en ai point mission, mon bon enfant, mais je sais aimer un petit peu, mille fois moins que je ne le désire, et quand j'ai pu réchauffer un courage ou affermir une foi au nom de mon Seigneur et de mon Dieu, je sens en même temps tout mon néant et la richesse infinie de la main qui me prodigue mon salaire. Dieu vous demandera peut-être plus qu'à moi qui ai toujours suivi mon petit train-train de chrétien à la douzaine; il n'exigera jamais de vous ce que lui donne votre frère Charles. Il y en a un sur mille comme celui-là, et s'il y en avait davantage, le monde cesserait d'être le monde. Soyez tout uniment bon chrétien, Jean, ça suffit pour commencer et aussi pour finir. Ceux qui ressemblent à votre frère sont des exceptions. De leur seule bourse ils paient à Dieu l'impôt de toute une ville qui les méprise et de toute une contrée qui les persécute. Cela fait partie de leur récompense qui est de tomber tout armés dans le gouffre d'expiation... Vous savez bien Curtius de l'histoire romaine? il n'en faut qu'un pour sauver une patrie, à tel jour donné et Jésus-Dieu sauva toutes les patries dans tous les jours sur la croix... Attention à l'examen. Qu'est-ce que la charité, mon ami Jean?

J'avais envie de lui répondre : « Bon petit gris, c'est ce que vous me faites », mais il ne s'agissait pas de plaisanter. Sur le catéchisme il était intraitable.

— La charité est une vertu surnaturelle par laquellle nous aimons Dieu par-dessus toutes choses et notre prochain comme nous-mêmes pour l'amour de Dieu.

— Qu'est-ce qu'aimer le prochain comme soi-même?

— Vous en passez, dis-je.

Il n'était presque pas plus grand que moi; il rebroussa mes cheveux d'un geste qui lui était habituel et me répondit :

— Je vais au plus difficile, et voilà où M. le substitut est au-dessus des meilleurs que j'aie connus, c'est dans l'amour du prochain. Allez, Jean.

— Aimer le prochain comme soi-même, c'est lui désirer et lui procurer autant qu'on le peut les mêmes biens qu'à soi.

— Que faut-il entendre par ce nom de prochain?

— Tous les hommes et même nos ennemis.

— Voilà qui est bien répondu, Jean, Jésus a voulu mourir pour ses ennemis. Ainsi ce philosophe antique devant qui on niait le mouvement marcha. La croix est la figure du premier et du plus grand commandement de notre Père, accompli divinement, dans sa lettre et dans son esprit: le comprenez-vous?

— J'essaie.

— Essayons donc ensemble, et faisons une petite excursion

dans le monde, sans lâcher notre catéchisme. Ceux qui refusent
de croire pour leur malheur depuis quelques centaines d'années
ne manquent pas de prétextes, car les livres qu'ils ont écrits,
empilés l'un sur l'autre, monteraient plus haut que la tour de
Babel, mais ils n'ont qu'un motif vrai, c'est la haine qui est
l'égoïsme en sa fleur. Ils ne voient qu'eux-mêmes et frappent
uniquement sur ce qui les gêne. Ce qu'ils adorent, c'est le
monceau de leurs propres convoitises auxquelles ils donnent
les noms caressants, de penchants, de besoins, de devoirs et
même de vertus. Aussi la loi universelle des temps qu'ils ont
préparés sera de ravager pour jouir.

Aussi le commandement de Dieu qui flétrit cette sagesse
hypocrite ou idiote les éloigne et les exaspère. La vie pour
eux étant la lutte judaïque des intérêts, et n'étant que cela,
comment pourraient ils aimer le prochain qui leur dispute la
proie ardemment poursuivie ? Ils font de leur société moderne,
abêtie par la décadence morale et le progrès matériel, une meute
qui mord autour d'une curée. Chaque chien de cette meute
a des droits, mais n'a point de devoirs.

Aussi encore pour un dogue qui s'empiffre, il y a cent
barbets qui jeûnent et cent caniches qu'on mange après les
avoir tondus. Cela s'appelle l'*égalité*. Le nom, bien entendu,
a été trouvé par les dogues pour amuser les barbets et les
caniches. Les dogues cependant, pleins jusqu'au menton,
veulent digérer avec gloire. C'est naturel. Il leur faut un palan-
quin. Est-ce cher ? Non. Cela coûte un autre mot : *Liberté !*
Avec ce mot on achète tout un troupeau d'esclaves qui portent
la civière en cérémonie et bercent le satrape, dont la graisse
est faite de cent mille maigreurs. Alors vient le troisième mot
le plus joli : Fraternité ! Il est entonné en chœur et sans rire
par le repu et par les dévorés.

A quoi bon mettraient-ils Dieu dans ces lugubres drôleries ?
Pas si bêtes ! les dogues ont interdit Dieu aux barbets et aux
caniches, sous peine de redevenir hommes... Hé ! hé ! hé ! Le
naturel... au galop ! Il n'y a pourtant pas matière à rire...
Voyons, mon ami Jean, est-ce bien là ton prochain, et te
faudra-t-il l'aimer, cet effronté farceur qui arrondit depuis
cent ans sa bedaine insatiable en mangeant à toute sauce les
trois plus nobles choses de la terre : la liberté, l'égalité, la fraternité ?

— Dame..., fis-je, car je comprenais cela très bien et même mieux que le catéchisme.

Je ne vous ai jamais parlé politique, et ne vous en soufflerai mot, mais nous en abusions un peu à la maison. Mes sœurs et moi nous y étions très forts.

— N'hésite pas, s'écria M. Loirier, c'est ton prochain, ton vrai prochain ! tu dois l'aimer, non pas aimer ses mensonges ni ses hypocrisies, non pas son ignorance impie, non pas sa gourmandise féroce, mais lui-même, pauvre infortunée créature qui damne son âme immortelle pour son corps essoufflé. C'est notre ennemi, celui-là, Jean, c'est lui qui nous opprime, qui nous calomnie, qui nous insulte pour de l'argent, pour des plaisirs ou pour du pouvoir, c'est celui-là précisément que ton catéchisme t'ordonne d'aimer, car il va tomber mort bientôt, mort de son argent, mort de son plaisir, mort de son pouvoir ; il nous a fait beaucoup de mal, c'est vrai ; il a versé du poison à la France blessée, c'est encore vrai : il a volé Dieu consolateur à des milliers, peut-être à des millions d'ignorances et de souffrances, c'est toujours vrai, mais Dieu peut l'éclairer encore, et lui envoyer le repentir. Ah ! qu'il en soit ainsi ! que la miséricorde du divin crucifié le visite, qu'il ait à une heure bénie, le souvenir de sa première communion, s'il l'a faite ; s'il a été baptisé, que le baume de son baptême pénètre jusqu'à son âme à travers les odeurs de mauvais lieu qui l'entourent. C'est notre frère, non point dans le mensonge odieux de sa propre devise, mais dans la vérité de notre loi, à nous, chrétiens, dans la fraternité du Calvaire. Il est le plus malheureux de tous, parce qu'il a arraché le plus gros lambeau de la curée ; il a mal vécu pour trop « bien vivre », comme cela se dit ; il en meurt et n'emportera rien, pas même cette risée, la gloire humaine qui bafoue les corps morts ! Envers ce prochain-là surtout, mon ami Jean, votre catéchisme vous ordonne la charité. C'est votre persécuteur, priez pour lui.

Il me pinça la joue et ajouta :

— M. le substitut va encore plus loin que cela, mais j'ai peine à l'y suivre. Moi je suis de la terre, et il a au moins la moitié de lui dans le ciel !

Quand M. Loirier quitta notre ville, j'étais presque converti, en ce sens que je ne résistais plus du tout ; il m'avait amené à bien entendre mon catéchisme ; la vérité de la religion me pressait. Mais il me manquait encore ce qui est précisément le propre de la conversion enfantine : l'attendrissement et la ferveur. J'admirais de bon cœur et je me soumettais ; je priais même très abondamment, mais je ne pleurais ni n'aimais ; or, toutes les histoires de première communion, aussi bien que le sens intime de mon cœur, me disaient comme il faut aimer et pleurer. Je racontais mon grand chagrin à maman, quand mes sœurs n'étaient pas là. Maman pleurait pour deux, et quelquefois il m'arrivait d'aimer Dieu au travers d'elle. Ce n'étaient que des éclairs.

La veille du jour où M. Loirier partit, il y eut un grand événement. Nous allâmes tous en corps aux messageries attendre Mme du Boisbréant et Clémence qui descendirent à l'hôtel, mais qui vinrent dîner à la maison. Notre désir à tous de voir la fiancée de Charles s'était exalté par l'attente. Le mot curiosité ne dirait pas assez, car il y avait d'avance chez mes sœurs pour cette chère enfant une vraie tendresse. Moi, je me défiais un peu à cause des roulettes. Je la voyais toujours poupée, je comptais la protéger.

J'ai vanté Charles comme peintre de portraits, et en effet, Mme du Boisbréant, belle, douce et discrète personne, d'excellent air, nous sauta aux yeux : « C'était ça », comme on dit entre artistes. Pour sobre que fut l'esquisse d'elle, faite par Charles, aucun trait de ressemblance n'y manquait, mais il n'en était pas du tout ainsi de la petite demoiselle Clémence. Ah ! du tout ! C'était à croire que Charles n'avait pas osé la bien regarder !

Nous vîmes descendre de voiture une jeune fille vêtue avec la plus élégante simplicité ; sa figure était charmante, mais sa physionomie, très douce il est vrai, était remarquablement expressive. Une volonté perçait le velours de ce sourire. Le regard gracieux trahissait un caractère et un esprit. Elle me parut, en somme, absolument différente et beaucoup au-dessus de ce que nous attendions. Dès le premier coup d'œil et autant qu'une pareille pensée peut se formuler clairement chez un enfant de mon âge, j'eus l'impression que ce n'était pas tout à fait la femme qu'il fallait à Charles.

Quand le petit Loirier parlait de « M. le substitut », l'onction de son accent plaçait Charles à des hauteurs superbes et il devait être en ceci l'interprète très fidèle des sentiments de la famille de Loudan; la vue de Mme du Boisbréant, toute belle dame qu'elle était et comtesse d'assez grand style, ne pouvait contrarier cette donnée, parce qu'il y avait la première messe entre elle et Charles : la chaîne qui lie l'une à l'autre en Jésus-Christ deux ardentes piétés est de diamant; rien ne l'use : mais Clémence Loirier était du monde; elle avait le parfum des reines de la terre, et la décente auréole de son front semblait poétique plutôt que céleste.

Moi j'aimais mieux cela. Mes sœurs furent étonnées, presque inquiètes, maman ne pouvait être qu'enchantée. Le baiser que lui donna Clémence fut ravissant de caresses, de respect et de modestie. Soyez certains que personne ne lui cherchait plus de roulettes sous les pieds. Son entrée en scène était un pur triomphe, doublé par la surprise. On ne l'attendait pas ainsi.

J'ai mis quelque soin à rendre le sentiment éprouvé par nous dans la cour des messageries parce qu'il ne persista point, quoiqu'il fût juste. On ne voit clair qu'au premier instant. Clémence entra tout de suite dans la famille si profondément et devint nôtre avec tant d'admirable abandon, que nous cessâmes de la bien voir, comme ces pages qu'on rapproche trop de l'œil et qui, de si près, ne se peuvent plus lire.

L'affection que maman prit pour elle était de la folie. Au lieu d'être jalouses d'elle, Louise et Anne se jalousèrent l'une l'autre, chacune essayant d'être la mieux chérie de l'idole. Le mot n'est pas trop fort : Clémence fut idole chez nous, et j'ai encore une bouffée d'orgueil en vous le déclarant, Anne et Louise eurent beau faire : c'était moi son favori.

Le livre de première communion qu'elle m'apportait venait de Paris, « maison Curmer », je le vois d'ici; il était de toute beauté, avec des estampes d'Overbeck et une reliure d'ivoire où la sainte Cène était gravée sur le plat, et il y avait une dédicace en lettres de relief rond, fleuronnées : « A mon petit frère Jean. »

Chère délicieuse sœur ! comme notre pauvre maison souriait par elle ! maman disait souvent : « C'est trop, ah ! c'est trop de bonheur ! » et au milieu de la nuit, je l'entendais qui parlait à papa, disant « Mais regarde-la donc ! Elle m'appelle déjà maman quand nous sommes seules... Comme tu l'aurais aimée ! » Nous étions fous, il y avait de quoi. Elle est restée ma plus chère amie jusqu'à sa mort, car aucun de ceux dont je vous parle n'est vivant. A l'âge que j'ai, mes pauvres enfants, tous les souvenirs sont des deuils. Elle partit de ce monde en triomphe, comme elle était arrivée chez nous; ce fut à la maison des Sœurs de Charité du XIIᵉ arrondissement de Paris, où elle était supérieure après quarante ans de profession. Je l'allais voir quand mes courses m'amenaient dans le quartier, étant moi-même visiteur de l'assistance publique, et nous causions un instant du passé, mais surtout de l'avenir : des âmes bien-aimées que nous devions retrouver au ciel...

Pour mon catéchisme, elle me prit au point où M. Loirier m'avait laissé, et c'était sur la recommandation expresse de Charles. Je ne manquais pas de répétiteurs, car Mᵐᵉ du Boisbréant s'en mêlait aussi. Elles se ressemblaient par le cœur, mais celui de Clémence était à la fois plus tendre et plus élevé selon la mesure humaine. En ce temps-là, elle demandait à Dieu le vertueux bonheur qu'une jeune imagination de chrétienne a le droit de souhaiter ici-bas.

Elle était bonne; sa générosité n'avait pas de limites, mais la délicatesse de son honneur contenait de la fierté.

Clémence avait apporté ses cahiers d'enfant et ses analyses exprès pour moi. Nous discutions. Elle aimait Dieu avec les touchantes poësies de sa nature et adorait les divines humiliations de la croix, d'autant plus ardemment peut-être que les petites humiliations de la terre lui faisaient plus de peur. Avec elle, je fis un pas en avant, parce que je prêchais à mon tour. Je ne valais pas mieux, cependant, puisque je compris l'humilité surtout en essayant de trouver une tache d'orgueil au miroir de cette âme candide et si belle.

Mᵐᵉ du Boisbréant et Clémence nous quittèrent vers la fin du carême pour aller faire leurs pâques à Loudan, et il fut convenu qu'on signerait le contra' tout de suite après leur retour, qui devait avoir lieu dans une quinzaine. L'abbé Huet, qui vint nous voir la veille de leur départ, les remercia des progrès qu'elles m'avaient fait faire. Il s'intéressait à moi maintenant presque autant que notre bon curé.

— On a eu du mal avec ce petit gars-là, dit il à Mᵐᵉ du Boisbréant, parce que c'est trop bon ici tout autour de lui. Il est de l'opposition, comme notre député qui sert sa patrie en tapant dessus : c'est la mode. Enfin, avec la croix, la bannière et tout ce monde que le substitut envoie de Loudan, nous avons amené maître Jean jusqu'au bord de la grâce, et il ne faut plus qu'une poussée pour qu'il y tombe !

Il disait cela bien gaiement et bien gaiement on l'écoutait dire ; mais, je ne sais pourquoi, une angoisse me traversa le cœur. Je me souvins des paroles de Charles au matin de la nuit où il m'avait raconté son histoire avec ce jeune prêtre, consumé par le divin amour, l'abbé Monin. Lui aussi avait parlé d'une dernière poussée, en d'autres termes, il est vrai, car ce mot n'était point de son style.

En ce moment, la parole de Charles résonna en moi, et il me sembla entendre au dedans de mon cœur sa voix qui murmurait : « Qui sait s'il ne te faudra pas souffrir toi-même pour comprendre ? ou voir souffrir quelqu'un que tu aimes ? J'ENTENDS SOUFFRIR ENCORE PLUS QUE POUR MOURIR ?... »

Ce fut un jeudi de la Quasimodo, environ un mois avant l'époque fixée pour la première communion. Maman avait choisi ce jour pour la signature du contrat, parce que nous avions congé au collège et que, bien entendu, je voulais être de la fête. Dès le matin, tout fut en l'air à la maison. On attendait la famille de Loudan ; il y avait dîner et presque soirée ; du moins, tous nos amis étaient prévenus.

A l'heure du déjeuner, M. Loirier arriva le premier, toujours exact. Il était radieux et, par exception, le ciel, qui promettait une journée splendide, n'avait point trempé son parapluie. Il nous annonça la venue de Mme du Boishréant et de Clémence par le courrier de trois heures et celle de Charles plus tard, parce que son ami Berlin Sicard l'amenait dans une manière de cabriolet qu'il avait. M. Loirier ne s'était point arrêté à Loudan en passant ; il venait directement de Laval, et les nouvelles qu'il apportait étaient puisées dans une lettre de Clémence, datée du lundi précédent.

Je sortis après le déjeuner. M. Loirier avait à causer avec maman. J'avais « mes nerfs », comme disait Olivier, qui s'occupait beaucoup de moi, ces temps-ci, où j'étais fatigué par ma crue, et certes, mon agitation ne m'étonnait point un jour pareil qui me promettait tant de joie. Je comptais aller en me promenant jusqu'au pâtis du Brelut. Je ne fuyais plus ce lieu où j'étais sûr de trouver des tristesses que j'aimais ; bien au contraire, c'était pour moi comme un pèlerinage favori. La tige qui sortait vivante de la souche morte avait grandi, et moi, j'étais devenu un peu meilleur, puisque je m'entretenais longuement avec le souvenir de papa.

Là, surtout, ce souvenir me parlait du grand acte que j'allais accomplir. J'avais fait un rempart de terre et de pierres à la racine cachée derrière la touffe de mauves, pour qu'un hasard ne vînt point à la détruire.

Comme je quittais ma chambre, j'entendis Julienne qui se disputait, criant :

— Je ne veux pas qu'on l'appelle cafard ! Vous faites le chien couchant avec le Judas de Roboam d'en face qui a de quoi et vous nous *insolentez* ici parce qu'on ne roule pas sur l'or. Si vous recommencez, il y aura des taloches !

La porte de la cuisine était entre-bâillée, je vis Julienne qui ponctuait son invective en détachant une maîtresse ruade et je m'élançai pour mettre le holà. Mais l'adversaire de Julienne ne se plaignit ni ne riposta. C'était un sac de copeaux pour allumer le feu, et je devinai que le menuisier libre-penseur, après avoir monté ses rubans et entamé la querelle, s'était prudemment retiré. Dès que Julienne me vit, elle prit un accent plaintif pour dire :

— Les poulets de quatre livres dix sous sont comme des grives maintenant ! Je sais bien que ce n'est pas la faute de la famille, mais c'est ennuyant qu'on vous arrête au marché pour vous dire : — Eh bien ! le merle blanc de Loudan a donc *croché* son héritière ! Ces jésuites-là ne se marient jamais que pour de la monnaie ! — Jésuite toi-même, hé ! là-bas ! — Et que le menuisier m'a monté mon sac de *rubans* une semaine à l'avance, tout exprès pour me chanter que notre Charles a voulu faire du tort à quelqu'un de là-bas, un Bertin... un Bertin Sicard, et que ce Bertin-là l'a *remouché* à la papa !

— Ce n'est pas vrai, dis-je, car M. Bertin Sicard amène Charles dans son cabriolet aujourd'hui.

— Ah bien ! c'est du propre ! s'écria Julienne, après ce qui s'est passé !

— Que s'est-il donc passé ?

Julienne ouvrit la bouche, mais elle ne répondit point. Elle était très rouge.

— Les cancans, ça ne me connaît pas, dit-elle tout à coup en regagnant ses fourneaux. Place à la cuisine ! On est bien assez malheureux d'être chez les autres, sans recevoir des camouflets à tout bout de champ. Notre M. Charles en fait ce qu'il veut des camouflets, mais moi, je les rends deux pour un, crainte de passer pour chiche ! et j'ai la main qui me fait mal d'en avoir trop donné ce matin !

Je me laissai mettre dehors en riant, quoique je fusse déjà inquiet et humilié. En général, il ne fallait pas donner grande attention à ce que racontait Julienne, dont la vaillance trop connue appelait les batailles comme le sirop attire les mouches.

Sur la porte de notre allée se trouvait justement le fameux menuisier : ce n'était pas du tout un méchant homme, mais il gardait rancune à Dieu de ce fait que les heures passées au cabaret coûtent cher et ne rapportent rien.

— Avez-vous des nouvelles de M. Charles, monsieur Jean ? me demanda-t-il d'un air goguenard.

— Oui, répondis-je.

— Fraîches ?

— Toutes fraîches.

— Et bonnes ?

— Très bonnes.

— Allons, tant mieux !

J'étais déjà dans la rue, je crus l'entendre ricaner : je ne me retournai pas.

Mais j'avais le cœur gros. J'étais extraordinairement sensible à l'opinion de n'importe qui. J'essayai d'offrir à Dieu la piqûre que ce pauvre homme venait de me faire, comme cela m'était journellement recommandé, mais je ne pus et je me décourageai tout de suite, selon mon habitude. Je pensais :

— Jamais je ne pourrai être humble !

Le fait est que je n'avais pas de dispositions pour cela, puisque j'y ai mis soixante ans et que mon orgueil me guette encore dans tous les coins.

Cependant je me dirigeai vers la campagne, je ne saurais dire à quel point je gardais rancune au menuisier. Pourquoi avait-il ri ? En remontant le faubourg et comme je passais devant un petit café borgne où les mauvais sujets du collège allaient se tapir le jeudi pour apprendre à boire et à fumer, ce qui pour le gamin constitue la gloire de l'homme, j'entendis un tumulte à travers les jalousies fermées. Goliath, mon ennemi (le grand Vaucherand), criait à tue-tête :

— C'est tout chaud d'avant-hier ! Mon oncle est revenu cette nuit de la foire de Loudan. Ce Bertin-là n'est pas un capon comme on le disait. Il va avoir la médaille et peut-être la croix pour avoir sauvé un enfant du feu et de l'eau. En plus, il a giflé très bien le jésuite, aller et retour. Vlan, vlan ! et le jésuite a mis les calottes dans sa poche, avec son mouchoir !

— Voilà le cocasse, dit un autre : le jésuite, qui croyait que Bertin Sicard était une poule mouillée, allait de l'avant et se vantait partout d'être le sauveteur de la petite fille à la place du même Bertin qui n'avait pas dit son nom par délicatesse.

— Et vous savez, reprit Goliath, que le père du jésuite et de Jean Cagotin, qui était juge, avait déjà fait bien du tort à l'autre M. Sicard, celui d'ici.

— Un bon, celui-là ! s'écria-t-on à l'unanimité, il est tous les soirs au café de la Comédie !

J'ai encore froid dans mon sang quand je pense à cette journée où tout mon être fut broyé.

Je voulus presser le pas; mes jambes refusaient de me porter. Ce premier coup de massue porté par l'extravagante injustice des enfants, qui sont parfois presque aussi méchants que des hommes, nous atteignait jusque dans la sainte mémoire de mon père, et c'est à peine si je ressentais cela. Oh ! non ! ne vous méprenez point ! ce qui était frappé en moi avec une violence inouïe, c'était mon orgueil !

On avait donné un soufflet à mon frère, et mon frère, que j'aimais du meilleur de mon cœur, l'avait « mis dans sa poche ! » Cette histoire était déjà certainement la fable de la ville, où le mot lâche devait courir, accolé publiquement au nom de mon frère !

Et je n'avais pas la ressource de douter. Je connaissais Charles : c'était un héros dont l'héroïsme allait précisément vers ces vaillances surhumaines auxquelles le monde donne le nom de lâchetés. Je ne dis pas que le monde, en ces matières, soit toujours aveugle ou de mauvaise foi, car parmi ceux qui boivent l'outrage il y a des lâches, de même qu'il y en a parmi ceux qui « vont sur le terrain », l'oreille prise entre les griffes de leur gloriole, ou bien encore comptant sur leur habileté au jeu des spadassins.

Je n'avais pas peur que Charles fût un lâche en réalité, je le savais brave et incapable de reculer, même devant l'impossible, sur la route du devoir. Il était de ceux qui descendent dans la fosse aux lions sans bravade ni frayeur. Ce n'était pas cela qui m'occupait, qui m'écrasait, c'était mon orgueil. *Nous étions déshonorés !*

Je ne savais rien encore, à vrai dire ; mais je croyais à tout déjà, et pendant que je m'éloignais de la fatale fenêtre en chancelant comme un homme ivre, je ressentais sur ma joue l'insulte qui me brûlait.

J'eus toutes les peines du monde à regagner notre rue ; en chemin, je croisai deux ou trois camarades et il me sembla qu'ils tournaient la tête pour ne point me voir. Le menuisier était encore sur la porte quand j'arrivai enfin. Il me prit dans ses bras, défaillant que j'étais, et me hissa dans l'escalier rempli par l'odeur de la cuisine de Julienne. Je me souviens qu'il me disait, car il avait vraiment bon cœur :

— Est-ce qu'on sait ? Est-ce qu'on sait ? ce n'est peut-être rien, mon pauvre monsieur Jean !

Il me laissa sur notre carré et j'entrai par le cabinet de papa, que je traversai pour aller me jeter sur un paquet de linge, dans notre ancien couloir à Charles et à moi.

J'étais anéanti, mais ma tête travaillait à mille projets de vengeance. Je voulais tuer Bertin Sicard. Tout ce que j'avais gagné sur moi-même depuis quelque temps, grâce aux efforts de ceux qui s'acharnaient à me rendre bon, avait été perdu en une minute et bien au delà. J'étais véritablement tout haine et tout orgueil. A peine Charles entrait-il pour quelque chose là dedans ; c'était bien lui que je voulais venger, mais à cause de moi.

Combien de temps je restai là tout seul : je n'en sais rien. A un moment, j'entendis Julienne qui disait à quelqu'un :

— Les dames de Loudan sont arrivées. Ils sont tous dans le salon avec une figure d'une aune. Moi je n'ai pas de marmitons, vous savez, je retourne à mon fricot.

Je regardai et je vis auprès d'elle notre bon curé, M. Jamond, qui avait l'air tout effrayé.

C'était par ce même entre-bâillement de porte que j'avais

aperçu papa, la dernière nuit, sur le lit de sangle, si changé, si changé !... Je pensais à cela. M. Jamond demanda :

— Mais enfin, qu'y a-t-il au juste?

— Au juste ou non, répondit Julienne, je n'en sais pas le premier mot. C'est toujours des cachotteries ici. Moi, j'ai de la religion autant qu'un autre, mais ceux qui me marcheront sur le pied, on leur dira : « Pas de bêtises ! » avec les cinq doigts et le pouce ! Les gens qui disent merci quand on les cogne, moi je les appelle des jésuites !

— Allez à votre ouvrage, ma bonne fille, dit le curé doucement.

Comme elle se retournait pour profiter de la permission, Olivier entra avec brusquerie et la poussa.

— Dites donc, vous !... commença-t-elle.

— Laissez-nous ! interrompit Olivier.

Et c'était dit de telle façon qu'elle ne se le fit point répéter.

Olivier avait les sourcils froncés et la joue blême. Je vis bien que celui-là allait m'apprendre ce que je ne savais pas, et je me relevai d'instinct pour écouter mieux.

Il referma la porte sur Julienne.

— Qu'y a-t-il ! répéta le curé.

— Quelque chose de triste, répondit Olivier, qui semblait très affecté, c'est de l'aberration ! Je ne discute pas avec vous, Jamond, sur certaines matières, car je vous respecte autant que je vous aime, mais voilà une maison perdue à cause de ces idées contre nature que le malheureux garçon pousse à l'excès, presque à la folie.

— Parlez clairement, dit M. le curé; faites attention que je ne sais rien.

Olivier montra le seuil du salon et dit :

— On pleure derrière cette porte.

— Alors entrons !

— Non, pas avant que la connaissance complète de ce qui se passe vous ait enseigné votre devoir. Nous étions trois amis, trois frères plutôt, malgré la différence de nos opinions : celui qui n'est plus et qui, certes, n'avait point cette religion exagérée; vous, esprit droit, excellent cœur; moi, ayant les idées de mon temps...

— Si l'on pleure, interrompit M. Jamond, abrégeons.

Olivier lui prit la main et ce simple geste me serra le cœur.

Pour moi ici c'était Olivier qui tenait le haut bout. La religion était sur le sellette; Olivier l'accusait, j'allais la juger, moi, enfant, dans ce trou, et d'avance, la religion était à moitié condamnée.

— Il faut que vous les sauviez, reprit Olivier; ils ont confiance en vous, moi je leur suis suspect. Le mariage de Charles et de Clémence est compromis, sinon manqué; Clémence, malgré sa piété, a les idées que doit avoir une femme destinée à vivre dans le monde. Elle va se dédire, et à sa place je crois que je ferais comme elle.

— Tant que vous ne dites pas pourquoi... commença le curé.

— Vous le savez, interrompit Olivier.

— Je le sais mal...

— Eh bien ! le bruit a couru aujourd'hui en ville que notre Charles avait reçu un soufflet et que, pour employer le texte même de cette nouvelle qui s'est répandue avec une rapidité et un ensemble tout à fait extraordinaires, Charles avait mis le soufflet « dans sa poche ».

XII

Arrivée de Charles.

Notre bon curé garda le silence. Il avait l'air fort affecté. Enfin il demanda brusquement :

— Que vouliez-vous que Charles fît ? Auriez-vous souhaité qu'il se battît en duel ?

— Dame ! répondit Olivier. J'ai, moi aussi, ma manière de voir, mais nous n'avons pas à disputer là-dessus. J'ai des raisons pour croire que le fait du soufflet est controuvé.

— Ah ! s'écria le curé tout joyeux : Olivier, mon cher garçon, tu seras chrétien un jour ou l'autre : cela a été promis ici même par une âme qui montait au ciel . Le duel encourt l'excommunication; en aucun cas Charles ne pouvait se battre, mais nous vivons dans un temps où la vérité est si misérablement attaquée que l'imitation évangélique consistant à « tendre l'autre joue » peut présenter un danger pour la religion elle-même. Cela encourage le mal... Nous en causerons quand vous voudrez, mon cher Olivier.

— Ce ne sera pas aujourd'hui, mon cher curé. Je ne suis pas ici pour moi; je marche avec vous et derrière vous. Quand vous me tutoyez, je vous tutoie et dès que vous cessez je cesse. Depuis le soir où dans cette chambre même, comme vous venez de le rappeler, je proposai à Dieu le sacrifice de ma raison en échange d'un miracle, je suis devenu moins étranger à Dieu. On n'assiste pas impunément à la mort d'un saint qui est en même temps un sage. Dieu ne consentit pas à prolonger la vie de mon meilleur ami. Je lui en ai voulu, mais cela m'a porté à regarder plus attentivement du côté de Dieu. Moi aussi, je connais votre catéchisme à présent et je pourrais passer mes examens. Cela vous étonne et vous me regardez avec un intérêt qui ressemble à de l'espoir?... Hélas! non, je ne crois pas davantage et je suis moins avancé que jamais, car j'ai trouvé dans vos livres l'imprudente négation de la terre où nous sommes et le point de départ de ces fièvres mentales qui font de notre Charles, par exemple, un maniaque *sui generis*, susceptible de en tomber en proie au plus naïf et au plus effronté des tricheurs. J'avais besoin de vous dire tout cela pour que vous comprissiez le reste.

— Le reste est-il long? demanda le curé, qui montra de la main la porte du salon, « où l'on pleurait », selon Olivier lui-même.

Pour réponse Olivier lui offrit une chaise et s'assit à côté. Moi, je m'approchai sans bruit jusqu'au seuil du couloir.

— Le reste, reprit Olivier, m'a été dit non point couramment et d'un seul trait comme je vais vous le dire, mais à force d'interrogations par le parrain de la mariée, mon cousin Loirier que vous connaissez bien : un aimable petit homme, la bonté même, et de l'esprit à sa façon, mais qui voit les choses drôlement, à travers une amulette, et qui loge au cinquième étage du paradis! L'homme aux soufflets (et il mérite ce nom deux fois, vous allez voir), est un parent de ce Sicard qui emporta les 1.500 francs de feu notre pauvre ami. Il est avocat au lieu d'être entrepreneur, et ce n'est pas plus un scélérat que l'autre Sicard; il ne vaut ni mieux ni moins : les deux font la paire. J'ai pensé d'abord qu'il y avait de sa part haine préconçue

contre Charles, parce que ce Bertin avait demandé lui-même
la main de Melle Clémence Loirier et qu'il avait été refusé, mais
pas du tout, c'est une tout autre histoire, un rêve et une spéculation de poltron, dont Charles a fourni lui-même le point
de départ avec sa manie de convertir les gens. Quand il arriva
à Loudan, Bertin Sicard, impertinent comme tous les poltrons,
venait d'avoir une querelle au palais à l'occasion de quelque
mot trop dur, risqué dans une plaidoirie. Son adversaire l'avait
frappé au visage en public, et Bertin, n'ayant ni riposté ni
exigé réparation, personne ne lui parlait plus : on est sur la
hanche, à Loudan. Vous devinez ce que fit Charles?

— Oui, dit M. Jamond je connais son cœur : il tendit la
main à ce malheureux.

— Précisément, et les voilà intimes ! Bertin Sicard usa lar-
gement de l'intimité; il n'avait pas le choix en fait d'amis.
Notre Charles le consolait du mieux qu'il pouvait, et notez
bien que je ne le blâme nullement quoiqu'il ne soit peut-être pas
d'un très bon exemple d'encourager ainsi l'insolence doublée
de lâcheté. Bertin, lui, avait une idée fixe : se réhabiliter,
c'est-à-dire forcer les gens à le regarder comme un matamore.
Il prenait des leçons d'armes et rêvait des festins de soufflets.
Seulement il n'osait pas donner seulement une pichenette.
Charles avec sa patience d'ange, essayait de modifier les idées
de son protégé et lui disait, ce qui peut être vrai en philo-
sophie comme en religion, qu'il y a parfois plus de courage à
subir une insulte devant tous, qu'à la venger, pourvu que cette
façon d'agir soit commandée par un dévouement profond à
une croyance, et il partait de là pour conclure que Bertin
Sicard serait virtuellement lavé, s'il devenait chrétien...

— Lavé de ses péchés, interrompit M. Jamond avec son
grand sourire sérieux, guéri de sa révolte et ami de sa croix :
Charles ne pouvait pas lui promettre autre chose ici-bas.

— Juste ! s'écria Olivier qui se mit à rire au milieu de sa
colère et de sa tristesse : ami de sa croix ! J'entends la croix
d'honneur ! Le bout de ruban entrait dans le système de
réhabilitation du Bertin-Sicard ! J'ai été du temps avant de
comprendre, mais mon petit Loirier m'a planté les points sur
les *i*. Le Bertin a un plan, tout un plan, compliqué, absurde,
monstrueux de naïveté et d'ingratitude, et que Charles n'aurait
jamais deviné quoique M. Loirier en ait eu précisément

connaissance par les confidences de Charles racontant les prétendus progrès que faisait la conversion de son Bertin. Ce petit Loirier connaît les hommes; il a de l'expérience, il est aussi clairvoyant que Charles est ingénu, mais cela ne l'empêche pas du tout de rester en admiration devant M. le substitut. Au contraire : il prenait double paire de gants pour le mettre en garde contre son nouvel ami, et à travers les réponses de Charles plaidant à fond de train la cause de sa charité, la cause surtout de la conversion entamée, mon Loirier découvrit fil à fil toute la trame imbécile et perverse du système tissé par ce damné Bertin pour sortir de l'enfer des poltrons. Ce n'est pas très facile à exposer... Curé, vous souvenez-vous d'une histoire d'incendie que M. Huet nous raconta pendant la maladie de petit Jean ?

— Parfaitement.

— Vous rappelez-vous ce détail : M. Huet attribuait l'acte de courage accompli à un jeune magistrat.

— Et toi à un avocat.

— Eh bien ! c'était la mise en train du système Bertin Sicard, et en ce moment-là, je m'en faisais le complice à mon insu. Le jeune magistrat était bien le vrai sauveteur et c'était Charles. Le jeune avocat était Bertin Sicard et n'avait pas même vu l'incendie. Seulement il entendait en profiter.

Charles était entré chez Bertin après l'aventure du feu pour laver à la hâte ses mains et sa figure noircies. En se lavant il avait prié Bertin, qui était encore au lit, de taire cette circonstance; il accomplissait la lettre même de l'Évangile, ordonnant à la main gauche d'ignorer les générosités de la main droite. Une heure après, cependant, Bertin apprenait la belle action dont Charles ne voulait évidemment point assumer le mérite; aussitôt la pensée germait en lui de se mettre à son lieu et place.

— Mais c'est absurde, murmura, M. Jamond.

— Pas si absurde, puisqu'il savait la ferme volonté que Charles avait de rester inconnu.

— Alors c'est odieux !

— Trouvez-vous? attendez, il y a pis. Une fois entré dans cette voie d'exploiter son bienfaiteur et son unique ami, Bertin devait y marcher à belles enjambées. L'appétit vient en mangeant. C'était Charles lui-même qui dans sa rage d'hu-

milité chrétienne, avait ouvert cette première porte; Bertin
ayant trouvé derrière une belle action à prendre, se la passa
au cou et guetta la conscience de Charles; Loirier appelle
cela « tirer les vers de la conscience ». Celle de Charles était
un vrai trésor ! Au bout de quelques jours, Bertin y trouva
une seconde aubaine, cette pauvre folle, la Chenu, avait
voulu se noyer avec sa petite et Charles avait encore fait son
métier .. C'était assez de sauvetage comme cela. Bertin passa
à un autre ordre d'idées et aborda ce qui lui tenait le plus au
cœur : le chapitre de son diplôme de bravache. Bien entendu
il comptait sur Charles pour l'obtenir. Il est très prudent au
fond même de sa manie : avant de se risquer il voulut avoir
l'assurance formelle que Charles, obéissant aux prescriptions
de l'Église ne se battrait pas, quand même il subirait le
dernier outrage...

— Et il osa faire une pareille question ? s'écria le curé.

— Pourquoi non ? à son confesseur on peut tout demander.

— Mais l'Église ne laisse pas du tout le chrétien désarmé
devant une attaque brutale ! Il ne manquerait plus que cela !
l'Église reconnaît à ses enfants le droit de légitime défense...

— Tant mieux, dit Olivier, nous y reviendrons, mais
Charles avait, vis-à-vis de ce Bertin, le rôle d'apôtre, de
consolateur et de convertisseur. Il dut écarter tous les *si*, tous
les *mais* qui eussent refroidi son éloquence, car Bertin fut
satisfait, et il y a trois jours, Loudan apprit avec étonnement
que le trop prudent avocat, devenu tout à coup un foudre de
guerre, avait souffleté quelqu'un.

— Qui ? Charles ?

— On ne prononça pas de nom au premier abord. Toute
cette machination, idiote en elle-même comme la plupart des
choses qui doivent réussir auprès de la foule, a été conduite,
dans ses détails, avec une redoutable habileté. Mme du Boisbréant qui était à Loudan, n'en a rien su, et c'est ici même,
dans notre ville, que la nouvelle a été colportée avec le nom
de Charles. Colportée est le mot. On en parle partout. Vingt
personnes m'ont raconté l'histoire et je suis sûr que vous en
avez eu vent.

— C'est vrai, on me l'a dite.

— Et vous n'y avez pas cru ?

— Non, à cause surtout de ce fait : il m'a été dit en même

temps que Charles et Bertin doivent arriver ce soir *ensemble* dans le cabriolet de Bertin.

Olivier secoua la tête.

— Comment expliquez-vous cela ? demanda M. Jamond.

— Je ne l'explique pas, répondit Olivier, mais la comédie doit avoir un dénouement préparé. Si Charles n'a pas encore été insulté il le sera. Bertin se croit sûr de l'impunité et il veut son diplôme, il l'aura, quand même il faudrait le payer avec du sang, pourvu que ce ne soit pas le sien : rien n'est féroce comme un poltron !

J'écoutais de toutes mes oreilles. Ces choses me frappaient très vivement, parce que je sentais le malheur venir, mais notre bon curé haussa les épaules en riant et dit :

— Tout cela est puéril. Consultez mon vicaire M. Huet, il vous répondra : « Mon gars, si un coquin pareil fait le méchant, on le rosse d'abord, et puis on lui pardonne. »

Olivier lui saisit les deux mains et dit avec effusion.

— Tout ce que je vous demande c'est d'en dire autant à Charles lui-même sous une autre forme, quand viendra le mauvais moment : à savoir que l'Église ne défend pas de repousser par la force le lâche maraud qui abuse de la générosité d'un chrétien pour le dépouiller de son honneur et s'en affubler, comme l'âne revêt la peau du lion... Et maintenant nous pouvons entrer.

Il poussa la porte du salon. En le suivant, M. Jamond pensait tout haut :

— Saperlotte ! (ah ! il le dit !) non seulement l'Église ne le défend pas, mais elle le commande... Je promets bien que ce cher mariage ne manquera pas pour une bourde pareille !

Ils entrèrent. Je me glissai dans le salon derrière eux. Nous avions pris chez nous la mode de dîner à cinq heures, et il était presque temps de se mettre à table.

Il faudrait des pages entières pour dire ce que j'avais éprouvé de colère en écoutant cet entretien. Les derniers mots de M. Jamond m'avaient donné pourtant un peu de soulagement, mais dès que je fus dans le salon, un poids retomba sur ma poitrine. Il y avait là quelque chose de terrible : une gêne, une oppression, une angoisse d'autant plus pénibles qu'elles ne s'épanchaient point. On avait dû se réunir en joie ; c'était fête : la seule fête que notre maison eût vue depuis la mort du père. Mme du Boisbréant et Clémence étaient arrivées vers trois heures : il y avait donc deux heures qu'on était là : deux siècles, selon l'apparence.

Tous les visages portaient les signes d'une indicible fatigue. Seul, ce vaillant petit Loirier gardait un restant de sourire. Il était debout auprès de la fenêtre avec Mme du Boisbréant qui le passait de la tête, quand elle n'inclinait pas sa haute taille vers maman, assise à l'angle de la cheminée, et à qui Louise agenouillée rendait des soins. Maman s'était trouvée faible déjà deux fois. Auprès de Louise, Clémence se tenait sur un tabouret, le dos au foyer sans feu. Elle donnait une de ses mains à maman qui la regardait à la dérobée, comme un bien que l'on craint de perdre, et l'autre à Anne dont les yeux étaient rouges d'avoir pleuré.

La figure charmante de Clémence Loirier n'avait point perdu le caractère de sérénité douce et un peu hautaine qui était sa physionomie même, mais on y voyait de l'effort. Je le répète : toutes ces personnes, réunies là et qui m'étaient si chères, car j'aimais la famille nouvelle de Charles presque autant que la nôtre, présentaient un tableau de muette désolation qui me navra.

Il est des préjugés qui ne meurent point et oppriment de leur monstrueuse puissance ceux-là mêmes qui les détestent. Il est des mots fétiches qui exercent la tyrannie des superstitions. Un de ces mots bruissait comme un son de cloche à mon oreille : honneur ! honneur ! honneur ! Je me disais à la vue de cette scène sans gestes ni paroles : « Ce ne sont que des femmes, mais elles sentent que Charles est déshonoré ! »

Et ne vous y trompez pas : j'étais complètement dans le vrai. Il n'y avait là que des femmes, excepté le petit Loirier qui ne partageait à aucun degré la faiblesse commune et qui venait de rompre des brassées de lances en faveur du bon sens, du vrai cœur, du réel honneur, il n'y avait là que des femmes pieuses, tendres, excellentes, à qui la pensée de la mort dans le péché faisait horreur, des femmes qui se seraient jetées toutes chacune d'elles au-devant du premier venu, fut-il étranger, fut-il inconnu ou même ennemi, pour l'empêcher de se battre en duel. Et elles étaient là aux abois, pourquoi? Parce que le **préjugé les avait touchées !**

Au moment où M. Jamond entra, maman disait en respirant avec force le flacon de sels que Louise lui tendait.

— M. Loirier a raison, il n'est jamais permis de se battre.

— Jamais ! répéta Mme du Boisbréant d'un ton plus décisif, et il est toujours commandé de pardonner.

— Voici le docteur ! dit Louise, et je croyais deviner à son accent qu'elle avait envie d'ajouter : le docteur est-il de cet avis ?

Le regard de maman interrogeait M. le Curé qui répondit :

— Notre Charles est un chrétien et sait comment se conduire.

Il vint prendre la main de maman. Le bon petit Loirier retrouvant courage choisit cet instant pour s'écrier :

— Jamais je n'ai vu d'homme si brave que M. le substitut. Il l'a prouvé.

— Oh ! certes, certes, appuya Louise.

— Et ce n'est pas d'aujourd'hui, dit Olivier en traversant le salon. Je connais Charles depuis son enfance. C'est le cœur le plus résolu que j'aie rencontré !

Maman murmurait sans savoir qu'elle parlait.

— Merci... merci... mais, mon Dieu, quel malheur !

La porte s'entr'ouvrit et Julienne, les cheveux ébouriffés par son coup de feu, dit sans façon :

— Voilà la soupe, on peut venir.

Elle referma la porte aussitôt, parce qu'elle n'était pas en toilette. Personne ne bougea.

— Viens m'embrasser, Jeannot, dit maman qui m'aperçut derrière Olivier : nous ne cachons rien à cet enfant-là.

Et elle ajouta en s'adressant au curé :

— On avait écrit à François pour lui dire de venir; heureusement il a répondu qu'il ne pouvait pas.

— S'il était venu..., commença Louise.

Et Anne acheva avec emphase :

— Vous pensez... un militaire !

J'étais en train d'embrasser Mme du Boisbréant qui dit, les lèvres sur mon front :

— C'est heureux en effet, mais M. le substitut est le chef de la famille.

Après Loirier, Mme du Boisbréant était ici la plus solide, son mot ne me plut pas. Je m'éloignai d'elle et je dis avec fierté :

— Il n'en est pas moins vrai que papa *avait été une fois sur le terrain !*

Le curé me menaça du doigt.

— Est-ce qu'ils sont sourds, gronda Julienne derrière la porte : on vous dit que la soupe est sur table !

— Moi, d'abord, m'écriai-je en pleine révolte, si on m'insulte, tant pis ! je ferai comme papa, je me battrai !

— Veux-tu bien te taire ! dit Olivier.

— Si tu fais comme ton père, prononça gravement le curé, tu vivras et tu mourras en chrétien, je te le souhaite.

— Ah ! s'il était là !... balbutia maman dans ses larmes.

— Vous savez, déclara Julienne à bout de patience, ça refroidit ! Je ne réponds plus de rien.

— Laissez-nous ! lui ordonna Louise.

— Bon ! alors ce n'était pas la peine de *m'esquinter*, sûrement et de mettre tout à cuire et à bouillir !

Elle disparut en claquant la porte. Maman dit :

— Allez dîner, mes enfants.

Olivier, qui me savait gourmand, essaya de me prendre sous le bras pour m'emmener à table, mais je le repoussai. Pour la la troisième fois, Julienne se montra.

— Encore toi ! m'écriai-je, car j'avais besoin de m'attaquer à quelqu'un.

— Ça ne me fâche pas, les malhonnêtetés, dit-elle, quand je vois qu'on a du chagrin.

C'est le facteur : une lettre de quatorze sous de port.

— François ! c'est de François ! dit Louise en lui arrachant le papier des mains.

Et ayant rompu le cachet, elle ajouta d'un air consterné :

— Il a obtenu sa permission ! il arrive !

— Quand ?

— Ce soir !

Alors, ce fut une explosion. Maman joignit ses pauvres mains tremblantes en répétant :

— Ce soir ! !

— Celui-là n'entendra pas raison ! dit Anne : il est militaire !

— Et si chatouilleux ! ajouta Louise.

— Quant à ça, dis-je, il cassera quelque chose ; c'est sûr !

Il y avait un peu d'ostentation dans la sincérité de nos craintes. Nous n'étions pas fâchés d'avoir, dans la famille, au moins un membre à faire peur. Mme du Boisbréant ouvrit très sagement l'avis d'aller attendre ce terrible François à la diligence pour le préparer et je m'élançai vers la porte en disant :

— Je m'en charge !

— Ah ! mais non ! s'écria Olivier qui me rattrapa au moment où j'atteignais le seuil. Ce serait le moyen de tout gâter. C'est moi qui vais parler à François, si la famille m'y autorise.

— Allez, bon docteur, dit maman. Restez, Jean, monsieur !

Olivier sortit et M. le Curé me retint prisonnier. Je lui dis sans élever la voix, car ma colère était maintenant aussi froide que profonde :

— Vous, j'ai entendu votre conversation avec Olivier, j'en sais aussi long que vous. Je veux bien être bon chrétien, mais malheur à qui me fera passer pour un lâche !

M. Jamond m'embrassait pour me calmer. Mes sœurs me souriaient. J'ajoutai, vantard comme tous les enfants :

— On ne me tiendra pas toujours. Mon frère Charles est trop bon, puisque tout le monde dit qu'il est brave. Je ne sais pas si je suis brave, mais celui qui l'a insulté aura affaire à moi !

Je regardais Clémence ; je la vis pâlir et baisser les yeux. J'aurais voulu reprendre mes paroles, car je compris vaguement que je venais de la blesser au vif en celui qu'elle aimait. Le curé me lâcha, le mal était fait. M. Loirier et Mme du Boisbréant dirent ensemble :

— Monsieur Jean, votre frère Charles n'a pas besoin qu'on le venge.

— Ce n'est qu'un enfant ! murmura le curé.

Je me redressai contre lui. C'était mon désespoir que d'être un enfant à cette heure.

— Jean ! Oh Jean ! dit maman, trouves-tu que nous ne sommes pas encore assez malheureux !

Je me jetai sur elle et mis ma tête dans son giron en sanglotant.

Elle aussi, avec la clairvoyance des mères, avait ressenti jusqu'au fond de son cœur l'humiliation que je venais d'infliger à Clémence Loirier. Elle qui m'aimait tant et qui voyait mon repentir ne me rendait point mon étreinte. Elle appuya contre sa poitrine par-dessus ma tête, la main de Clémence et lui dit :

— Chérie, je vous aurais si bien aimée !

Je sentis que Clémence se penchait pour recevoir son baiser et sur mon front une larme tomba. A qui appartenait-elle ?

— On va peut-être dîner à la fin des fins, dit Julienne à la porte du cabinet de papa, car voilà M. Charles qui monte en chantant.

Cela me remit sur mes pieds, et je répétai avec indignation :

— En chantant !

— Est-il seul ? demanda maman.

— Ça en a l'air, répondit Julienne, je vas voir.

Et presque au même instant, nous entendîmes dans le cabinet de papa la voix de Charles qui disait :

— Bonsoir, Julienne, sont-ils à table ?

— Pas de danger ! répliqua-t-elle ; il y a des fois où personne n'a faim !

Il me semble que j'entends encore chacune de ces paroles si simples, mais qui avaient pour nous un si terrible sens. Nous pûmes voir l'effet qu'elles produisaient sur Charles, car il passait justement sur le seuil. Il jeta un regard inquiet tout autour de la chambre en disant :

— Avons-nous donc un malade ?

Ses yeux avaient cherché tout d'abord Clémence. Anne était déjà pendue à son cou et Louise l'entraînait vers maman qui me repoussa pour le serrer dans ses bras. Je m'éloignai tout à l'autre bout de la chambre. On n'avait point répondu à la dernière question de Charles, et il restait comme étonné de ces grandes caresses qu'on lui faisait ; j'ai dû le dire et peut-être le répéter : d'ordinaire, il était celui d'entre nous qui en recevait le moins. Maman l'embrassa une demi-douzaine de fois en murmurant :

— Pauvre enfant ! Pauvre cher enfant !

Quand il se redressa, tout le monde se taisait. Il fut comme enveloppé par ce silence. La gêne, je cherche un mot pour dire davantage, la douloureuse anxiété qui remplissait notre maison le saisit. Il regarda encore Clémence qui lui souriait doucement, mais tristement. Je suivais tout cela d'un œil farouche dans mon coin. Je n'avais pas l'idée que Charles pût jouer ici un rôle, car je savais par cœur son inflexible droiture, mais je me demandais si le sentiment de *l'honneur* était oblitéré chez lui à ce point qu'il ne devinât pas la nature du poids dont nous étions tous écrasés.

Tous, excepté Mme du Boisbréant et le petit Loirier, car il est certain que notre bon curé lui-même avait une figure de funérailles.

M. Loirier salua M. le substitut avec un redoublement d'affectueux respect; on eût dit qu'il lui découvrait une auréole. Ce fut Mme du Boisbréant qui rompit le silence; sa voix était comme son visage : jamais je n'en ai entendu de plus douce, et pourtant elle me fit frissonner partout mon être quand elle dit avec son grand calme :

— Mon cher monsieur Charles, il faut nous dire ce qui vous est arrivé.

— Eh bien ! lui répondit Charles en homme qui croit être compris à demi-mot, car la conversion de Bertin avait dû revenir souvent dans leurs entretiens : je n'ai pas beaucoup avancé les affaires, ma bonne dame. J'ai fait la route dans son cabriolet jusqu'à une lieue d'ici, environ, où je suis descendu pour continuer mon chemin à pied...

Je ne puis dire avec quelle passion on l'écoutait. Personne n'osa lui demander pourquoi il avait quitté ainsi le cabriolet à une lieue de la ville. Il continua de lui-même et non sans un certain embarras que chacun interpréta à sa guise :

— Je crois que ce pauvre cher garçon avait « bien déjeuné ». J'ai été du temps à m'en apercevoir parce qu'il est très sobre ordinairement : c'est un buveur d'eau par régime. Au commencement j'étais très content. Sa conversion me semblait bien plus avancée que je ne l'espérais. Il me disait : « Je veux revenir à Dieu, décidément le reste n'est rien. Ah ! la charité chrétienne que c'est beau ! Que c'est beau ! Rendre le bien pour le mal ! Aimer ses ennemis ! Voilà pourtant ce que vous feriez, vous, Charles, si quelqu'un vous insultait, vous pardonneriez, vous me l'avez dit... n'est-ce pas que vous me l'avez dit ?... Ce n'est pas moi qui ai fait courir le bruit que j'avais sauvé l'enfant... ni les autres bruits.. J'en suis incapable. Vous êtes mon ami, mon seul ami... » Et il pleurait. Et de temps en temps, il se retournait pour porter quelque chose à ses lèvres. Je pensais que c'était de l'eau qu'il buvait...

— Non, interrompit ici M. Loirier, c'était du courage !

Et il ajouta humblement :

— Excusez-moi, le naturel... au galop !

— A mesure que la route avançait, reprit Charles, il devenait plus exalté. Tantôt il me reprochait de ne point passer pour lâche, moi qui ne me bats pas plus que lui; tantôt il me remerciait, tantôt me disait des injures...

— Ah ! ah ! fit le curé, des injures...

— Oui, et puis il demandait grâce à mains jointes.

— Mais, dit maman, pour qui jouait-il cette comédie : vous étiez seuls ?

— Seuls.

— Il était donc ivre tout-à-fait ?

— De plus en plus, oui, je fus bien forcé de le voir.

— Et il n'a pas usé de violence ?

— Oh ! le pauvre malheureux ! vous ne le connaissez pas ! C'est la douceur même. Si je suis descendu, c'est pour vous, pour maman, pour mes sœurs, pour Clémence. Le voyant dans cet état, je ne voulais pas entrer en ville en sa compagnie... C'est quand je l'ai quitté qu'il s'est mis en colère. Alors il m'a appelé jésuite, et il a crié en me tutoyant : « Je te retrouverai, cafard... » Il faisait pitié.

— Et auparavant ? demanda Clémence.

Elle n'avait pas encore prononcé une parole depuis l'arrivée de Charles qui leva les yeux sur elle. Elle rougit, mais elle expliqua sa pensée clairement et dit :

— J'entends avant aujourd'hui ? hier ou avant-hier, il n'y avait rien eu entre vous ?

C'était comme un interrogatoire.

— Que vous avais-je dit ! fit Loirier; il n'y avait dans tout cela que mensonges !

La sérénité intérieure de Charles était si parfaite qu'il ne demanda même pas de quels mensonges il s'agissait.

Mais je ne pus me contenir plus longtemps. J'étouffais. Je m'écriai en forçant ma voix qui s'étranglait dans ma gorge :

— Charles, tu ne vois donc pas que tout le monde ici est à la torture. Parle comme un homme, la bouche ouverte ! dis à maman, dis à Clémence que tu n'apportes pas une paire de soufflets sur les joues !

Clémence chancela et ferma les yeux, maman bondit sur son fauteuil. Toutes les mains se tendirent vers Charles, tandis que tous les regards me foudroyaient. Je vois encore celui du petit Loirier qui me traversa le cœur, comme une malédiction. Le curé qui m'aimait tant dit :

— Cet enfant est mauvais !

Charles se tourna vers moi lentement; son œil était clair et tranquille.

— Mon petit Jean, me dit-il, je ne t'avais pas encore vu... Viens m'embrasser.

XIII

LE CŒUR DE CHARLES, ET CE QUE COUTA
MA PREMIÈRE COMMUNION

La voix de Jean tremblait tellement qu'il avait peine à se faire entendre. Il s'arrêta. Tous ceux qui l'écoutaient avec un serrement de cœur inexprimable respirèrent. C'était quelque chose d'inusité et de poignant que ce drame sourd en quelque sorte où l'effort du conteur tendait évidemment à étouffer l'émotion qu'il faisait naître. Jean ne voulait pas nous donner toute l'angoisse de son souvenir, mais à travers la précaution de ses paroles, son auditoire sentait surtout ce qu'il ne disait pas. Il y avait là le cœur de Charles et le cœur de Clémence : deux tendresses non exprimées, deux de ces affections pures, légitimes et profondes, auxquelles Dieu donne la somme entière du bonheur possible ici-bas, et d'où naissent dans leur plénitude les chères joies de la famille. Jean reprit :

— Charles avait beau sourire : je voyais sa prédiction accomplie; je voyais souffrir quelqu'un que j'aimais : souffrir plus que pour mourir. Je savais, mieux que lui-même peut-être, à quel point son cœur, son pauvre cœur enfant était rempli de Clémence. Je sentais le vif de son immolation, mais je n'étais point touché; il n'y avait encore en moi que ma colère et mon implacable orgueil. N'oubliez pas que je **vous** raconte ici ma première communion et ce qu'elle coûta !

Je ne reçus pas de ceux qui avaient droit de me punir le châtiment immédiat de ma méchante parole. Un tumulte avait lieu dans la rue. On criait, et ce fut le curé qui alla ouvrir la croisée pour faire diversion, peut-être. Aussitôt qu'elle fut ouverte, nous entendîmes des voix aigres qui glapissaient, disant :

— A bas le cafard ! à bas le jésuite ! à bas le lâche !

Mme du Boisbréant et le petit Loirier échangèrent un regard de détresse. J'étais comme anéanti par la rage. Maman et mes sœurs s'empressaient autour de Clémence qui ressemblait à une morte. Je crois bien que Charles priait. Le curé se pencha à la croisée.

— Voilà du monde qui sort du café, dit-il tout bas : ils portent quelqu'un sur leurs épaules !

— C'est lui ! murmura Loirier qui s'adressait surtout à Mme du Boisbréant. Il aura payé les gamins des rues pour crier et il se fait faire une ovation par les joueurs de poule du café Morel, qui se moquent de lui sûrement par derrière.

J'eus de la peine à gagner la fenêtre, mes jambes ne pouvaient me porter. Le café Morel était un piètre estaminet, situé de l'autre côté de la boutique Roboam, et où se réunissaient les fainéants du quartier. Je glissai ma tête et je distinguai une demi-douzaine de ces jeunes gens portant Bertin sur un guéridon. Je ne l'avais jamais vu, mais je savais que c'était lui. Il gesticulait et montrait le poing à nos fenêtres, criant d'une voix avinée :

— Je l'ai souffleté ! je jure ma parole sacrée que je l'ai souffleté sur les deux joues devant deux mille âmes, *aller et retour, vlan !* et *vlan !*

C'étaient les paroles mêmes que j'avais entendues de la bouche de Goliath-Vaucherand, à travers la jalousie du taudis borgne. Tout cela était monté à l'avance, bien évidemment.

Les passants s'ameutaient; le ménage Roboam vint sur le pas de sa porte. Les gamins reprirent :

— A bas le jésuite ! à bas le cafard !

Et Bertin qui n'en pouvait plus, ivre-mort de tout le *courage* qu'il avait bu, se mit à hurler avec des gestes extravagants :

— Qu'il vienne, le cafard ! je le provoque ! qu'il vienne, celui qui se donne les gants de mes belles actions ! c'est moi qui ai sauvé l'enfant deux fois, dans le feu et dans l'eau ! Je ne suis pas un jésuite, moi !

— Bravo ! Bertin, Bertin ! disaient les jeunes gens du café Morel en riant : tu fais peur au cafard, Bertin, tu es un brave !

Et des gorges chaudes :

— Le cafard est en train de se marier, ça doit l'incommoder !

— Il viendra !

— Il ne viendra pas !

— Qu'il nous montre Mme Cafard par la fenêtre... Mme Cafard ! Mme Cafard !

Je me rejetai dans la chambre. J'étais de ces enfants qui trouvent des mots de mélodrame même quand ils n'ont jamais mis les pieds au théâtre.

— Mais, va donc ! dis-je à mon frère, ils insultent celle dont tu es le protecteur !

Charles ne bougea pas; il avait les mains jointes sur sa poitrine. Clémence rouvrit les yeux à demi. Je m'adressai à elle dans ma détestable cruauté :

— Mais dites-lui donc d'y aller ! je vais y aller à sa place !

Le curé, Loirier, mes sœurs, maman elle-même s'emparèrent de moi; je luttais, je râlais, je mordais. J'étais le corrosif versé sur la plaie de ces âmes !

Clémence avait tressailli faiblement à ma dernière parole. Elle se couvrit le visage de ses mains. Charles leva les yeux sur elle en ce moment, et je restai bouche béante parce que je crus qu'il allait tomber mort, tant fut effrayant le voile d'agonie qui se répandit sur ses traits. Il était bien plus pâle que papa sur son lit de sangle. Ses yeux qui restaient secs et tout brillants de vaillance résignée s'étaient creusés tout à coup. Il souffrait tant et si héroïquement que son angoisse me pénétra comme un acier tranchant.

Il se leva, les yeux baissés et, sans chanceler, il alla jusqu'à Clémence à qui il dit très bas, avec une tendresse douloureuse que je n'essaierai point de rendre :

— Que la volonté de Dieu soit bénie, je renonce à être heureux ici-bas.

Elle eut une secousse profonde. Les autres n'entendirent pas. A cet instant, un bruit nouveau se fit au dehors et Mme du Boisbréant qui restait seule à la croisée dit :

— Voici Olivier et un soldat !

Tout le monde se précipita vers les fenêtres en prononçant le nom de François. Charles était entre les bras de maman.

Le tumulte augmentait cependant au dehors, mais il avait changé de nature. François, car c'était bien lui, venait de trouer comme un boulet de canon le groupe des jeunes gens du café Morel. La foule hésitait déjà. Olivier était très populaire dans notre ville; les pauvres ne connaissaient pas d'autre médecin et tous les ouvriers avaient confiance en lui. C'était l'heure, justement, où les ouvriers du Champ-de-Mars revenaient de leurs travaux. Il s'en trouva tout à coup un grand nombre qui remontaient notre rue.

Comment les cohues vont et viennent, virent et revirent, tombent, rebondissent, tourbillonnent au gré d'un caprice violent et mystérieux, les parents ici le savent, les enfants le sauront trop tôt. Il y avait peut-être là le souvenir du père, dont, quelques mois auparavant, la ville entière avait suivi les funérailles en pleurant. Je dis *peut-être...* Le fait certain, c'est qu'Olivier parla et qu'au bout de cinq minutes, l'indignation générale s'était retournée contre les insulteurs.

Le jour baissait rapidement. De chez nous on voyait les manches des vestes se retrousser. Les Roboam fermaient leur boutique; les gamins fuyaient de toutes parts, comblés de bourrades. La presse poussait droit aux joyeux farceurs du café Morel qui commençaient à faire triste mine. Olivier était obligé maintenant de les protéger, et cela ne suffisait plus, car les bras nus s'échauffaient à la besogne. D'aventure, quelqu'un avait ajouté au nom de Bertin celui de Sicard, qui gardait, parmi les ouvriers, une funeste popularité. La banqueroute Sicard avait dépouillé quantité de pauvres gens et le banqueroutier ROULAIT CARROSSE comme devant. Cela fut dit, cela fit scandale. Pour comble de malheur, les paisibles gardiens de la cité montrèrent leur uniforme, on crut qu'ils venaient défendre le *carrosse* de Sicard. On cria :

— A l'eau le voleur !

L'eau n'était pas bien loin et l'émeute va vite. Les gardes de ville furent malmenés; cela devenait presque de la politique.

— Ils se sont emparés de ce malheureux Bertin ! dit Mme du Boisbréant à la fenêtre.

Et une clameur formidable monta :

— A l'eau ! à l'eau ! à l'eau !

— A l'eau, le voleur !

— A l'eau, le Sicard !

Charles entendit cette fois. Tout à l'heure il n'avait pas voulu descendre pour protéger son honneur et son bonheur. Il gagna la porte sans rien dire. Certes personne ne se doutait de son dessein.

— Ils entraînent ce Bertin, dit encore Mme du Boisbréant, on a renversé Olivier...

Quand je me mis à la fenêtre, la nuit se faisait. On distinguait à peine le flot confus et tumultueux qui descendait vers la rivière et l'on entendait Bertin crier grâce d'une voix épuisée, au milieu du tumulte. Il ne s'agissait plus de Charles, ni de nous. Bertin payait tout uniment pour le banqueroutier qui « roulait carrosse » avec l'argent volé dans les petites bourses. La colère des masses ne court jamais mieux que sur les fausses routes.

Je vis soudain comme un remous dans cette marée furieuse, un effort, une lutte; quelque chose perçait la cohue qui reflua en vociférant.

Puis on cria : « Bravo ! »

J'étais à cent lieues de penser que Charles fût au milieu de cette bagarre, et j'ai honte de le dire, mes vœux n'étaient pas pour ceux qui contrecarraient la « justice du peuple ». A ma rancune qui ne s'apaisait point, aucun châtiment n'eût semblé trop sévère. Je restais seul à la fenêtre et je faisais de vains efforts désormais pour deviner ce qui se passait, car on n'avait pu allumer le réverbère voisin, toutes les boutiques étaient fermées la rue était noire comme un four. Le bruit faiblissait du côté de la rivière et se rapprochait de chez nous. Il y eut un instant où la lutte invisible se livra sous notre croisée même.

— Laissez-le aller ! disait-on, ce n'est pas le vrai Sicard !

— Et le petit jeune homme est un crâne ! Mazette !

— Il a bien gagné le mouton, donnez-lui le mouton !

— S'il veut l'emporter, qu'il l'emporte !

Là-bas, le mouton est le prix de la lutte en foire, et ce fut par ce mot que je commençai à comprendre. Il me sembla que le mouvement s'engouffrait dans notre allée; bientôt je n'entendis plus rien au dehor.

— Sans lui, l'affaire était dans le sac ! dit-on derrière moi, à l'intérieur. Il lui a sauvé...

Je me retournai. Julienne ayant rapporté de la lumière, je vis François tout ruisselant de sueur qui rajustait son uniforme. C'était lui qui avait parlé. Olympe encore plus malade, tenait les deux mains de maman et disait .

— Un lion ! c'est un vrai lion !

— Dans quel état le voilà ! cria Julienne dans la salle à manger. Est-ce qu'il faut laisser entrer le Sicard chez nous ? En bas ils le redemandent ! ils sont capables de monter le chercher !

— Laissez faire M. le substitut ! ordonna Loirier comme s'il eût été le maître de la maison.

Mme du Boisbréant mit ses lèvres sur le front de maman avec une sorte de piété.

Charles parut, les habits déchirés, du sang aux mains et au visage. Il soutenait dans ses bras une misérable créature, une bête blessée, plutôt : Bertin Sicard, roué de coups, anéanti par l'ivresse, par la fatigue et la terreur. Les jambes de ce malheureux ne le soutenaient plus, son regard roulait sans voir; il ne savait évidemment ni où il était, ni qui le soutenait. Il délirait à la façon des idiots, tout doucement, répétant à son insu :

— Ma parole sacrée, je l'ai souffleté, vlan et vlan, aller et retour, devant dix mille âmes !

Sa tête s'affaissait sur l'épaule de Charles; et c'était à l'oreille même de Charles qu'il radotait son refrain, ajoutant dans un rire hébété :

— Il viendra ! Il ne viendra pas ! Pas de danger qu'il se montre, le cafard ! Il a trop peur de moi !

Tout le monde écoutait bouche béante, y compris Julienne qui était derrière et n'entendait pas bien. Quand elle saisit enfin, elle s'écria avec indignation.

— Je ne rêve pas pourtant ! ça court la ville, cette histoire-là ! Comment ! Comment ! c'est ce vilain oiseau qui a *calotté* notre monsieur Charles ! Et il vient le dire jusque chez nous !... Et personne ne bouge ! Qu'on me donne mon compte, j'aime mieux m'en aller que de voir des choses de même dans une maison où j'ai resté vingt-cinq ans !

— Avant de partir, lui dit Charles bonnement, aide-moi à porter le pauvre diable dans mon lit, car je suis bien las.

Pour toute réponse, Julienne tourna le dos.

Non sans hésitation, Olivier vint au secours de Charles qui, en effet, n'en pouvait plus. M. le Curé, François, Louise et Anne entouraient maman. L'autre famille formait un autre groupe : Mme du Boisbréant et Loirier autour de Clémence.

Rien n'était rompu formellement. Ce fait si étrange : Bertin réfugié chez nous donnait aux événements un caractère imprévu. Clémence n'avait pas attendu jusque-là pour montrer son repentir. Et pourtant quel était son crime ? Mais chacun sentait qu'un lien déjà cher à tous se brisait. Clémence pleurait. Je n'osais pas aller l'embrasser.

M. le Curé quitta maman pour rejoindre Charles et Olivier qui traversaient le salon en soutenant Bertin sous les aisselles. Clémence suivait M. Jamond du regard, car elle savait qu'il allait parler d'elle, j'allais presque dire pour elle.

Je suis sûr que tout le monde ici voit cette scène où il y eut si peu de paroles prononcées. Tout y était en dedans. Aucun effort ne fut tenté d'aucun côté pour retenir le bonheur qui fuyait. Seul, M. Jamond dit à Charles comme ils passaient auprès de moi.

— Tu as bien agi, Charlot, pauvre cher enfant, mais prends garde à l'orgueil ! Tu vas frapper d'autres que toi-même. Dieu n'accepte pas tous les sacrifices.

Olivier ajouta :

— Charles, Charles, j'ai appris plus en un jour qu'en toute ma vie ; écoute Jamond, pense à ton père et suis ton cœur !

— Mon cœur est plein, murmura Charles d'une voix défaillante ; j'aime comme on n'a jamais aimé !

Et Bertin balbutiait, la tête pendante :

— Ma parole sacrée, c'est moi qui ai sauvé l'enfant... Arrive donc, cafard qu'on te gifle... Vlan ! et vlan !

Je cherchais ma colère et ne la trouvais plus. Tout ce misérable drame de la rue, qui n'était pas vieux d'une demi-heure, me semblait avoir cent ans. Charles rentra au bout de quelques minutes, toujours accompagné de M. le Curé et d'Olivier ; je puis vous dire ce qui s'était passé entre eux pendant que Bertin, vautré sur le lit, ronflait déjà, car Olivier et M. le Curé me le racontèrent plus tard tous les deux, et avec le même détail ; chacune des paroles de Charles restait gravée en lettres de feu dans leur souvenir.

Le CAFARD, devant ce prêtre sanctifié par une longue vie d'apostolat et devant cet honnête homme qui avait le malheur de ne point croire, l'un et l'autre les meilleurs amis de notre père, avait ouvert son cœur, tout éblouissant d'amour : j'entends de pauvre amour terrestre, confessé avec une innocence d'enfant, mais avec une douleur de héros, à l'heure même où l'autre amour, le grand, l'amour de Dieu, attirait cette passion dans son foyer ardent et la dévorait sans la détruire. Dieu demande beaucoup aux saints; les saints donnent toujours à Dieu plus qu'il ne demande. Ne jugez pas, cependant, la générosité des saints, car, là comme ailleurs, c'est Dieu seul qui est le prodigue.

Quand vous voyez celui qui est calomnié, outragé et qui fuit sa propre justification comme d'autres la poursuivent, cherchez, enfants, ceci peut être une leçon pour toute votre vie, cherchez, car il y a autre chose encore que ce qui frappe vos yeux; cherchez, car ce dédaigné, cet insulté cache derrière son opprobre quelque trésor inouï de charité qui s'immole. Sait-on s'il n'est pas celui à qui Jésus a dit : « Vous serez heureux lorsque les hommes vous maudiront et vous persécuteront, et que, mentant, ils diront toute sorte de mal contre vous à cause de moi. Réjouissez-vous alors.... » Oh ! oui, réjouissez-vous, élus qui comblez la mesure du sacrifice !

Je pense souvent à cette heure triste et si belle où le cœur de mon frère s'offrit en holocauste pour moi très certainement, pour Olivier sans doute, et aussi, je le crois, pour Clémence elle-même. Clémence et Charles avaient l'un pour l'autre une affection profonde qui ne devait jamais mourir, mais qui allait se perdre dans l'immensité du divin amour. La tendresse de Charles était plus grande que celle de Clémence, de toute la supériorité de sa nature... Ce fut un don précieux au ciel que celui de cette jeune et pure ardeur. Dieu la paya comptant à ceux qui furent désignés pour bénéficier du miracle...

Quand Charles rentra au salon, il ordonna de servir le dîner et voulut être placé à table auprès de Clémence. Mme du Boisbréant était de l'autre côté de lui. Nous le regardions tous. Il y avait à son front tant de douceur sereine que chacun reprit espoir. Ai-je besoin de répéter que tout dépendait de lui ? Il expliqua en peu de paroles et avec une ingénieuse miséricorde le cas de Bertin, pauvre faible esprit, timide à l'excès, mais plus fanfaron encore, vivant de vaniteux désirs, touché tout à coup, affolé par les piqûres du mépris public et cherchant dans l'extravagance désespérée d'une comédie absurde comme un rêve le terme de son supplice. Il y avait là des symptômes d'aliénation mentale.

Et en ceci l'indulgence de mon frère ne le trompait point; Bertin s'éteignit l'année suivante dans un hospice d'aliénés, poursuivi par les fantômes des malheureux qu'il croyait avoir tués en duel.

Le repas ne fut pas triste; on apaisa Julienne par des compliments conditionnels ainsi formulés : « Si le dîner n'avait pas attendu, tout aurait été par délices. » Maman et mes sœurs soutenaient vaillamment la conversation. Le naturel du bon petit Loirier revint même une ou deux fois au galop. J'étais le plus sombre de tous. Olivier s'esquiva au dessert. Comme nous quittions la salle à manger, M. le Curé me prit par l'oreille et me dit :

— Maître Jean, M. Huet est à son confessionnal ce soir.

— J'irai demain, voulus-je dire.

— Non pas ! Tu as péché plus gros que toi aujourd'hui; en avant marche ! Il ne faut pas dormir là-dessus, viens !

Et il m'entraîna. Je le suivis avec une extrême répugnance. Dans l'escalier il me dit :

Tu te crois bien loin, petit Jean, et tu es tout près.

Je ne lui demandai même pas l'explication de ces mots. Je n'avais pas envie de comprendre.

La rue était déserte; il ne restait nulle trace des agitations de tout à l'heure. M. Jamond me conduisait par la main. Au bout d'une centaine de pas, je l'entendis penser tout haut :

— Que de bonheurs fauchés en herbe !

— C'est la religion qui est cause de tout cela ! m'écriai-je dans une explosion de colère. Charles ne songe qu'à lui ! il ne voit que lui ! Il fait son salut en marchant sur le cœur de tout le monde !

M. Jamond s'arrêta brusquement et je crus qu'il allait me gronder très fort. Je ne demandais que cela pour lui répondre en pleine révolte, mais il ne me fit aucun reproche et dit seulement :

— C'est sur le sien qu'il marche ! C'est son propre cœur qu'il écrase, et le monde ne saura jamais ce qu'il y avait d'admirable amour dans ce cœur. Ton papa aimait les poètes, petit Jean, et moi aussi. Jamais les poètes n'ont chanté plus riche, ni plus

ardente, ni plus fière jeunesse... La voilà égorgée sur l'autel :
Alleluia!

Puis, poussant un grand souprir et répétant ses récentes paroles, il dit encore :

— Tu as fait du chemin pendant ton sommeil. *Tu te crois bien loin et tu es tout près.* Allons !

Et nous reprîmes notre route en pressant le pas.

L'église était à peu près déserte; il y restait seulement trois ou quatre enfants qui attendaient au confessionnal de l'abbé Huet. Il n'était pas plus de huit heures du soir. On n'y voyait que par les lampes brûlant perpétuellement à l'autel de la Vierge. En approchant du confessionnal, qui était du côté de l'épître, je distinguais dans l'ombre un homme agenouillé par terre à la balustrade même de l'autel de Saint-Joseph. M. Jamond me serra le bras et me montra cet homme du doigt en me disant :

— Regarde !

Je pensais à Charles, et je répondis :

— Ce n'est pas lui.

— Ah ! si fait ! murmura le bon curé avec une émotion dont je ne désirai point connaître la cause, car tout m'était indifférent, c'est *lui!* Il a été racheté.

Il s'agenouilla pour adorer et sortit sans s'approcher de l'homme. Moi, je ne priai point. Je m'assis à mon rang devant le confessionnal. Je n'étais pas là de mon gré. Oh ! certes, je me croyais loin, bien loin ! Plus de vingt fois, j'eus l'idée de m'en aller avant mon tour venu. Que faisais-je ici, en effet ?

Je restai, cependant, par paresse de me bouger. J'avais en moi comme un engourdissement. Enfin celui qui était avant moi sortit et j'entrai. Je me mis à genoux sur la petite marche intérieure.

Il y a ici un court instant qui est confus dans mon souvenir. Je sais que je pleurais à petites larmes qui ne voulaient pas couler; elles restaient entre mes paupières et me brûlaient. Le poids que j'avais sur le cœur se soulevait par sanglots. Je parlais à papa, comme toujours dans mes colères, et je lui disais que Dieu l'avait trompé; il nous avait légués à Dieu, Dieu nous abandonnait; nous étions plus malheureux que jamais !...

Le bruit que fit le guichet en s'ouvrant m'éveilla et je me mis à écouter l'écho d'un pas lourd qui descendait péniblement le bas-côté en se rapprochant de nous. J'étais sûr que c'était l'homme de la balustrade. Il s'arrêta devant le confessionnal et entra dans l'autre case. Cela m'occupait.

— Eh bien !... fit l'abbé Huet au guichet tout près de mon oreille; ah ! c'est toi, mon petit gars ? dis ton *Confiteor*.

J'obéis, mais je pensais : « Que vais-je dire ? » Je n'avais pas même jeté un regard sur ma conscience.

— Allons, reprit l'abbé Huet, dépêche-toi, Jeannot, je confesse demain matin avant la première messe. Et ne pleure pas. On ne pleure pas dans le temps pascal !

— Je n'ai pas fait mon examen, dis-je.

— Tu as eu tort. Pourquoi pleures-tu ? Est-ce enfin de joie ? Alors c'est qu'on aura payé gros pour toi, et plus que tu ne vaux... Va faire ton examen, et tu reviendras

Il ferma le guichet. Je ne bougeai pas. Aussi bien personne n'aurait pris ma place. Nous étions seuls dans l'église, moi, M. Huet et l'homme qui se confessait à l'autre guichet.

A dater de ce moment tout redevient clair dans ma mémoire. Ah ! mes enfants, je me souviens, je me souviens de ce qui suivit et je m'en souviendrai toujours ! Comme j'essayais de faire mon examen, je revis ce qui s'était passé chez nous dans cette journée, et du milieu de ce deuil plein de colère, Charles sortait, semblable à une lumière dans la nuit. Ce ne fut pas une vision; le surnaturel nous enveloppe sans cesse, et tout, autour de nous, est miracle quoique bien peu de choses réalisent l'acception commune de ce mot. Il y a des milliers et des millions de miracles bien plus miracles que ceux auxquels refuse de croire le vulgaire, cette multitude composée des petites sciences et des grosses ignorances ! je revis Charles tout simplement dans ma pensée qui s'illuminait, mais je le revis au moment précis où il s'était cru abandonné, parce que Clémence cachait son visage entre ses mains; je le revis à la minute suprême de son martyre, à l'instant où le voile d'agonie tombait sur ses traits transfigurés, à l'instant où, selon les propres termes de sa prédiction, il lui avait été donné de *souffrir plus que pour mourir.*

Alors beaucoup de paroles entendues par moi, ce soir, prirent un sens éclatant. J'avais « fait de la route à mon insu durant mon sommeil. » Je me croyais « bien loin » et « j'étais tout près », parce que « Charles avait marché sur le bonheur de son cœur » et qu'il avait prié pour moi à l'heure même du sacrifice. C'était Charles qui me disait cela dans mon âme, je l'entendais et je le sentais. J'étais un des rachetés de sa torture, et l'autre rédimé se confessait à deux pas de moi, avant moi.

M. Jamond m'avait dit naguère, quand j'étais encore sourd : « *C'est lui ! il a été racheté !* » Je n'avais pas compris, mais à présent je comprenais. C'était *lui*, l'homme prosterné devant la balustrade, à l'autel de Joseph, fils de David, père de la sainte famille, prince de l'humble travail, à qui le Seigneur Jésus dut respect sur la terre; c'était *lui*, le pécheur pénitent, le médecin guéri, l'incrédule agenouillé, lui notre ami et notre bienfaiteur, que la dernière pensée de papa avait marqué pour ce salut; c'était Olivier, je ne l'avais pas vu, mais je savais que c'était lui. Charles me le disait : Charles qui avait accompli par sa prière la promesse de notre père mourant.

Alors sur mes mains jointes un déluge de pleurs tomba, car la récente parole de M. Huet était encore dans mon oreille : « Si tu pleures enfin de joie, c'est qu'on aura *payé gros pour toi*, et plus que tu ne vaux... »

Oh ! oui, c'était de joie et de reconnaissance que je pleurais *enfin !*

Mon cœur criait : « Charles, Charles, ô mon pauvre frère chéri que nous appelions le sage, c'est-à-dire l'économe et le trop prudent, l'égoïste peut-être, qu'as-tu donc donné à Dieu en souffrant plus que pour mourir ! qu'as-tu donc prodigué pour nous qui soit plus que ta vie même ! »

A cette question c'était M. Jamond qui répondait. Ses propres mots me revenaient : « Que de bonheurs fauchés en herbe ! Le monde ne saura jamais ce qu'il y avait d'admirable amour dans ce cœur ! Aucun poète n'a chanté plus opulente, ni plus ardente, ni plus fière jeunesse; la voilà égorgée sur l'autel ! »

Alors je vis Charles ce qu'il était sous le vêtement de sa vertu. Nous le croyions vieux et il était jeune, parcimonieux et il jetait à pleines mains son cœur, et il exagérait le courage jusqu'à se lancer tête première dans la honte des lâches, lui que Dieu avait fait brave incomparablement; nous le croyions froid, il brûlait de passion; humble, il frémissait de fierté; pauvre de nature et sa nature puissamment riche était de celles qui n'ont qu'à se dépenser pour exciter l'admiration des hommes !

Voilà ce que je voyais et ce qu'Olivier avait vu à cet instant où Jésus étend un peu de boue délayée sur les yeux de l'aveugle. Voilà ce que Charles avait déposé sur l'autel avec les fleurs de ses fiançailles heureuses, avec les souhaits presque exaucés de sa tendresse, avec le cœur même de celle qu'il aimait !

Je vis cela. Et il fallait cela. Ma première communion coûta tout ce prix !

Dieu sauveur, n'avait-il pas fallu l'adoré mystère de votre incarnation pour mon baptême, et n'allais-je pas vous recevoir dans la sainte Eucharistie qui commémore et consomme un sacrifice mille fois plus grand que la réunion de tous les sacrifices humains ?

Mais il y eut jusque parmi vos apôtres, un homme qui voulut voir avant de croire. Ni Olivier ni moi nous ne fûmes de ces heureux qui croient avant d'avoir vu. Nous vîmes la figure, amoindrie, il est vrai, mais si grande de la charité divine : nous vîmes l'ombre de Jésus-Christ...

Alors Olivier vint dans l'Église déserte et baisa la terre. Ne craignez rien : il y devait revenir en plein soleil. Moi, on m'y traîna, enfant plus dur que le vieillard incroyant lui-même. Et pendant que le vieillard parlait au prêtre, non pas au curé Jamond, son ami de jeunesse, mais au pauvre vicaire Huet, dont il avait raillé si souvent les allures campagnardes, l'enfant regardait avec étonnement son propre cœur s'ouvrir...

Alors, en effet, alors seulement quelque chose en moi se brisa qui était une enveloppe ou une barrière, et dans mon vide quelque chose entra qui était l'amour, c'est-à-dire Dieu.

Ce fut comme un torrent de larmes intérieures qui d'abord noya ma pensée dans l'effroi. J'eus peur de moi-même en me regardant pour la première fois au miroir d'une conscience nouvelle et inconnue, et j'eus peur aussi de cet envahissement qui me ravageait avant de me créer. C'était un vainqueur, qui venait, et un maître. Était-ce un ami ? Oui, plus qu'un ami, un père, je le sentis tout de suite au milieu même de l'angoisse qui m'étreignait par la main du repentir.

Et certes ce que j'éprouvais ne ressemblait en rien à mon rêve, car j'avais rêvé l'amour divin bien des fois, tout en désespérant d'en obtenir le don. Ce que j'avais cherché, c'était une extase éblouie, ce que je trouvais, c'était une épouvante produite par la vue de moi-même, terreur si soudaine et si profonde

qu'elle aurait amené le désespoir si le jour éclatant qui me
montrait à l'improviste la maladie mortelle de mon âme n'eût
été la vie même et la voie dans la vie, la lumière des lumières,
la vérité éternelle de Dieu.

Jour précieux et douloureux, lueur redoutable et douce, Foi,
Espérance, Charité, ô Jésus ! ô conquérant ! mon adoré Dieu !
quelle ivresse de la terre est comparable au déchirement que
vous faites en forçant l'entrée des cœurs ! quand tous mes
autres souvenirs mourront, le souvenir de mon premier élan
vers la contrition amoureuse et parfaite vivra, éploré, mais
radieux. Mes enfants, priez du mieux que vous pourrez et
appelez de toutes vos forces l'heure bénie au fond de vos consciences pour y trouver le miracle du repentir sanctifié par
l'amour. Vous avez péché, nul n'est sans péché; priez et pleurez
pour aimer. « Bienheureux ceux qui pleurent. » La contrition
est le premier degré de cette échelle de perles, faite avec
les larmes des âmes qui avant vous montèrent au ciel en
aimant.

Olivier fut longtemps à confesse. Il était le modèle des
honnêtes gens selon le monde, et il était mieux encore que cela,
car je n'ai point connu d'homme si bienfaisant que lui. Dans
le silence solitaire de l'église des sanglots venaient jusqu'à moi
à travers les planches qui nous séparaient, et j'attendais mon
tour avec le frémissement des désirs infinis. Notre père, notre
père, ô notre père qui êtes dans les cieux ! moi aussi j'écoutais le
gémissement de tendresse qui soulevait ma poitrine. Enfin,
enfin, mon Dieu ! vous veniez donc ! à votre approche je vibrais
comme un cantique de passion éperdue. Enfants, combien le
Seigneur vous aime ! Je savais tout ce qu'on peut savoir à votre
âge, tout excepté prier la divine prière : Créateur, bienfaiteur,
sauveur, saint, saint, saint, puissance infinie, miséricorde infinie, infinie sollicitude, tout infini, Dieu, grand Dieu, voilà
que je vous priais pour la première fois de mes jours ! Je bénis-
sais votre nom adorable, votre règne arrivait en moi, votre volonté y était faite et je criais vers vous pour ce pain délicieux
qui est à vous, qui est vous, que nul homme ne mérite et dont
tout homme peut se nourrir pourvu qu'il jette hors de soi la
haine, qu'il se repente et qu'il aime.

Oh ! je me repentais, Jésus, Seigneur, j'avais une douleur

profonde de vous avoir offensé, vous qui détestez le péché
parce qu'il nous tue malgré vous, dans les bras de votre toute
puissance; et combien sincèrement je vous promettais de ne
jamais retomber, moyennant votre grâce, dans mes fautes
passées dont la multitude m'entourait ! Dans cette obscurité
complète du confessionnal, le front entre mes mains, le dos
tourné aux pâles reflets des lampes de Marie qui glissaient et
n'entraient point, je ne voyais que le dedans de moi : mes péchés
qui s'élevaient contre moi et Jésus qui se hâtait à mon secours,
décoré de ses miséricordieuses blessures... Etait-ce vers moi
que mon Dieu accourait ? Oui, mais il n'avait pas été appelé par
moi, car je revis en ce moment, aussi clairement que je vous
vois, le sacrifice de Charles, la minute d'agonie où il avait arraché de son âme tout espoir humain, et je revis aussi, sur l'oreiller
du lit de sangle, le sourire de papa, son dernier sourire, qui
s'entr'ouvrit et qui parla :

— Pleure, petit Jean chéri, te voilà heureux ! Tu vois bien
que le cœur de Dieu a tenu sa promesse; il nous a comblés dans
le cœur de Charles. Mon petit Jean, pleure et prie, Charles
ne vous a pas tout donné à vous deux, Olivier et toi; j'ai eu
ma part et d'autres aussi encore. Le cœur d'un saint est le salut
de plusieurs...

Nous sortîmes par la sacristie, l'abbé Huet, Olivier et moi,
car les portes de la nef étaient fermées. En passant devant
l'autel de Saint-Joseph, Olivier dit :

— C'est là que j'ai prié pour la seconde fois, car je m'étais
mis à genoux le soir de la mort du père.

Nous nous prosternâmes tous les trois, M. Huet avait le
cœur gonflé de joie et ne parlait point. Sur le seuil de la sacristie
seulement, il murmura en nous quittant :

— Quel gars que ce Charles ! ah ! mazette !

Olivier me reconduisit sans mot dire aussi jusqu'à la porte de
chez nous. Là il m'enleva dans ses bras et dit à mon oreille :

— Petit Jean, *nous la ferons ensemble.* Je dois tout à ceux de
ta famille. Je l'ai senti au moment où je tombais à genoux. Ton
père m'avait donné sa mort, ton frère nous a donné sa vie...

Charles dormait quand je rentrai. Il s'était couché après
avoir ramené lui-même Bertin chez son parent Sicard.

Le lendemain de grand matin, il partit pour Loudan après
s'être informé de ma confession. Quand je lui eus raconté mes

larmes, il pleura avec moi de la même joie que moi. Il ne prononça point le nom de Clémence.

Et il arriva ce fait peut-être singulier, assurément touchant : après le départ de Charles, le petit Loirier et Mme du Boisbréant restèrent chez nous avec Clémence, et tous les trois continuèrent à s'occuper de moi comme si aucun lien n'eût été brisé. Eux et nous, nous ne formions qu'une famille. Personne ne se gênait pour parler de Charles dont la pensée était l'âme de nos réunions. Une fois que j'interrogeais M. Loirier, car je n'avais pas perdu tout espoir, ses yeux se mouillèrent et il me répondit :

— M. le substitut ne s'est point caché de nous. Il a acheté de son bonheur le salut de trois âmes.

— La mienne ?

— Oui.

— Celle d'Olivier ?

— Oui... et une troisième qui lui était plus chère encore peut-être...

— Clémence ?

— Oui... *Ce soir-là* il y eut un instant où M. le substitut se sentit hésiter entre Clémence et Dieu. Or Dieu veut être aimé par-dessus toutes choses... M. le Curé n'a pas approuvé complètement M. le substitut.

— Je crois bien ! Et maman ?

— Non plus.

— Et vous ?

Ses larmes coulèrent tout à fait et il répondit :

— Moi j'ai admiré ce grand cœur brisé, Mme du Boisbréant aussi, et aussi Clémence...

Quant à moi... Mais qu'importe mon avis ? ce sont là des choses supérieures à la terre. J'étais entraîné, d'ailleurs, dans l'irrésistible courant de mon bonheur. Le jour qui éclaire toute la vie approchait pour moi et j'en ressentais déjà la chaleur dans tout mon être. Je priais pour Charles ardemment. Il avait payé ma joie d'un prix surhumain, mais quelque chose s'en épandait jusqu'à lui, car la lettre qu'il m'écrivit la veille de ma première communion était une hymne d'allégresse toute embaumée de simplicité.

Le quatrième jeudi de mai, je reçus le divin corps de Jésus-Christ dans mon cœur purifié et tout pénétré de bienheureuse reconnaissance. Avec moi j'eus à la sainte table Olivier, maman, mes deux sœurs, Mme du Boisbréant, M. Loirier, Clémence et Charles venu tout exprès. Nous le trouvâmes changé, mais sa tristesse était sereine. En m'embrassant, il me dit :

— Je suis heureux.

Jean se tut et tout le monde demanda :

— Mais qu'advint-il de Clémence et de Charles ?

— Charles ne mentait jamais, répondit Jean. Il était heureux. Ce que je voudrais vous dire c'est mon bonheur à moi, le bonheur qu'il m'avait obtenu. J'en étais inondé comme vous le serez dans quelques semaines. Dieu est prodigue et je n'ai point de paroles pour exprimer la paix splendide que Dieu versa sur nous en échange du cœur de Charles...

— Mais lui ! lui ! dirent encore toutes les voix jeunes et vieilles.

Jean répliqua :

— Vous ai-je donc intéressés à Charles ? ce serait un vrai tour de force, car ces caractères-là sont proscrits par tous les maîtres de l'art...

Il fut interrompu par ce cri unanime :

— Charles ! Charles ! et Clémence !

Jean ne pleurait pas souvent, mais nous vîmes une larme rouler sur la maigreur de sa joue pendant qu'il répondait :

— Quand vous allez entrer en retraite, enfants, priez pour moi, et invoquez ces deux belles âmes. Clémence ne se sépara de nous que pour entrer novice au couvent des sœurs de la Charité. Charles ne pouvait quitter son devoir, mais ai-je besoin de dire qu'il ne se maria jamais ? Il resta notre gagne-pain et notre serviteur. C'était une admirable tendresse qu'ils avaient mise aux pieds de Dieu, elle et lui : ils vécurent pleins d'amour, sous le regard de Dieu, et moururent triomphants, baignés dans l'allégresse des divines certitudes.

FIN DE LA PREMIÈRE COMMUNION

TABLE DES MATIÈRES

10. — Les Imprimeries LAINÉ et TANTET, Chartres. — 7-1926.